KB268629

돌의 침묵

김종일 단편소설집

돌의 침묵

김종일 단편소설집

어문학사

차례

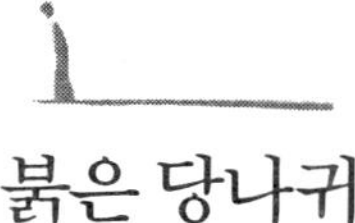

붉은 당나귀

잠자리에서 일어난 경섭은 아침으로 간단하게 라면을 끓여 찬밥을 말아먹었다. 입맛이 없어 아침 생각은 없었으나 먹지 않으면 허기가 져서 견디기가 어려웠다.

경섭은 옥탑방을 나왔다. 오늘 하루 또 죽으나 사나 발바닥에서 불이 나도록 뛰어야 했다. 그런 경섭은 요즘 들어 사는 게 뭔지 자꾸 회의가 들었다. 한 번 살다 죽는 인생인데 살아있는 동안 갖은 우여곡절 간난신고(艱難辛苦)를 겪는 것이 인생인가 하는 시답잖은 회의였다.

날씨는 화창했다. 무지막지하게 폭우가 쏟아지던 지난 여름만 생각하면 경섭은 끔찍했다. 일을 못한 것도 못한 것이지만, 폭포수처럼 쏟아지는 비로 인해 세상의 모든 것들이 물에 잠기지나 않을까 하는 염려가 들었다. 그 정도로 폭우가 쏟아졌었다.

구약성경에 보면 하나님이 세상을 심판하기 위해 밤낮으로 사십 일 간 비를 내려 지상에 있는 인간들과 동식물들을 멸망케 했다는 내용이 있다. 그 내용을 실감할 수 있을 정도로 비가 왔었다. 사십 일은 고사하고 일주일만 계속 비가 그렇게 쏟아져도 세상의 모든 것이 잠길 것 같았다. 그러나 지금은 그런 일이 언제 있었나 싶게 날씨가 화창했다.

아침저녁으로 제법 삽상한 바람이 산들산들 불었다. 구월이었다. 가로수의 은행나무 잎도 푸른빛이 점점 옅어가고 있었다. 마침 경섭의 발치로 은행잎 한 잎이 사푼히 떨어졌다.

경섭은 허리를 굽혀 은행잎을 주워들고 냄새를 맡아보았다. 그 모습을 마침 길을 지나던 아가씨가 보고 별 이상한 사람도 다 있다 하는 표정으로 힐끔거렸다. 그러거나 말거나 경섭은 그런 아가씨를 향해 씽긋 미소를 지어주었다. 그러자 아가씨는 무슨 징그러운 벌레라도 본 듯이 몸을 치떨며 입을 삐죽이며 그 자리를 황급히 피해 갔다.

유통 사무실은 신설동에 있었다. 신설동 이외에도 청량리나 동대문, 성수역 부근에도 있었지만 경섭은 주로 신설동으로 갔다. 집에서 가까웠기 때문이었다.

유통 사무실은 대로변에서 한 블록 들어간 허름한 건물 안에 있었다. 대로변에는 주로 번듯한 건물들이 자리 잡고 있었다. 그런 건물들 뒤에 오래되고 낡고 허름한 4, 5층짜리 건물들과 빗물이 새는 것을 막기 위해 가빠를 덮은 그만그만한 상가들이 밀집되어 있다. 도시의 치부는 앞면이 아니라 뒷면 쪽에 고스란히 남겨져 있는 형상이었다.

"안녕하십니까?"

경섭이 문을 열고 들어가며 누구랄 것도 없이 안에다 대고 인사를 했다.

사무실에는 경리를 보는 미스 안과 사장 이기태, 동료인 최재만, 구경민이 먼저 와 있었다. 대 여섯 평이 될까 말까 한 사무실에는 온갖 잡동사니들이 발 디딜 틈도 없이 여기저기 늘어져 있다. 우산, 비옷, 벨트, 사진첩, 수첩, 열쇠고리, 칫솔, 강력본드, 음악 테이프, 부채, 야외용 돗자리 따위 들이었다.

이런 물건들은 주로 값싼 중국산이거나 말레이시아, 베트남, 우리나라 중소기업 제품들이었다. 경섭은 물건들 사이를 비집고 소파로 다가가며 먼저 온 두 사람에게 오른손을 들어 인사를 했다.

"일찍들 나왔네."

"어서 와, 박 형. 어제 술 한잔 했어?"

최재만이 신문을 뒤적거리고 있다가 경섭을 올려다보며 물었다.

"술은 무슨 술."

경섭이 소파에 엉덩이를 내려놓으며 대답했다.

"어이, 미스 안. 어서 커피 한 잔씩 돌려. 그리고 자네들 커피 한 잔씩 마시고 빨리들 나가라구. 죽치고 앉아 노가리들 깔 생각하지 말고. 죽치고 있으면 누가 돈을 줘, 밥을 줘."

경섭이 소파에 앉자마자 박스에 머리를 처박고 물건을 고르던 사장 이기태가 미스 안과 일행들을 향해 명령하듯 말했다. 이기태는 요즘 심기가 좋지 않았다. 일행들이 매상을 많이 올려주지 않았기 때문이었다.

"오늘 열심히들 해서 매상 좀 올려 봐. 요새 매상이 형편없어. 그래가지고 어떻게 살 거야? 그리고 최 형, 박 형 말이야. 일 하다가 도중에 PC방 가서 게임 하지 말라구. 좆 빠지게 번 돈 그런데 틀어박아서야 되겠어? 정신 차려서 일해도 힘든 판에 그런데 드나들면 어떻게 해. 정신들 차리구 오늘 좀 바짝 뛰어."

이기태가 경섭과 최재만에게 주의 아닌 주의 훈계 아닌 훈계를 하였다.

이기태 말마따나 두 사람은 요즘 일을 게을리하고 경마나 성인 PC방을 드나들었다. 예전에 없던 일이었다. 최재만은 그렇다 하더라도 경섭은 하지 않던 짓에 손을 대는 것이었다. 최재만은 노름에 이력이 난 사람이었다. 그는 노름으로 많은 재산을 날리고 현재 기아바이로 전락한 인물이다. 경섭은 그런 최재만의 꼬임에 빠져 경마와 성인 PC방 출입을 요 며칠 한 것이다. 무료한 경섭에게 그런 곳은 은근한 유혹의 자리였다.

세 사람은 커피를 마시고 사장의 눈치가 보여 각기 팔 물건을 챙겨 밖으로 나왔다.

경섭이 하는 일은 지하철에서 물건을 파는 소위 '기아바이' 라고 하는 일이었다. 경섭이 이 일을 한 지도 벌써 이년 째 접어들었다.

자본도 없고 기술도 없는 경섭이 할 수 있는 일이란 한정되어 있었다. 막 말로 몸뚱이로 뛰는 일 말고는 할 것이 없었다. 그런 일중에 대표적인 일이 공사장에서 하는 막노동이었으나 경섭의 체력으로는 어림도 없는 일이었다. 그래서 선택을 한 일이 기아바이였다.

경섭이 이 일을 하기 전에는 지방 도시에서 인쇄업을 했었다. 양식이나 명함, 리플릿, 팸플릿, 전단지 따위를 만들어 관공서나 학교, 식당이나 자동차 영업소에 납품했다. 거기에 판촉물과 현수막까지 병행하였다.

그러나 그 일도 원체 경쟁업체가 많은 데다 서로 경쟁을 하느라 단가를 낮춰, 일을 해도 남는 것이 별로 없었다. 그나마라도 오더를 따려면 가끔 담당자들과 술도 한잔하면서 비위를 맞춰주고 해야 하는데 경섭은 그런 일도 제대로 못하였다. 그러다 보니 주문이 줄었고 주문이 줄다보니 수입이 줄었다. 직원 두 명 인건비는 물론 사무실 임대료도 못 내었다.

결국 버티다 못한 경섭은 손을 들고 말았다. 손을 털고 난 경섭에게 남은 건 대추나무 연 걸리 듯 걸려 있는 을지로 인쇄소에 결제를 못한 돈뿐이었다. 인쇄소에서는 하루가 멀다 하고 결제 독촉을 하였다. 나중에는 건달들을 보내 위협까지 했다.

경섭은 최후의 수단을 쓸 수밖에 없었다. 어떻게 해볼 방도가 없었다. 그래서 경섭은 집을 나오고 마누라와 딸은 처갓집으로 보냈다.

"승객 여러분, 안녕하십니까? 눈이 안 좋으신 분이나 나이 드신 부모님에게 아주 유용한 선물이 될 돋보기를 소개합니다. 이 돋보기로 말할 것 같으면 작은 글씨를 확대해서 볼 수 있기 때문에 신문이나 글씨가 작은 책을 보실 때 아주 유용하다는 것입니다. 집안에 꼭 하나씩 갖추어 두시고 필요할 때 사용하십시오. 가격도 부담 없는 단돈 천 원, 천 원짜리 한 장만 받겠습니다."

경섭이 지하철에 올라 단속요원이 있나 없나를 먼저 살펴보고 목청을 돋우어 팔 물건을 소개했다. 승객들은 무심하게 좌석에 앉아 있었다. 주로 눈을 감고 가거나 신문을 뒤적거리거나 한 귀로 듣고 한 귀로 흘려듣는 승객뿐이었다. 경섭은 맥이 빠졌다. 시간대가 아직 이른 시간이긴 이른 시간이었다.

기아바이들은 정해진 구간에서 영업을 했다. 이곳저곳 노선을 바꿔가면서 하지 않았다. 경섭은 주로 3호선을 영업 구역으로 삼았다. 신도시 일산 대화와 수서까지의 노선이었다. 출퇴근 시간대는 피했다. 이 시간대는 출퇴근 하는 이동 인구가 많아 보통 혼잡하지가 않았다. 장사도 중요하지만 이런 시간대에 물건을 팔기 위해 목청을 돋우었다가는 물건이 팔리기는커녕 승객들의 따가운 눈총만 받을 뿐이었다.

이 노선을 이용하는 승객들은 일산 신도시에 사는 직장인들이 많았고 주로 젊은층이었다. 그래서 물건을 선택할 때 이 점을 고려하여 물건을 택하여야 했다. 승객들의 나이층과 어떤 계층의 승객들인가를 파악하는 것도 중요했다.

이 노선의 승객들이 젊은층만 많으냐면 그것도 아니었다. 중년이나 노년층도 많은 것이 특징이었다. 그래서 경섭은 시간대 별로 승객들의 지하철 이용 시간을 알아서 거기에 맞는 물건들을 가지고 나와 팔았다.

기아바이들의 황금시간이라 할 수 있는 시간은 오전 12시부터 2시까지다. 이 시간이면 단속요원도 점심시간이기 때문에 단속에 걸릴 염려가 거의 없었다.

경섭은 기아바이 경력 2년차라 고참이라 할 수 있었다. 이 일은 하도 부침(浮沈)이 심해서 2년 경력만 되어도 고참 소리를 들었다.

처음 경섭이 기아바이 할 때를 생각해 보면 격세지감이 들었다. 지하철에 올라 팔 물건을 소개해야 하는데 목구멍에서 말이 안 나왔다. 혹시 누구 아는 사람이라도 만나지 않을까 하는 생각과 부끄러움 때문에 말은커녕 쥐구멍이라도 있으면 들어가고 싶었다. 물품 소개는 둘째 치고 식은땀이 줄줄 흐르고 목소리는 안 나오고 얼굴은 화끈거렸다. 승객 모두가 경섭을 쳐다보는 것 같았다. 혼자 어쩔 줄 모르고 쩔쩔매던 경섭은 지하철이 역에 닿자 카트를 끌고 그냥 내리고야 말았다.

이 짓도 아무나 하는 것이 아니라고 생각하면서 당장 때려치우려고 하였다. 그러나 그런 생각도 이틀이 지나자 사라졌다. 지금 경섭의 처지는 찬밥 더운밥 가릴 때가 아닌 막바지였다.

파탄이 나고 가정은 해체되었다. 이런 판국에 무슨 짓은 못한단 말인가. 독한 마음을 먹자 용기가 생겼다. 아니 용기가 아니라 오기가 생겼다. 그날부터 경섭은 지하철에 올라 물품을 팔기 시작했다. 그게 얼마 전 일이었다. 그러나 이 일은 결코 오래할 짓이 못되었다. 그래서 될 수 있으면 빨리 돈을 벌어 이 일을 그만두려고 하였다. 그렇게 해서 돈을 벌은 사람들도 있었다. 그러나 그런 경우는 극히 드물었다. 대개 하루 벌어 하루 먹고 사는 일상의 반복이었다. 그들 스스로 하루살이 인생들이라고 생각하기 때문에 이 사람들은 경제관념이 희박했다. 벌면 버는 대로 썼다.

같은 기아바이라고 해도 수입은 천차만별이었다. 우선 그 사람의 성실함과 화술에 따라 그리고 취급하는 물건에 따라 수입이 달랐기 때문이다. 열심히 하면 하루 십만 원 벌이는 수월했다. 물품을 팔아 번 돈의 분배는 이랬다. 원가가 다섯, 기아바이 몫이 넷, 유통사무실 몫이 일의 비율이었다. 천 원짜리 물건 백 개를 팔면 사만 원 벌이가 되는 셈이다. 경섭은 화술이 좋았다. 그리고 순발력도 있었다. 그래서 농땡이 안 부리고 열심히 하면 하루 십만 원 벌이는 물론 그 이상도 했다.

이제 경섭은 지하철 안에 올라서 승객들을 죽 둘러보고 누가 물건을 살 사람인지 안 살 사람인지 어느 정도 판별할 수 있었다. 그리고 승객들의 앉아 있는 자세와 하는 짓을 보고 그 승객의 교양까지도 대강 짐작할 수 있었다.

경섭이 이 일을 하면서 가장 염려되고 신경 쓰이는 부분은 공익근무요원이나 공안의 단속이었다. 이들에게 걸려 삼만 원 과태료를 무는 일이 생기면 그날 재수는 옴 붙은 날이었다. 더 재수가 없어 구속되거나 과태료가 큰 것을 물면 그날 장사는 헛한 것은 둘째 치고 타격이 컸다. 경섭도 처음 몇 번 걸려서 과태료를 물기도 했다. 과태료를 물면서 알게 된 사실이었지만 지하철 안에서 물품판매는 경범죄 26조 위반 '인근소란' 에 해당돼 범칙금 삼만 원이 부과되고, 철도법 89조 위반은 오만 원 이하의 과태료와 3개월 이하의 징역에 처한다고 돼 있었다.

동료 기아바이 중에는 상습적으로 걸려 즉결로 넘어가 이틀 구류를 살고 한 달까지 장사를 못한 경우도 있었다. 그래서 기아바이

세계에서 공익근무요원과 공안은 염라대왕보다 무서운 존재였다. 그러나 이들도 사람이라 기아바이들의 절박한 사정을 알아서 사정을 하면 봐주기도 하고 눈감아주기도 하였다. 간혹 악랄한 놈들을 만나면 인정사정 봐주지 않기 때문에 과태료를 물기도 하고 심하면 구류까지 살기도 했다. 그러나 이런 경우는 극히 드문 경우였다.

경섭은 이 일을 오래하려 하지 않았다. 오래할 일도 아니었다. 삼사 년 바짝 해서 전세거리만 벌면 가족들을 데려와 같이 살면서 다른 일을 하려고 작심하였다. 열심히 하면 못할 것도 없었다. 그래서 남들보다 더 열심히 했다.

그러는 만큼 하루 일을 끝내고 옥탑방에 돌아오면 너무 무료했다. 무료하다 보니 소일거리를 찾았다. 그렇게 해서 찾느라고 찾은 것이 성인 PC방이었고 스크린 경마였다. 그러나 이런 것들은 건전한 소일거리가 아니라 거기에 빠진 사람들을 폐가망신, 폐인을 만드는 구렁텅이었다.

경섭은 기아바이 일을 하는 동료 최재만과 어울려 성인 PC방을 드나들었다. 최재만은 잡기에 능한 친구였다. 나이도 경섭과 같은 나이였다. 그래서 친구처럼 지냈다. 최재만은 수단도 좋고 재치도 있는 친구라 매상을 많이 올려 기아바이 업계에서는 알아주는 친구였다. 그래서 돈도 제법 벌었지만 노름을 좋아해서 거기에 다 틀어박고 하루하루 근근이 살아가는 친구였다.

기아바이 일은 출근 시간도 퇴근 시간도 정해져 있지 않았다. 일을 안 해도 누가 뭐랄 사람이 없었다. 그러다 보니 자기 관리가 철저하지 못하면 만날 그날이 그날이었다. 경섭은 그런 사실을 알았고 자기 일을 하다 쫄딱 망한 처지라 이를 악물고 뛰었다. 그런데다 처 갓집에 보낸 마누라와 딸이 눈에 밟혀 하루를 허투루 보낼 수가 없 었다. 그야말로 발바닥에 땀이 나고 눈썹이 휘날리도록 뛰었다.

그렇게 하루 종일 지하철을 타고 내리며 물품을 팔다보면 저녁 에는 목이 잠기고 몸은 파김치가 되다시피 하였다. 저녁 겸해서 소 주 한잔을 하고 돌아오는 길은 쓸쓸했다. 아무도 없는 옥탑방에 들 어가기가 싫었다. 살붙이가 없는 빈 집이 그렇게 허전할 수가 없었 다. 그래서 경섭은 처음의 굳은 다짐과는 달리 밖으로 나돌았다. 그 일에 최재만이 한 몫 거들었다.

"이형, 오늘도 한번 땡기고 갈까? 지난 번 잃은 거 벌충해야 하 잖아."

최재만이 길 건너편의 성인 PC방을 눈으로 가리키며 말했다. 경 섭은 최재만이 가리키는 성인 PC방을 힐끗 건너다보았다. 성인 PC 방이 지난 몇 달 사이 한 집 걸러 한 집 꼴로 장마 끝에 돋아나는 독버 섯처럼 생겨났다. 성인 PC방뿐이 아니었다. 길거리나 상업지역, 주 택가 할 것 없이 불법 도박장이 성행하였다. 얼마 전에는 카지노 바 라는 것이 한창 유행하여 술집에 카지노 시설을 갖춰 놓고 손님들을 상대로 불법 도박을 하여 당국의 된서리를 맞은 적이 있었다.

카지노 바가 잠잠해지니 요즘은 성인 PC방이 그 뒤를 이어 나타 났다. 이들의 목적은 몇 달 바짝 고객들의 주머니를 털어 한몫 챙겨 뜨는 것이었다. 아예 처음부터 오래할 생각을 하지 않고 시작하는 것이다. 당국의 단속이 있기 전에 한몫 챙기면 이들은 미련 없이 이 일을 접는 것이다. 성인 PC방의 난립은 서울뿐만이 아니고 전국적인 현상이었다. 그리고 그 피해는 고스란히 그곳을 이용하는 서민들 몫이었다.

"어때? 한번만 땡기고 가자구."

최재만이 경섭을 부추겼다. 그러면서 그는 경섭의 의사도 듣지 않고 경섭의 어깨를 철썩 때리며 길을 건넌다. 따라오려면 오고 말라면 마라는 투였다. 경섭은 어찌할까 잠시 망설거렸다. 가서 해봤자 딸 확률이 거의 없었다. 어리석은 사람들은 그런 사실을 알면서도 혹시나 하는 마음으로 발걸음이 자기도 모르게 그곳으로 향하게 된다. 경섭은 망설였다. 그러나 망설임도 잠깐이었다. 경섭은 어느 사이에 최재만을 따라 길을 건너기 시작했다.

PC방문을 열고 들어가니 매캐한 담배연기와 땀 냄새가 어우러져 실내의 공기는 보통 탁한 것이 아니었다. 자기도 모르게 경섭은 얼굴을 찌푸렸다. 너구리굴 속이 따로 없었다. 그런데다 컴퓨터 전자음이 내는 소리의 소란스러움은 시골장터를 방불케 했다. 아직 늦은 시간이 아닌데도 실내에는 열대여섯 명의 사내들이 담배를 꼬나물고 컴퓨터 모니터 화면에 빠져 있다. 최재만이도 어느새 자리를 잡고 앉아 종업원에게 돈을 건네주고 있었다.

경섭은 최재만이와 일정 정도의 거리를 두고 자리를 잡았다. 오늘은 삼만 원만하기로 일단 마음을 먹는다. 그러나 게임을 하다보면 이런 결심은 얼마나 무의미한 결심인지 알게 된다. 경섭은 벨을 눌러 종업원을 불렀다. 그러자 종업원 녀석이 담배와 재떨이 그리고 음료수를 들고 잽싸게 달려온다. 경섭은 지갑을 꺼내 지폐 세 장을 내민다. 종업원 녀석은 허리를 꾸벅 굽히고 돌아선다. 종업원 녀석이 이제 곧바로 서버를 연결할 것이다.

경섭은 마음을 가라앉히기 위해 담배를 빼어 물었다. 오늘 한 번 대박이 터졌으면 하는 마음 간절하다. 그러자 침이 말랐다. 경섭이 담배 연기를 내뱉고 음료수 병마개를 따 벌컥벌컥 마셨다.

컴퓨터 화면에 게임머니가 입력됐다는 신호가 깜박거렸다. 그러면서 화면에 토끼 그림이 나오고 옆에 플레이라는 영어 자막과 함께 '고스톱', '세븐포커', '바둑이' 라는 세 종류의 게임 목록이 모니터에 떴다. 이 중에 하나를 골라 게임을 하면 되는 것이다. 경섭은 게임에 들어가기 전에 최재만이 있는 자리를 힐끗 쳐다보았다. 최재만은 담배를 꼬나물고 정신없이 화면에 빠져 있었다.

'빌어먹을 자식, 도박에 열중하는 만큼 돈벌이에 그만큼 열중했으면 빌딩을 사고도 남았겠다.'

최재만이를 향해 속으로 빈정대는 말을 하였다. 그러나 그 말은 경섭 자신에 대한 자조(自嘲)이기도 했다. 경섭은 포커를 선택했다. 그러자 수십 개의 서버 목록이 떴다. 판돈은 백 원부터 천 원까지 있었다. 당연히 경섭은 백 원짜리를 선택했다. 백 원짜리라고 우습게 볼 일이 아니었다. 십만 원 잃는 것은 아무 것도 아니었다. 빠르면 삼십 분 안에 잃기도 했다. 그러니 경섭은 천 원짜리는 언감생심이다. 보통 두둑한 배짱과 판돈이 없으면 할 수 없는 금액이다. 몇 백만 원 잃는 것은 시간 문제였다.

화면에 뜬 수십 개의 방에서 네 명이 게임을 하고 있는 방으로 안내가 되었다. 곧이어 게임이 시작되었다. 지금서부터 피 말리는 시간이었다. 경섭은 처음 삼백 원을 걸었다. 첫판은 경섭이 먹었다. 둘째 판은 오백 원을 걸었다. 둘째 판도 먹었다. 이제부터 조심을 해야 했다. 이건 물고기를 낚기 위한 미끼에 불과했다.

여기서 자만해 가지고 판돈을 올렸다가는 그대로 먹히는 것이다. 그러나 이건 도박사들과의 도박이 아니었다. 컴퓨터에 입력된 기계와의 도박이었다. 그것도 프로그램을 조작하여 승률을 결정해 놓은 이길 수 없는 게임이었다. 이런 사실을 알지만 빠져드는 것이 도박이었다.

몇 번을 경섭이 계속 먹자 상대방이 열을 받은 모양이었다. 하프 베팅을 쳤다. 경섭은 망설였다. 하프 베팅을 받아 경섭도 하프 베팅을 쳐야 하느냐 마느냐 하는 결정을 해야 했다. 경섭은 여기에서 잠시 결정을 보류하면서 담배 한 개비를 피워 물었다. 이걸 먹으면 몇만 원이 들어올 것이다. 경섭의 본전은 삼만 원이다. 다 잃어봤자 삼만 원이었다. 경섭은 상대방의 하프 베팅에 하프 베팅으로 응수했다. 이윽고 게임 진행의 전자음이 울렸다.

"야호! 먹었다."

경섭이 화면을 보고 소리를 질렀다. 경섭이 이번 하프 베팅도 먹었다. 오늘은 첫판부터 운이 좋았다. 경섭의 화면에 사이버 머니가 쌓이기 시작했다.

"박형, 먹었어?"

최재만이 의자를 돌려 경섭을 바라보며 물었다.

"그래, 하프 베팅 친 거 먹었어. 최형은 어때?"

"난 좆같아. 벌써 반이나 잃은 걸."

최재만이 담배 연기를 길게 내뱉으며 말했다.

"크게 걸지 말라구. 최형은 너무 크게 걸더라구. 조금씩 걸고 나중에 기회 봐서 크게 걸어야지."

"크게 걸긴 뭘 크게 걸어. 크게 걸 돈이나 있어야 말이지."

최재만이 담배를 재떨이에 신경질적으로 눌러 끄며 말했다.

"얼마나 잃었어?"

"씨팔, 벌써 칠만 원이나 잃었어."

"뭐야? 시작한 지가 얼마나 됐다고 벌써 그렇게 많이 잃은 거야?"

"좆같아."

"우리 이쯤해서 그만하고 일어날까?"

이대로 계속 했다가는 최재만의 성격에 오늘 하루 좆 빠지게 해서 벌은 돈 그대로 기계에 쑤셔 넣을 것이다. 경섭은 이쯤해서 일어나는 것이 자신에게도 필요하다고 생각했다. 여기에서 더 했다가는 최재만이도 경섭도 결국 오링(all-in)이 되어서야 기분이 엿같이 되어서 일어날 터였다.

"무슨 소리야? 씨팔, 니가 죽나 내가 죽나 끝까지 해봐야지."

최재만이 어림도 없는 말이라는 듯 대꾸했다. 그는 담배를 다시 꼬나물고 벨을 눌러 종업원을 찾았다. 그러자 종업원 녀석이 강아지 새끼 달려오듯 쪼르르 최재만이에게 달려왔다. 최재만이 지갑에서 지폐 몇 장을 꺼내 종업원에게 내밀었다. 종업원 녀석이 고개를 꾸벅 숙이고 돌아간다.

경섭은 컴퓨터 화면으로 몸을 돌렸다. 다시 돈을 걸고 게임을 시작했다. 아직까지 경섭은 운이 따르는 편이었다. 경섭이 무모하게 게임을 하지 않기 때문이었다. 그러나 이 게임도 시간이 좀 더 길어진다는 것뿐이지 결국 돈을 다 잃을 것이다. 구조적으로 그렇다는 것이다. 그런 것을 알면서도 이 짓을 하니 한심하지 않을 수가 없다. 설령 돈을 따서 게임머니를 현금으로 환전하려고 하면 10%를 수수료 명목으로 떼여야 했다. 그런데다 딜러비란 것이 있어 한 판 끝날 때마다 딴 사람에게서 딴 돈의 5%를 업소가 챙겼다. 소위 고리라는 것이었다. 결국 돈은 업소에서 벌게끔 되어 있다. 그래서 도박을 하면 도박꾼은 망해도 도박을 알선한 하우스는 흥한다 라는 속설이 있는 것이다.

한 시간이 후딱 지났다. 경섭은 실내를 둘러보았다. 담배들을 하도 펴 대서 실내는 담배 연기로 가득 차 있었다. 전자음 소음도 귀가 멍멍할 정도다. 다 같이 미쳐 돌아가는 형국이었다. 이런데 자주 드나들었다가는 돈 잃고 패가망신하기 전에 건강부터 잃을 것 같았다. 그런데도 정신 나간 사람들은 눈을 벌겋게 뜨고 화면에 온 정신을 집중했다.

경섭은 자신이 왜 이런 데를 드나드는지 모르겠다는 생각을 문득문득 했다. 자기 처지가 이런 데를 드나들 처지가 아니라는 것을 누구보다 잘 알고 있었다. 한 판으로 대박을 낚으려는 생각이 있기 때문인가. 물론 그런 생각이 없는 것은 아니었다. 그래서 헤어진 가족들과 만나 예전처럼 살고 싶은 소망을 이루려고 한다.

이런 생각은 경섭만의 생각은 아닐 것이다. 누구나 이런 곳을 드나드는 사람들은 한 판 대박의 꿈을 가지고 들어온다. 그러나 그런 꿈이 얼마나 허망한 꿈인가는 이내 알게 된다. 그 꿈이 깨졌을 때의 허망감과 허탈감은 이루 말할 수가 없었다. 그런데도 부나비처럼 모여들어 자기 인생을 담보로 허망한 게임에 빠져드는 것이 인간이다. 어리석다면 어리석을 수가 있지만 어리석은 것 또한 인간이 아닌가.

경섭은 화면에 쌓여 있는 게임머니를 확인해 보았다. 십칠만 원이 쌓여 있었다. 삼만 원이 본전이니 십사만 원을 딴 셈이다. 경섭은 자리에서 일어났다. 이런 게임에서도 그렇고 도박에서도 그렇지만 찰나의 결단과 절제가 필요하다. 이런 타이밍을 놓치면 그런 사람은 도박의 늪에서 빠져나올 수가 없을 뿐더러 폐가망신의 지름길을 가는 것이다.

경섭이 사이버머니를 현금으로 환전하였다. 오늘 같은 날만 있으면 이런 짓도 할만 하였다. 그러나 이런 결과는 열에 아홉이나 있는 일이었다.

경섭이 환전한 지폐를 주머니에 쑤셔 넣고 최재만이에게 다가갔다. 최재만은 화면에 머리를 처박고 마우스와 키보드를 신경질적으로 조작하고 있었다. 화면에 쌓인 사이버머니를 보니 사만 원 정도가 남아 있었다.

"이제 그만 일어나. 여기서 날 샐 거야?"

경섭이 최재만이의 컴퓨터 화면을 들여다보며 말했다. 최재만이 힐끗 경섭을 돌아보았다. 그의 눈은 담배 연기와 분노의 열기로 충혈 되어 있었다. 얼마 안 된 시간이 흘렀지만 사람 꼴이 말이 아니었다.

"왜 벌써 끝냈어? 돈 좀 땄어?"

화면을 응시한 체 최재만이 물었다.

"좀 땄어. 땄을 때 그만 둬야지 더 했다간 오링이야. 최형도 이제 그만해."

"좆같아서 못해 먹겠네. 벌써 오링 일보직전이야. 씨팔, 풀 베팅이나 한번 치고 그만 둬야겠어. 아, 좆도 오늘 일한 거 헛한 꼴이 됐네."

인쇄소를 접고 경섭이 처와 딸을 처갓집으로 보낼 때의 심정은 이루 말할 수가 없었다. 사내자식이 제집 식구 하나 거느리지 못한다는 자괴감이 들어 죽고 싶었다. 이렇게 살아서 뭐하느냐는 생각이 들자 세상 살기가 싫어졌다. 오늘날까지 남 한번 속이지 않고 정직하고 성실하게 누구보다 열심히 살아왔다고 자부했다. 그런데 그런 결과가 이 모양이 꼴 이라니. 누구를 원망할 것이며 원망한들 무슨 소용이 있을 것인가. 원망을 해도 소용없었지만 경섭은 세상을 원망하고 사회를 원망하고 이유 없는 분노로 몇 날 며칠을 술로 보냈다.

그러던 어느 날 그날도 술이 떡이 되어 들어온 경섭에게 경섭의 처가 처연한 표정으로 입을 열었다. 처는 경섭이 오기를 눈이 빠지게 기다린 모양이었고 오래 전에 마음먹은 말을 하려고 작정을 한 것 같았다.

"봄이 아빠, 우리 시골로 내려갑시다. 우리 친정으로 내려가자구요. 설마 여기서처럼 살겠어요. 우리 세 식구 밥은 굶지 않을 테니 이 참에 아예 시골로 내려가서 농사를 지으며 살자구요. 마침 부모님께서도 연세가 많으셔서 농사짓기가 버거우시니까 우리가 맡아서 지십시다. 요새는 농사도 옛날 같지 않아서 머리를 써서 지으면 도시 월급 생활자 보다 훨씬 소득도 높다고 합디다. 어때요, 봄이 아빠?"

경섭의 처가 눈물을 글썽이며 애원하듯이 말했다. 경섭은 머릿속이 몽롱한 가운데서도 처의 애처로운 모습과 하는 말이 똑똑히 보였고 들렸다. 경섭은 처가 무슨 뜻으로 이런 말을 하는지 알아들었다. 그러나 그 뜻을 따를 수가 없었다.

먼저 장인 장모 뵐 면목도 없었고 부모 형제 그리고 아는 사람들의 이목(耳目)도 생각하지 않을 수가 없었다. 그런데다 농사라는 것이 아무 사람이나 짓는 것도 아니었다. 사람들이 흔히 무슨 일을 하다가 안 되면 도피처처럼 하는 말이 시골에 내려가서 농사나 지으면서 살겠다는 말을 하곤 한다. 그러나 그건 하나는 알고 둘은 모르는 말이었다.

농사야 말로 경험과 지식 그리고 일이 몸에 익어야 하는 일이었다. 아무나 덮어놓고 달려들어 하는 일이 결코 아니었다. 그런 면에서 경섭은 일단 자신이 없었다. 그리고 경섭이 비록 지금은 어렵다고 하지만 얼마든지 자신의 노력 여하에 따라 다시 일어설 수 있다는 자신이 아직은 있었다.

"여보, 당신 말은 알겠는데 아직 그러고 싶지 않아. 나 사지육신 멀쩡하고 아직 젊잖아. 그러니 난 포기하지 않고 다시 재기하겠어. 그동안 당신이 고생하겠지만 봄이 데리고 처갓집에 잠시만 내려가 있어. 내가 곧 다시 부를 테니까. 그때까지만 우리 참고 지냅시다."

경섭이 처를 향해 간곡하게 말했다. 경섭의 처는 그런 남편의 말을 묵묵하게 듣고 있다가 고개를 끄덕였다. 평소에도 경섭의 처는 어떤 경우에도 자기주장을 강하게 내세우지 않았다. 언제나 남편 경섭의 말을 귀담아 들었고 그의 뜻에 따랐다. 경섭은 그런 처를 항상 고맙게 생각했다. 그리고 일이 이 지경이 된 지금은 너무나 처에게 미안하여 무슨 말을 더 할 수가 없었다.

경섭의 처와 딸은 이제나 저제나 경섭에게서 좋은 소식이 오기를 목이 빠지게 기다리고 있을 터였다. 빠른 시일 안에 다시 모여 오순도순 살자던 경섭의 말은 언제 이루어질지 기약할 수가 없었다. 가족과 헤어진 지 벌써 햇수로 이 년이 후딱 지나버렸다. 경섭은 이 년간 히어져 있는 동안 딱 한 번 처갓집에 갔었다.

처갓집에서 본 처는 시골 아낙네가 다 되어 있었다. 딸내미 역시 흙 밭에서 뒹굴고 놀아 새까맣고 시골 여느 애와 다름없이 지내고 있었다. 그걸 본 순간 경섭은 가슴에서 치밀어 오르는 격정을 억누를 수가 없었다.

"봄이야, 아빠다. 그동안 잘 지냈니? 아빠가 너 보고 싶어서 왔다."

경섭은 어린 딸을 꺼안고 말했다.

그때 처와 장인 장모는 밭에서 고추 수확을 하고 있었다. 딸내미는 밭에 쪼그려 앉아 혼자서 흙장난을 하고 있었다.

그날 저녁, 저녁을 먹고 경섭은 처와 아이를 데리고 집에서 조금 떨어진 마을 밖에 있는 정자로 올라갔다. 조선 중기 낙향한 선비에 의해 지어진 정자는 운치가 있어 마을 사람들이 즐겨 찾는 곳이었다. 정자 주위로 소나무가 우거져 있고 정자 밑으로는 계곡이 있어 맑은 물이 흐르고 있었다.

"봄이 엄마, 고생이 많지?"

경섭이 처를 돌아보며 물었다. 그러자 경섭의 처가 희미하게 웃었다.

"고생은 무슨 고생이에요. 고생이라면 나보다 당신이 더 하겠지요. 보다시피 봄이와 나는 이곳에서 잘 지내고 있어요. 농사일도 이제 몸에 익어서 할만 하구요. 당신이 걱정되어 그렇지 이곳에서 지낼 만 해요. 당신도 정 힘들면 내려오세요. 시골도 이젠 열심히만 하면 살만 해요. 우리 세 식구 욕심 부리지 말고 이곳에서 살자구요."

경섭의 처가 오히려 경섭을 위로하는 말을 했다. 경섭은 처의 말에 안심이 되고 시골에 잘 적응하여 사는 것을 보니 무엇보다 고마웠다. 그러나 장인 장모에게는 죄를 지은 죄인의 심정이 되어 송구스럽기 이를 데가 없었다.

"나도 잘 있어. 걱정하지 않아도 돼. 그리고 지금 하고 있는 일도 열심히만 하면 돈을 벌 수 있다구. 그러니까 내 걱정은 말고 봄이 하고 당신이나 몸 건강히 잘 있어. 그리고 장인 장모님에게도 잘 있다고 안심시켜 드리고 말이야. 말씀은 안 하셔도 걱정을 많이 하실 것 아냐."

경섭이 처의 손을 잡고 당부하듯 말했다.

비가 오나 눈이 오나 경섭은 기아바이를 뛰었다. 지하철 안에서 하는 일이라 날씨의 변화와는 큰 상관이 없는 일이 기아바이 일이었다. 그러나 지난 여름의 장마 때는 원체 큰 비가 내려 어려움이 많았다. 몇 날 며칠 공친 날이 있었다.

요즘은 경기가 안 좋아진 여파인지 기아바이들의 숫자가 부쩍 더 는 것 같았다. 그래서 경쟁이 더 치열했다. 기아바이들은 서로 묵계 아닌 묵계를 하듯 같은 지하철 안에서 일하는 경우는 드물었다. 그러나 요즘은 이런 묵계도 깨어졌다. 한 사람의 기아바이가 물품을 팔고 지나간 지하철에 다른 기아바이가 들어가 물품을 팔았다. 그래서 승객들은 짜증스러워 했다. 아니 아예 관심 밖으로 돌려 물품 팔기가 그만큼 힘들었다.

그리고 일의 특수성 때문에 기아바이들 세계에 여성은 없었다. 금녀의 벽이 어느 곳보다 두껍다면 두꺼운 곳이 이 업계였다. 그러나 최근 들어 심심찮게 여성 기아바이들이 생겨났다. 오히려 이들이 더 매출을 많이 올렸다. 여성다운 섬세함과 친밀감 그리고 능숙한 화술이 큰 몫을 하는 것 같았다.

어차피 세상살이가 어느 부문에서나 적자생존의 법칙이 냉혹하게 적용되는 것이다. 기아바이 세계라고 해서 예외일 수는 없었다. 그런데다 이 일은 인생의 막바지에 이른 사람들이 선택한 일이다. 그런 만큼 한 눈 팔지 않고 열심히들 했다. 만약 여기에서 마저 도태된다면 인생은 끝난 것이라고 봐야 한다. 그래서 다들 이를 악물었다.

경섭 역시 이를 악물고 뛰었다. 그런 만큼 일을 끝내고 돌아가는 그의 발걸음은 허탈했다. 그래서 술을 마셨다. 혼자 마시기도 하고 기아바이 동료들과 어울려 마시기도 했다. 그리고 손대지 말아야 할 도박성이 강한 경마나 경륜, 경정에 빠졌고 최근에는 성인 PC방에까지 드나들었던 것이다.

이런 일을 손대기 시작한 데에는 최재만이의 역할이 컸다. 이런 데는 혼자서 가기가 어려운 곳이라 누가 옆에서 가자고 부추겨야 가는 곳이다. 그런 역할을 최재만이가 톡톡히 했지만 문제는 경섭에게 있었다. 아무리 최재만이 옆에서 부추겨도 경섭이 안 가면 그만이었다. 동대문과 창신동, 신설동 부근은 영세상인들도 많고 봉제공장, 기아바이 업소 등 잡다한 업소들이 많이 밀집되어 있었다. 유동 인구도 어느 지역보다도 많은 편이다. 그러다 보니 별 잡스런 것들의 집합소라고 해도 과언이 아닐 정도로 별것들이 다 있었다. 이런 곳에 온갖 사행성 오락업소나 도박업소가 안 생길 리가 없었다. 오히려 어느 지역보다 성행하고 있었다. 도로변에 한 집 걸러 한 집이 그런 업소들이었다.

경섭과 최재만은 낮에도 성인 PC방을 드나들었다. 하루 벌어 하루 먹고 사는 기아바이 일을 하는 이들에게는 치명적인 행위였다. 그러나 이들은 일을 제끼고 게임에 빠져 들었다. 치명적이고 한심한 사람들은 경섭과 최재만이 뿐만 아니었다. 한낮인데도 실내는 사람들이 북적거렸다. 인생을 허망한 한탕에 거는 족속들이 의외로 많았다.

문제는 이런 현상이 보편적이라는 것이었다. 남녀 구분도 없었다. 전에 없었던 일이었다. 남녀는 물론 계층을 가리지 않고 이런 곳을 드나들었다. 심지어는 주부들까지 드나들었다. 최근에는 동대문 부근에서 봉제업을 하는 사장들도 드나들면서 게임을 하는데 그 폐해가 이루 말할 수가 없다고 한다. 개중에는 자기 돈뿐만 아니라 직원들 봉급까지도 게임에 오링하고 봉급도 못주는 경우도 있다고 한다. 그뿐만 아니라 사업을 전폐하고 게임에 빠져 쪽박 찬 사람도 한두 사람이 아니라고 하니 큰 문제가 아닐 수가 없었다.

"박형, 이제 우리 이런 미친 짓 그만 하자. 내일부터 마음잡고 일하자구. 이러다 우리야 말로 쪽박 차겠어."

최재만이 눈이 벌개가지고 말했다. 경섭과 최재만은 서너 시간만에 이십여 만원을 잃고 오링이 되어 PC방을 나왔다. 경섭은 아무 말도 하고 싶지 않았다. 경섭은 최재만이의 말에 대꾸도 않고 묵묵히 걸었다. 이게 무슨 짓인가 하는 자괴감과 자기 모멸감이 속에서 치받쳤다. 최재만이 하늘과 땅을 연달아 보며 여기저기 침을 뱉으며 욕설을 퍼부었다.

"씨팔, 좆 같구만. 내가 다음에 또 이 짓 하면 성을 간다, 성을 갈아."

그러나 경섭은 안다. 최재만이 오늘 돈을 잃어 저런 말을 하지만 며칠이 지나면 저런 말을 언제 했던가 싶게 PC방을 찾아 들어가리라는 것을. 그리고 또 돈을 잃고 저런 말을 반복할 것이라는 사실을.

경섭이나 최재만이의 엿 같은 심정과는 달리 날씨는 화창하고 세상은 아무런 일도 없어 보였다. 아니다. 아무런 일이 없어 보일 뿐이지 세상도 다 미쳐 돌아가고 있었다.

"박형, 어디 가서 술이나 한잔하고 가지. 기분 좆 같아서 오늘 그냥 못 들어가겠어."

최재만이 경섭을 돌아보며 침울하게 말했다. 경섭은 술 생각도 없고 그냥 집에 들어가 눕고 싶었다. 모든 것이 다 싫었다. 자괴감과 모멸감으로 팍 죽고 싶은 생각만 들었다. 잠깐 처와 딸의 모습이 떠올랐다. 경섭은 머리를 흔들었다.

한동안 경섭은 모든 것을 잊고 일에만 몰두했다. 이제 두 번 다시 도박이나 게임을 하지 않으리라 단단히 마음을 먹었다. 일부러

최재만이를 피했다. 기아바이 사장 이기태가 경섭과 최재만이 낮에
도 PC방을 드나들며 게임을 하는 것을 알고 두 사람을 호되게 나무
랐다.

"당신들 지금 정신이 있는 거야 없는 거야? 지금 당신들 처지가
어떤 처지인데 그런 델 드나드는 거냐구? 내가 이런 말 할 자격도 없
고 필요도 없지만 당신들이 하도 딱해서 하는 말이야. 막말로 인생
끝까지 와서 기아바이 하면서 힘들게 번 돈을 그런데다 쑤셔 박아?
정신 차려, 이 사람들아!"

이기태가 한심하다는 눈으로 두 사람을 바라보며 질책을 했다.

이기태와 최재만은 오랜 동안 기아바이를 같이 하여 서로를 잘
알고 있었다. 나이는 이기태가 두 살이 많았으나 서로 친구처럼 지
내는 사이였다. 이기태는 이 바닥에서 오래 굴러 나름대로 자리를
잡아가고 있었다. 그만큼 그는 악착같이 일을 했던 것이다.

"복잡한 차중에 잠시 실례하겠습니다. 먼저 양해를 구하고요.
오늘 승객 여러분들에게 꼭 필요한 물건을 하나 소개해 올리겠습니
다……."

경섭이 물건을 담은 카트를 세우고 물품을 꺼내 승객들을 향해
소개의 말을 하였다. 경섭이 오늘 가지고 나온 물건은 주부들이 가
정에서 많이 사용하는 고무장갑이었다. 얼마 안 있으면 김장철이 다
가오기 때문에 고무장갑이 소용되는 때였다. 시간은 열한 시였다.
이 시간대는 주로 주부들이나 노인네들이 지하철을 많이 이용하는
시간이었다.

"아무 부담 없는 단 돈 천 원, 천 원짜리 한 장만 받고 모시겠습니

다. 아, 거기 잠깐만요."

경섭은 말하는 중간 중간 가짜 제스처까지 써가며 물품 판매에 열을 올렸다. 기아바이 일은 짧은 순간 바로바로 물건을 팔고 다음 칸으로 이동을 해야 한다. 눈치 보고 자시고 할 것도 없이 속전속결 팔아치우고 떠야 하는 것이다. 한 차량에서 서너 개 팔면 괜찮은 매상이다. 이렇게 해서 첫 차량부터 끝 차량까지 주욱 훑고 정차하는 역에서 내려 다음 지하철을 기다렸다. 쉬는 시간은 다음 지하철이 오는 짧은 시간이었다. 그동안에 화장실도 가고 자판기 커피도 한 잔 뽑아 마셨다. 이렇게 하루 종일 지하철을 타고 내리고 목청 높여 물품 소개를 하고 물품을 팔다보면 하루가 어떻게 지나는지 모르게 지나갔다.

낡은 책상 위에 가족사진이 놓여 있다. 경섭은 일을 마치고 들어와 저녁을 해먹고 책상 앞에 앉았다. 그리고 가족사진을 한참 들여다보았다. 딸아이 봄이가 돌을 맞이했을 때 동네 사진관에서 찍은 사진이었다. 경섭의 처가 딸아이를 안고 앉자 있고 경섭은 그 옆에 서서 찍은 사진이다. 사진 속 처는 웃고 있는데 경섭은 긴장된 모습이었다.

그러고 보니 딸아이의 생일이 며칠 앞으로 다가왔다. 딸아이의 생일을 맞이하여 처갓집으로 내려가야 할 것이다. 어제 저녁 처에게서 전화가 왔었다.

"여보, 봄이 아빠. 잘 계시죠? 혼자 있다고 술 자주 드시지 마세요. 그리고 때 거르지 말고 밥 꼭 챙겨 드시구요. 반찬 몇 가지 마련해서 택배로 부칠 테니까 그렇게 아세요. 봄이가 자기 생일에 아빠가 오실 거냐고 자꾸 물어요. 오실 거죠?"

가야 한다. 어린 것이 아빠라고 경섭을 기다릴 것이다. 경섭은 딸아이의 생일 선물과 처 그리고 장인 장모의 선물을 사서 처갓집으로 내려가리라 생각한다. 그리고 이참에 서울 생활을 정리하고 처 말마따나 시골에서 농사를 지으면서 살려고 했다.

이왕 한 세상 살다죽는 거 시골이면 어떻고 서울이면 어떨 것인가. 가족들과 떨어져 날마다 긴장하며 하루하루 힘들게 사느니, 시골에서 그 힘을 들이면 못 살겠나 하는 생각이 들었다. 그러면서 경섭은 예전 중국 연변에 갔을 때 생각이 났다.

작고 왜소한 당나귀 한 마리가 힘들게 수레를 끌고 가는 모습이었다. 그때 경섭의 눈에 당나귀가 그렇게 측은하게 보일 수가 없었다. 고개를 푹 숙이고 무거운 수레를 끌고 터벅터벅 걷는 당나귀의 모습. 당나귀의 털은 햇빛에 바랬는지 붉은빛을 띠었다. 그런데 왜 갑자기 그 당나귀가 생각나는 것일까?

축혼제 * 畜魂祭

5월의 저녁바람은 감미롭고 향기롭다. 일을 마치고 미니로더를 운전하고 가는 내 콧속으로 찔레꽃 향기가 스며든다. 올해는 유난히 찔레꽃이 흐드러지게 피었다. 밭둑이나 산등성이 어디에나 자생하는 꽃이다.

나는 오늘 축사의 축분을 밭으로 실어 나르고 미니로더로 축분을 밭에 폈다. 내일은 경운기로 갈아엎고 옥수수를 심을 것이다. 2천여 평의 밭에 옥수수를 심는다면 한우의 조사료로 유용하게 쓰인다. 사료값이 하루가 다르게 오르는 추세라서 농후사료만 먹여서는 수지타산이 맞지 않았다. 또한 한우의 영양소 공급원으로서도 조사료는 필요했다. 그래서 나는 사료값을 줄이고 한우의 영양소 공급을

원활히 하기 위해 옥수수를 심어 생것으로 베어 먹이기도 하고 겨울
용으로 엔실리지를 만들었다.

사실 조사료는 반추위를 가진 한우에게 있어 꼭 필요했다. 농후
사료를 많이 먹이면 소화 및 대사장애를 일으킬 뿐만 아니라 질병에
취약하다. 그러니까 한우의 반추위의 기능과 건강을 유지하기 위해
서라도 조사료는 먹여야했다.

옥수수뿐만 아니라 산등성이 밭에다가는 총체보리도 심을 것이
다. 총체보리는 수입조사료를 대신할 수 있는 양질의 조사료다. 또
한 틈틈이 산과 들에 무성히 자생하는 풀을 베어다 소에게 먹이기도
하였다. 그렇게 해서라도 조금이나마 사료값을 줄이고 한우를 건강
하게 키우려고 애를 썼다. 그러나 그런 방법도 나 같은 소규모 한우
농가에나 해당되었지, 대규모 농장에서는 할 수 없는 일이었다. 한
우 농가들은 사료값을 줄이기 위한 방법을 다각도로 모색하나 뾰족
한 방법이 없었다.

외국처럼 초지를 넓게 조성하여 오차드그라스나 알파파, 클로
버를 심어 가축을 방목하여 사육한다면 얼마나 좋을까마는 우리의
현실에서는 쉽지 않은 일이다.

운 좋게도 나는 작년 전국을 휩쓸었던 구제역 파동을 비껴갔다.
전국에 만연 하다시피 했던 구제역으로 소와 돼지들이 떼죽음을 당
했다. 구제역에 걸린 가축이나 안 걸린 가축이나 땅을 파고 구덩이
에 묻었다. 사람으로서 차마 못할 짓이었다. 구제역의 확산을 방지
한다는 명분하에 구제역이 발병한 가축은 물론 발병하지 않은 가

축까지 살처분 한 것이다. 관계당국은 이 방법이 최선의 방법이라고 하였지만 이 방법밖에 없었을까 하는 생각으로 나는 혼자 분노하였다.

엄동설한에 구제역 예방을 위해 마을마다 다니면서 소독약을 뿌려다 던 일이 새삼스럽다. 과학이 발달하고 최첨단 하이테크 정보화 시대라고 떠들어대면서 구제역의 발병과 확산 원인 하나 제대로 밝혀내지 못하는 현실이 아이러니하다. 과학의 한계는 여전히 존재하고 우리가 사는 세상은 이해 못할 일들로 가득했다.

구제역에 대한 정부의 대책은 한마디로 말해 원론적인 수준에 머물렀다. 초기대응도 늦었지만 대책 또한 허점투성이였다. 그들이 축산농가에 내린 지침과 행동이라곤 무제한적인 소독약 살포와 구제역이 발병한 농장의 가축에 대해 살처분 하라는 것뿐이었다. 구제역이 발병되지 않은 농장의 가축들도 구제역이 발병된 농장 옆에 있다는 이유만으로 살처분 대상에 포함되었다.

우리 농장에도 관계기관의 사람들이 찾아와서 살처분을 하라는 통보를 하였다. 우리 농장에는 30여 두의 한우들이 있었다. 나는 한우 사육을 처음 시작할 때부터 전염병과 질병의 예방에 특별히 신경을 썼다. 때에 맞춰 예방주사는 물론 농장 소독을 철저히 하였다. 그리고 스트레스를 주지 않고 육질의 고급화를 위해서 밀식사육을 하지 않았다. 그러기 위하여 적정 수준의 한우를 입식하였다. 그야말로 최대한의 친환경적 사육환경을 갖추어 한우를 사육하고 있었다. 그래서인지 내가 사육하는 한우는 질병에도 잘 걸리지 않았고 육질도 좋아서 시장에 내면 인기가 있었다.

　　관계당국으로부터 1차 통보를 받고도 나는 응하지 않았다. 구제역에 걸리지도 않은 소들을 예방 차원에서 살처분을 하라는 행정명령에 응할 수가 없었다. 나는 그런 행정명령이 부당하다고 생각했다. 나의 대응에 관계당국에서는 몇 차례의 통보를 더 하였다. 그래도 끝내 응하지 않자 담당 공무원이 찾아와 정부의 방침이니 따르라고 하면서 강제집행을 하려고 하였다.

　　나는 강제집행에 단호히 맞섰다. 부당한 강제집행에 결코 응할 수 없었다. 멀쩡한 소를 죽일 수 없었다. 나는 공무원에게 말했다. 내 소는 내가 책임을 지겠다, 만에 하나 구제역이 발생하면 그때 가서 내 손으로 살처분을 하겠다 하고 버텼다. 그런 우여곡절 끝에 내 소를 지켜내었고 현재 건강하게 사육하고 있다.

　　농촌에서 한우 사육은 그 의미가 남달랐다. 단순히 경제논리로만 생각할 일이 아니었다. 더군다나 한우의 사육은 더 그러하였다. 옛날에는 논밭이 어느 정도 있는 농가에서는 한우 한 두씩은 사육하였다. 농사철에 일소로서 요긴하게 쓰고자 함이었다. 그에 더해 한우는 급하게 목돈이 필요할 때 손쉽게 목돈을 마련할 수 있는 유일한 방법이었다.

　　지금은 여건이 많이 나아졌지만 농촌에서 현금화 할 수 있는 작물은 많지 않다. 비닐하우스를 이용한 특수작물 재배나 채소 재배가 있긴 하였으나, 그런 특수작물이나 시설채소 재배는 특별한 노하우와 투자와 노력이 따라야 했다. 그러나 한우 사육은 특별한 기술이나 많은 투자가 필요치 않았다. 누구나 마음만 먹으면 쉽게 사육할 수 있었다. 더군다나 한두 마리 정도의 한우는 농가의 부산물로 얼마든지 사육할 수가 있었다. 그렇다고 사료를 전혀 안 주고 기를 수는 없다. 그러나 조금만 부지런하면 산이나 들에 지천으로 자라는 풀이나 가을에 수확하고 남은 콩짚이나 볏짚, 쌀겨, 보릿겨 등으로 사육이 가능하였다.

가축 사육에도 어려운 점은 의외로 많다. 작년 같은 구제역이나 여타 질병으로 가축들이 집단으로 몰살을 한다든가, 가끔씩 있는 파동으로 가격이 폭락을 하는 경우 큰 손해를 감수해야 하기 때문이다. 그러나 그런 어려움에도 불구하고 가축사육은 농촌에서는 여전히 부가가치가 높은 산업이다. 나 역시 그걸 알고 5년 전부터 밭농사와 논농사 위주에서 한우 사육으로 눈을 돌려 지금에 이르고 있다.

"여보, 이거 좀 보세요. 군(郡)에서 뭐가 날아 왔어요."

내가 미니로더를 축사에 세워두고 집 안으로 들어서자 아내가 내게 뭔가를 내밀었다.

"그게 뭔데?"

내가 장화를 벗으며 아내에게 물었다.

"모르죠, 뭐. 보질 않았으니까."

군에서 뭘 보냈을까 의아해 하며 나는 봉투를 개봉하였다. 행정 봉투에 들어 있는 내용을 꺼내보니 통지서였다. 어느 날 어느 시까지 군 농정과로 출두해 달라는 내용이었다.

"저 박기원이라고 합니다. 무슨 일로 저를 보자고 했습니까?"

농정과 담당 직원을 찾아가 나를 찾는 용건을 물었다.

"누구시라고요? 박기원 씨요?"

이마가 벗어진 직원이 고개를 들어 나를 쳐다보며 물었다.

"예, 그렇습니다. 며칠 전에 저에게 출두 아니 나와 달라는 통지서가 날아와서 왔습니다."

"그래요? 잠시만 기다려 보세요."

그러면서 직원은 책상 위에 어지러이 널려 있는 서류 가운데서 나와 관련된 서류를 찾아냈다. 서류를 보는 그의 눈썹이 꿈틀거렸다.

"박기원 씨, 지난 번 구제역 파동 때 행정명령을 이행하지 않으셨군요?"

예상치 못한 뜬금없는 말이 직원의 입에서 나왔다.

"아니, 그게 무슨 말입니까? 행정명령을 이행하지 않았다니요?"

나는 나도 모르게 언성을 높이며 직원을 바라보았다.

"살처분 행정명령을 이행하지 않으셨잖아요? 그래서 상급기관에서 저희에게 과태료 처분을 내리라고 공문을 보내왔습니다. 박기원 씨께서 지역분이시고 그동안 한우 사육을 모범적으로 하셨기에 과정을 말씀드리려고 나오시라고 했습니다."

직원이 나름대로 나를 생각해서 통지서를 보냈다는 점을 강조했다.

"그게 무슨 말입니까? 이제 와서…… 더군다나 구제역이 소멸되었고 정상화된 상태에서 왜 내게 행정명령을 이행하지 않았다고 그러십니까? 그것도 모자라 과태료 처분을 내리겠다니요? 세상에 그런 법이 어디 있습니까?"

내가 직원에게 따져 물었다.

"저도 그 이상은 잘 모릅니다. 상부에서 지시를 내리니 저희는 이행하는 것뿐입니다."

직원이 자기도 그런 처분을 내리는 것이 곤혹스럽다는 듯이 이마에 주름을 지으며 말했다.

"다시 말하지만 나는 그런 부당한 처분받을 일을 전혀 하지 않았습니다. 살처분 하지 않은 것을 가지고 그런 행정처분을 내린다면 그건 더욱 부당한 일입니다. 우리소가 구제역에 걸리지도 않았는데 멀쩡한 소를 예방 차원에서 살처분 하라는 것이 말이 됩니까? 만약 그때 당신네들 말대로 살처분을 했더라면 우리 소들은 전부 그때 몰살을 했을 것입니다. 지금 우리 소들은 멀쩡히 살아서 잘 자라고 있어요. 아니 내 소 내가 살처분 하지 않고 사육하겠다는데 그걸 이행하지 않았다고 행정명령 불이행 운운하면서 과태료 처분을 내리겠다니 세상에 그런 법이 어디 있습니까?"

내가 언성을 높이며 따지고 들었다.

"저한테 그러셔도 소용 없습니다. 이건 상부에서 지시를 내린 거고 저희는 그 지시에 따라 박기원 씨에게 통지서를 발부한 것뿐입니다. 만약 과태료 처분을 거부하신다면 저희는 상부지시대로 행정명령 불이행과 업무방해죄로 고발할 수밖에 없습니다."

직원이 단호한 태도로 말했다. 직원의 말에 나는 그야말로 꼭지가 돌 정도로 화가 치밀어 올랐다.

"고발이라고요? 아니 민주국가에서 이래도 되는 겁니까? 고발이라니?내가 언제 당신네들의 행정명령을 어기고 업무를 방해했다고 그래요?내 소 내가 죽이지 않고 사육하겠다는데 당신들이 왜 죽이라 마라 하느냐 말이야! 당신들이 내가 소 사육하는데 사료값을 대줘봤어 무슨 도움을 주었다고 지금 와서 이러는 겁니까? 고발? 고발 할 테면 한번 해보시오. 내 참어이가 없어서……”

“왜 여기 와서 큰 소리를 내세요. 그럼 만약 그때 박기원 씨가 행정명령을 이행하지 않아 박기원 씨 농장에서 구제역이 발생해 이웃 농장까지 확산이 되었다고 생각해 보세요. 그렇게 되었다면 어떻게 하시려고 했어요? 그 뒷감당을 어떻게 하실 거냐구요?”

직원이 얼굴이 벌게져서 되레 따지고 들었다. 나는 더 이상 직원과 상대해봤자 입만 아프다는 생각이 들었다. 군수를 직접 찾아가 부당함을 호소하는 것이 낫겠다는 생각이 퍼뜩 들었다.

“좋습니다! 당신하고는 얘기가 안 되니 내 군수에게 직접 가서 부당함을 이야기 하겠소. 세상천지에 이런 법이 어디 있단 말이야!”

나는 그 자리에서 나와 2층에 있는 군수실을 찾아갔다. 그러나 빌어먹을 군수는 출타하고 없었다. 비서실의 여직원이 손톱 소제를 하고 있다가 내가 들어가자 화들짝 놀라며 군수가 부재중이라는 말을 했다. 나는 아무런 성과 없이 군청을 나왔다. 속에서 연신 부아가 끓어올랐다. 이대로 그냥 맨정신으로 집으로 돌아갈 수가 없었다. 나는 군청 가까이에서 식당을 하고 있는 친구를 찾아갔다.

“어, 자네가 웬일이야? 여길 다 나오고.”

카운터에 앉아 있던 친구가 예상치 않던 내가 불쑥 들어오자 놀라 물었다.

“왜 내가 나오면 안 되나?”

빈정거리는 투로 내가 친구의 말을 받았다.

"무슨 일 있었어? 얼굴 표정이 썩 좋지 않은데……"

친구가 내 얼굴 표정을 살피며 물었다.

"참 이놈의 세상이 어떻게 되려는지 내 땅에서 내 소를 맘대로 키우지 못하게 하니 이게 말이 되느냐고?"

내가 흥분을 감추지 못한 채 친구에게 푸념하듯 말했다.

"이 친구가 오늘따라 왜 그래? 무슨 일 있었어?"

친구가 냉장고에서 맥주 두 병을 내오며 물었다.

"아니 구제역이 나 때문에 발생했어? 왜 나에게 시비야 시비가. 자네 내 말 좀 들어보게. 내가 우리 소 구제역에 걸리지 않았으니까 살처분 할 수 없다. 멀쩡한 소를 어떻게 살처분을 하여 매장을 하느냐, 그럴 수 없다고 하며 버티지 않았나. 그랬더니 이제 와서 행정명령 불이행이니 하면서 과태료를 매기겠다는 거야. 그래서 그런 부당한 일이 어디 있냐, 나는 그런 부당한 행정명령을 받아들일 수 없다 했더니 날 고발하겠다는 거야. 세상에 이런 일이 어디 있냐고?"

화가 가라앉지 않고 있던 터라 친구에게 하소연 하는 목소리가 나도 모르게 커졌다. 나는 흥분을 가라앉히려고 친구가 따라놓은 맥주잔을 들어 단숨에 쭉 들이마셨다.

"그런 일이 있었나? 그 친구들 구제역으로 혼이 나더니 정신들이 없나보군. 자네 지금 소들 아무 탈 없이 잘 있지? 그러면 됐지 왜 이제 와서 행정명령 불이행이니 뭐니 하며 자네를 괴롭히는 거야. 정말 말이 나와서 하는 말이지만 구제역에 걸린 소, 돼지들 보다 예방 차원이라는 미명하에 생매장된 소, 돼지들이 얼마나 많았어. 축산 농가에게는 재앙 그 이상이었지. 아니 축산 농가뿐만 아니라

그 정도 되면 국가의 재앙이라고 해도 과언이 아니었잖았느냐 말
이야?"

친구가 나의 말에 동조하였다.

"자네가 그리 말해주니 조금 기분이 풀리는군. 군에서 공무원
하고 얘기하다가 속이 터져 죽는 줄 알았어."

"자네 심정은 내 충분히 이해하겠는데, 자네가 그리하고 나왔으
니 저쪽에서도 가만히 있지는 않을 텐데 어쩌려나? 저들은 행정권
을 가진 사람들이니 저들이 한다면 결국 자네만 당하고 말텐데 말
이야."

친구가 빈 잔에 맥주를 따르며 걱정스럽다는 듯 말했다.

"난 그런 부당한 행정명령을 절대 따르지 않겠어. 내 소 내가 죽
이지 않고 사육하겠다는데 그게 무슨 잘못이야? 그리고 막말로 우
리 소 때문에 구제역이 발생하거나 확산된 거도 아니잖아. 그런데
왜 이제 와서 행정명령 불이행이니 하며 시비를 거느냐 말이야. 할
테면 하라지. 난 끝까지 버틸 거야."

나는 단호하게 나의 의지를 친구에게 말했다. 그날 나는 늦게까
지 친구네 식당에서 울분을 토로하며 술을 마시고 집으로 돌아왔다.
집에 돌아오니 아내는 자지 않고 나를 기다리고 있었다.

"여보, 웬 술을 그렇게 마셨어요? 군청에 갔던 일은 어떻게 되었
고요?"

아내가 나를 부축하며 조심스럽게 물었다.

"미친놈들이 글쎄 나에게 과태료 처분을 내리겠다는 거야. 그리
고 뭐 따르지 않으면 고발을 하겠다나. 참 내 어이가 없어서……."

“여보, 그게 무슨 말이에요? 그럼 어떡하면 좋아요?”

아내가 내 말에 겁을 먹고 울상을 지었다.

“걱정하지 말어. 무슨 일 없을 테니.”

내가 대수롭지 않게 아내에게 말했다.

“군에서 당신을 고발하겠다면서요? 그게 걱정할 일이 아니에요? 여보, 과태료가 얼마인지는 모르지만 내고 조용히 삽시다.”

아내가 내 얼굴을 쳐다보며 사정하듯 말했다.

“당신 그게 무슨 말이야? 과태료가 얼마가 됐든 난 낼 수가 없어. 그런 부당한 행정명령을 내가 왜 따라야 한단 말이야? 지금이 뭐 군사독자 시대도 아니고 무조건 하라면 해야 하는 시대야? 난 그럴 수 없어!”

내가 단호하게 말했다. 아내는 나의 말에 더 이상 뭐라고 대꾸하지 않았다.

군청에 다녀온 이후로 나는 일에만 몰두하였다. 한창 바쁜 농사철이라 다른데 신경 쓸 여가가 없었다. 나는 트랙터를 몰고 논으로 나갔다. 논을 갈아엎고 물을 대어 써레질을 해두어야 했다. 논을 갈아엎은 다음 써레질도 곧이어 하여야 한다. 진즉 서둘러 논을 갈아엎었어야 하는데 한우 조사료 심는 일에 며칠을 보내느라 늦어졌다. 논에 나가보니 논바닥 가득 자운영이 무성했다. 분홍빛 자운영 꽃이 흐드러지게 피어 논바닥이 꽃밭이었다.

자운영을 갈아엎으면 흙과 뒤섞여 썩을 것이다. 그리되면 질소 거름 역할을 하여 논을 걸게 하여 화학비료를 적게 사용할 수 있다.

갈아엎기 전 몇 번 웃자란 자운영을 예초기로 베어다 한우에게 주었다. 자운영 또한 영양 많은 훌륭한 조사료였다.

어디서 날아왔는지 백로와 왜가리들이 논 이곳저곳에서 먹이 활동을 하고 있다. 써레질을 할 때면 백로와 왜가리들은 트랙터 뒤를 쫓아다니며 미꾸라지나 개구리, 땅강아지 들을 찾아 먹었다. 막상 트랙터로 논을 갈아엎으려니 아쉬운 생각이 든다. 자운영은 이른 봄 논바닥을 수놓는 아름다운 꽃이다. 향기도 좋고 꿀도 많아 벌과 나비가 많이 찾는 꽃이기도 하다. 예전에는 농가마다 자운영을 많이 심었으나 요즈음은 심는 농가가 별로 없었다. 공이 들기 때문이었다. 추세가 뭐든지 손쉽고 힘 안 들게 하려는 현실의 반영이었다.

논 한 쪽에 조성한 못자리에는 한창 모가 자라고 있었다. 나는 트랙터를 논 가장자리에 세워놓고 못자리로 갔다. 연초록빛 연한 모들이 햇볕을 받아 금빛으로 빛난다. 모판의 모들을 손으로 쓰다듬는다. 부드러운 모의 촉감이 손바닥에 기분 좋게 와 닿는다. 모 사이로 언뜻언뜻 피가 보인다. 나는 모 사이에서 자라는 피를 솎아 낸다. 모와 피의 구분은 쉽지 않다. 그러나 모는 피와 달리 잎이 가늘고 부드럽다. 피는 잎이 모보다 넓고 잎맥이 뚜렷이 보이고 촉감이 거칠다. 모를 내고 피사리를 하는 것보다 모판에서 피를 뽑아내는 것이 훨씬 수월하다. 모판을 부을 때에 피씨가 들어가지 않도록 주의를 했건만 섞여 들어갔다. 나는 한참 동안 엎드려 피를 솎아냈다.

피사리를 하다 보니 시간이 많이 흘렀다. 눈에 띄는 피를 보고 그냥 지나칠 수가 없어 시작한 피사리였으니 이왕 손에 댄 거 모판의 피를 전부 뽑아내기로 하였다. 한참 허리를 구부리고 피사리를 하다 보니 허리가 다 뻐근했다. 요즘은 농약을 쳐 피나 잡초를 제거하여 피사리는 물론 김매기도 하지 않았다.

　내가 어릴 적만 해도 여름 한철 농부들은 논김매기로 여름을 보내었다. 김매기도 애벌김, 두벌김, 세벌김까지 매었다. 그러나 김매기의 고단함 때문에 주로 두벌김까지 맸다. 한여름 뙤약볕에 논바닥에 엎드려 김을 매는 일은 여간 고된 작업이 아니었다. 그런 옛날에 비하면 요즘 농사는 모든 과정을 기계로 하기 때문에 수월했다. 모는 이앙기로 내었고 벼 베기나 탈곡은 콤바인으로 하였다. 그러나 벼농사는 들인 공과 투자에 비하면 소득이 너무 적었다. 그래서 젊은 농군들은 벼농사에 주력하지 않고 특수작물이나 시설채소, 한우 사육어 눈을 돌렸다.

　"여보, 여보!"

　아내가 논둑으로 걸어오며 나를 소리쳐 불렀다. 나는 아내가 부르는 소리에 허리를 펴고 눈길을 돌렸다. 아내가 점심을 준비해 머리에 이고 내가 있는 곳으로 바삐 걸어오고 있었다. 집에서 기르는 누렁이도 아내 앞에서 꼬리를 흔들며 달려왔다.

　"집에 들어가서 먹으면 되는데 뭔 점심을 내와."

　내가 논둑으로 걸어 나가며 아내에게 말했다.

　"당신 시장하실까봐 내 왔어요. 저, 여보……"

　아내가 논둑에 점심을 차리면서 나를 조심스럽게 불렀다.

　"왜 무슨 할 말이 있어?"

　목이 마르던 터라 물을 따라 마시려던 나는 아내를 바라보며 물었다.

"여기 이거요."

아내가 주머니에서 뭔가를 꺼내 나에게 내밀었다.

"그게 뭐야?"

나는 아내가 꺼내준 봉투를 건네받으며 물었다. 그러나 이내 봉투의 겉면을 보고 법원에서 보내온 것임을 알 수 있었다. 봉투에는 특별송달이라는 문구가 선명하게 찍혀 있었다. 나는 밥 먹을 생각도 잊고 봉투 안에 들어있는 내용물을 펼쳐보았다.

법원 판사가 발행한 약식 명령서였다. 명령서에는 사건번호와 피고인 주형과(主刑科)로 나에게 벌금 300만 원에 처한다는 판결과, 부수처분이란 내용에는 피고인이 위 벌금을 납입하지 않으면 금 5만 원을 1일로 환산한 기간 피고인을 노역장에 유치한다로 되어 있었다.

또한 범죄 사실이 별지에 기록되어 있고 적용법령까지 자세하게 기재되어 있었다. 그러면서 마지막에는 이 명령등본을 송달받은 날로부터 7일 이내에 정식재판의 청구를 할 수 있다고 되어 있었다.

내용물을 읽고 나니 마음이 답답하고 서글펐다. 군에서 나에게 이럴 수가 있는가 하는 서운함과 배신감이 들었다. 군청 공무원들은 대부분 지역 선후배들이었다. 모르는 직원들이 있다 하더라도 한 다리 건너면 다 알만한 사이였다. 그런데 내가 무슨 그렇게 큰 잘못을 저질렀다고 검찰에까지 고발을 한단 말인가. 물론 군청에서 부과한 과태료를 납부했으면 이런 일은 없었을 것이다. 그러나 나는 일부러 과태료를 납부하지 않았다. 돈이 아까워서가 아니었다.

과태료를 납부하지 않은 것은 정부의 구제역에 대한 대처가 잘

못 되었다는 내 나름의 항의표시였다. 구제역에 걸리지도 않은 소를 살처분 하라는 행정명령을 나는 도저히 받아들일 수가 없었다. 그래서 명령을 이행하지 않았다. 더군다나 부과된 과태료 납부 이행은 더더욱 할 수가 없었다. 그랬더니 종내에는 나를 검찰에 고발을 하였고 약식재판을 통해 벌금을 매긴 것이다.

나는 끝까지 내 소신을 굽히지 않으리라 마음먹었다. 그래서 약식명령을 받은 이튿날 검찰을 찾아갔다. 내 사건을 담당한 검사의 방은 302호였다. 사람이 살아 있는 동안 가지 말아야 할 곳이 세 군데가 있다는데, 그곳이 바로 법원과 병원, 경찰서라고 하였다. 나는 이를 지키지 못한 꼴이 되었다. 하기사 인생이란 것이 어찌 마음먹은 대로 되겠는가. 나는 착잡한 심정으로 검사실을 찾아 들어갔다.

"수고하십니다."

나는 누구랄 것도 없이 노크를 하고 문을 밀고 들어가 인사를 했다. 그러자 책상에 머리를 처박고 서류를 뒤적이던 직원이 코끝에 걸린 안경을 밀어 올리며 나를 쳐다보았다.

"저, 여기가 최강수 검사실이지요?"

안경 쓴 직원에게 확인 차 검사 이름을 대며 물었다. 그런데 정작 대답을 한 건 문 옆에 앉아 컴퓨터 자판을 두드리던 여직원이었다.

"예, 그런데요. 무슨 일로 오셨죠?"

여직원의 물음에 나는 잠시 당황하였다. 남자 직원이 대답을 하지 않고 여직원이 대답을 했기 때문이었다.

"약식 명령 건 때문에 왔습니다."

나는 여직원 쪽으로 몸을 돌리며 대답했다.

"성함이 어떻게 되시죠?"

여직원이 사무적으로 물었다.

"예, 박기원이라고 합니다."

"잠깐만 기다려 보세요."

여직원이 그러면서 책상 위에 있는 서류를 뒤적여 나와 관련된 서류를 찾았다. 한참 서류를 뒤적이던 여직원이 서류를 찾았는지 나를 힐끗 보더니 옆 자리의 안경 쓴 직원에게 말했다.

"계장님, 군에서 고발한 건인데요."

"그래? 서류 좀 이리줘 봐."

여직원에게서 서류를 넘겨받은 계장이 서류를 빠르게 뒤적여 보더니 한참 만에 나를 돌아보며 말했다.

"박기원 씨, 행정명령 불이행과 업무방해죄로 군에서 우리 검찰에 고발을 한 건이군요. 그래서 법원의 약식 명령을 받으셨는데, 명령대로 벌금을 내시면 이 사건은 종결되는 겁니다. 그런데 왜 찾아오셨습니까?"

군에서 나를 검찰에 고발한 것이 단순히 과태료를 내지 않아서가 아닐 것이다. 내 생각에는 내 행위가 그들이 봤을 때 소위 말해 괘씸죄에 해당한 것일 수가 있었다. 감히 일개 농민이 군의 명령을 거부한 괘씸죄 말이었다. 그런 생각이 들자 군의 처사가 한편으로 이해가 되면서도 서운함을 감출 수가 없었다. 나는 계장 앞에 놓여 있는 의자에 앉았다.

"정식재판을 청구하려고 왔습니다."

나는 계장에게 찾아온 목적을 말했다.

"재판을 청구하시겠다고요?"

"그렇습니다. 정식으로 재판을 청구합니다."

내 대답에 계장이란 사내가 어이가 없다는 표정을 지었다.

"그럼 박기원 씨는 법원의 판결에 불복하신 다는 겁니까?"

계장이 짜증 섞인 목소리로 물었다.

"법원의 판결에 불복을 한다기보다는…… 내가 무슨 잘못을 했다고 벌금을 부과하는 겁니까? 내가 잘못을 했다면 당연히 재판 결과에 승복하여 벌금을 낼 것입니다. 그런데 나는 잘못한 것이 없습니다. 그래서 벌금을 못 내겠다는 것이고, 재판정에서 저의 행동에 대한 정당성을 밝히겠습니다."

내가 당당하게 나의 의지를 계장이란 자에게 밝혔다.

"안 되겠군. 검사님, 여기 군에서 고발한 건 말입니다. 원만하게 사건을 해결하려고 하는데 안되겠습니다. 검사님이 맡으셔야겠습니다. 박기원 씨, 저기 검사님 앞으로 가세요."

계장이란 자가 사무실 중앙에 자리하고 있는 검사를 가리키며 말했다. 검사는 계장의 말에 나를 힐끗 쳐다보더니 미간을 찡그렸다.

"박 계장, 군에서 고발한 건이 뭔데 그래요?"

검사가 계장을 바라보며 인상을 찡그리며 물었다.

"행정명령 불이행과 업무방해죄입니다. 법원에서 약식 명령 판결로 벌금을 부과한 건 있지 않습니까? 그런데 불복하여 정식으로 재판을 청구하겠답니다."

"그래요? 박기원 씨, 여기 좀 앉으세요."

검사가 나에게 말했다. 나는 검사 앞에 놓여 있는 철제의자에 앉았다.

"가만 있자. 이거 뭐야? 구제역과 관련된 사건인데…… 박기원 씨, 지금 하는 일이 뭡니까?"

검사가 서류를 넘겨보더니 물었다.

"농사를 짓고 있습니다. 한우도 사육하고 있고요."

"한우 사육이라…… 뭐야, 이거? 지난 번 구제역이 창궐했을 때 군에서 박기원 씨에게 한우를 살처분 하라고 행정명령을 내렸는데 이행치 않았다…… 박기원 씨, 왜 이행치 않았습니까?"

검사가 서류를 뒤적이며 신경질적으로 물었다.

"구제역이 발생하지도 않은 멀쩡한 한우를 살처분 하라는 행정명령이 부당하여 이행치 않았습니다."

"부당하다 생각한다? 그러면 다른 농가들은 온당하다 생각하여 살처분 했다는 말입니까? 군에서 살처분 하라고 하는 것은 더 큰 피해를 막기 위해서 한 것이고, 개인이 임의대로 군의 행정명령을 이행하지 않아도 되는 겁니까? 그러다가 더 큰 피해가 발생하면 어떡하라고 말입니다. 한번 말해 보세요."

검사가 날카로운 눈으로 나를 쏘아보며 추궁하였다.

"검사님, 구제역으로 15만여 마리의 소와 330만여 마리의 돼지가 살처분 됐습니다. 그중에서 구제역에 전염되어 살처분 된 소, 돼지는 몇 마리나 된다고 생각하십니까?"

내가 검사에게 되물었다.

“이봐요! 박기원 씨. 박기원 씨는 지금 피의자 신분이라는 걸 잊지 마서요. 질문은 내가 하고 박기원 씨는 질문에 대답만 하면 되는 거요!”

검사가 내 말에 발끈하여 언성을 높였다. 나는 검사의 돌변한 태도에 당황하여 잠시 어리둥절하였다. 검사의 권위적 위압감이 느껴졌다.

“다시 한번 말하지만 행정명령 불이행과 업무방해죄가 뭔지 아세요? 국가적 재앙 사태라고도 할 수 있는 구제역 발생에 대해 박기원 씨는 정부의 방침에 따르지 않았어요. 그리고 그런 행위는 법을 떠나 지극히 이기적인 행동으로 밖에 볼 수 없습니다. 만에 하나 박기원 씨가 행정명령을 이행치 않아 구제역 발생이 확산되었다면 어떻게 하려고 했습니까? 그러고도 반성의 기미는 보이지 않고 과태료 부과를 명했는데도 따르지 않았어요. 그런데다 이번에는 법원의 약식 명령도 따르지 않겠다 이 말이죠? 어디서 그런 배짱이 나오는 겁니까? 좋습니다. 정식으로 재판을 청구하겠다니 하십시오. 참 내 쉽게 갈 일을 어렵게 가려 하다니…… 다음에 법원에서 연락이 갈 겁니다. 그때 나오시고 오늘은 그만 들어가 보세요.”

검사가 구형하듯 딱 잘라 말하고 나에게서 눈길을 거두었다. 나는 검사실을 나왔다. 괜한 고집으로 일을 크게 만든 것은 아닌가 하는 후회가 언뜻 들었다. 지금이라도 늦지 않았으니 벌금을 내고 이 일을 마무리 지을까 하는 생각도 들었다. 그러나 군의 처사가 괘씸했고 이번 기회에 주민의 뜻을 무시하고 일방적으로 행정명령을 내린 관의 행태를 불식시켜야 한다는 생각에 갈 때까지 가보자는 오기도 들었다.

어차피 일은 시작되었다. 정식으로 재판을 청구하였으니 조만간 재판정에 서야 하리라. 재판은 혼자 할 수 있는 일이 아니다. 나는 검찰지청을 나와 내친김에 군 소재지에 있는 변호사 사무실로 발걸음을 옮겼다. 재판 절차를 의논하고 나는 변호사를 선임하고 집으로 돌아왔다.

재판에 관한 모든 일을 변호사에게 위임한 나는 농사일에 전념하였다. 요즘은 농번기 철이라 부지깽이의 힘을 빌려야 할 정도로 일이 많았다. 논에 모도 내야 하고 밭에 심을 작물들은 진즉 다 심었지만 고추 지주도 해주어야 하고 웃거름도 주어야 했다.

한우 암소의 출산과 수유 그리고 시장에 출하와 함께 송아지 입식도 하여야 했다. 나는 새벽같이 일어나 한우 두 마리를 트럭에 실었다. 춘천에 있는 우시장으로 내다 팔기 위해서였다. 변호사 선임비와 그 외 소요되는 비용을 마련하기 위해서였다. 아내는 내가 법원의 약식 명령에 따라 벌금을 부과하고 말지 뭐 때문에 재판을 하느냐며 잔소리를 하였다.

새벽안개가 한 치 앞을 볼 수 없을 정도로 짙었다. 나는 헤드라이트를 켜고 저속으로 차를 몰았다. 강과 호수가 있어서인지 이쪽으로는 안개가 끼는 날이 많았다. 더군다나 요즘은 신록이 우거진 나무에서 뿜어내는 신선한 공기와 습한 땅에서 올라오는 수증기 등으로 더욱 안개가 짙게 끼는 것 같았다.

세 시간을 달려 우시장에 도착하였다. 구제역 사태로 한동안 폐장이 되었던 우시장은 장이 섰지만 뭔가 모르게 허전했다. 예전만큼 활기차지 않았다. 소와 사람들로 활기에 넘쳤던 장터의 모습이 아니었다. 구제역 사태는 피해를 입은 농가나 입지 않은 농가 모두에게 엄청난 시련과 고통을 주었다. 후유증 역시 심각했다.

"어이구, 안녕하십니까? 일찍 나오셨습니다."

내가 차를 대고 소를 내려 집하장에 묶는데 아는 체를 하며 인사를 하는 이가 있었다. 돌아보니 원주에서 한우 사육을 하는 김장숙 씨였다.

"예, 오랜만입니다. 어찌 잘 지내셨습니까?"

내가 목장갑을 벗고 손을 내밀며 말했다. 김장숙 씨는 춘천 한우 시장에서 몇 번 만나 서로 인사를 하고 지내는 사이였다.

"예, 덕분에 잘 지냈습니다. 소 내실려고 오셨군요?"

"가용 좀 보태려고 소를 내는데 가격이 어떻게 형성 되는지 모르겠습니다."

"구제역 때문에 소가 전멸하다시피 하여 값이 많이 올랐지요. 박형 네는 구제역 피해는 입지 않으셨습니까?"

김장숙 씨가 우리 소를 손바닥으로 쓸어보며 물었다.

"예, 천만다행으로 구제역이 비껴갔습니다. 김형 네는요?"

"말도 마십시오. 저희 농장을 비롯하여 반경 20km 안에 있는 농장의 소들을 전부 살처분 했습니다. 그 일을 생각하면 지금도 살이 다 떨립니다."

김장숙 씨가 몸을 부르르 떨며 당시의 참혹했던 기억을 지우려는 듯 머리를 흔들었다.

"저런, 김형 네도 구제역 피해를 보셨군요. 안됐습니다. 우리 여기서 이럴 것이 아니라 저기 가서 국밥 한 그릇씩 하십시다."

내가 국밥집을 가리키며 앞장 서 걸었다.

5월 말이 가까웠으나 새벽엔 제법 선선하였다. 더군다나 춘천의 새벽 기온은 다른 데보다 더 낮아 한기로 몸이 으스스 떨렸다. 우시장에 접해 있는 국밥집은 새벽 일찍 소를 사거나 팔려고 온 사람들로 북적거렸다. 추운 몸을 따끈한 국밥 한 그릇과 막걸리 한잔으로 녹이려는 사람들이었다.

"자, 한잔 받으시죠."

내가 막걸리 통을 들어 김장숙 씨의 잔에 따르며 말했다.

"예, 고맙습니다. 박형, 이거 갈수록 소 기르기가 힘이 듭니다. 사료값이 하루가 다르게 천정부지로 오르고 구제역이다 뭐다해서 가축 전염병은 점점 더 늘어나고 말입니다. 한우 사육도 이제 그만 두어야 할 것 같습니다."

김장숙 씨가 푸념 조로 말하고 잔에 담긴 막걸리를 단숨에 비웠다. 그의 말은 한우를 사육하는 모든 농민들의 공통적인 심정일 것이었다. 그런데다 FTA 자유무역협정 체결로 쇠고기 시장이 전면 개방되어 한우 사육 농가의 어려움은 배가되었다.

"농촌의 어려움은 어제 오늘의 일이 아니었지요. 하지만 이번 구제역 파동은 정말 재앙 중의 재앙이었습니다. 저는 지금 생각해 봐도 구제역이 발생한 농가는 물론이고 발생되지 않은 농가의 소들과 돼지들까지 살처분이라는 명목으로 생매장 시킨 일은 아무리 생각해도 이해가 되지 않습니다. 김형은 그 문제에 대해 어떻게 생각하십니까?"

소,돼지들을 생매장 시킨 부분에 대해 말하려니 나는 또 다시 흥분이 되었다. 그래서 자연적으로 목소리가 높아졌다.

"그렇지요. 저 역시도 우리 농장의 소들을 살처분 하는데 차마 볼 수가 없었습니다. 그래서 보지를 못했습니다. 소들도 자기들의 운명을 아는 지 눈물을 흘리는데 참 어찌나 마음이 아프던지요……. 그걸 차마 주인으로서 어떻게 볼 수가 있겠습니까? 저는 지금도 가끔 악몽을 꿉니다."

김장숙 씨가 술잔을 꽉 움켜잡으며 말했다.

"그러고 보면 우리 인간들이 참 잔혹합니다. 그 많은 수의 소, 돼지들을 마구잡이로 생매장 했으니까요. 옛날 만주사변 때 일본군들이 난징시에 난입하여 중국인들을 땅을 파고 생매장 시킨 거하고 별 차이가 없다는 생각이 듭니다. 우리 인간들이 양심이 있다면 지금이라도 생매장 되어 죽은 가축들을 위해 관계기관에서 축혼제를 지내주어야 한다는 생각이 듭니다. 그러지 않으면 우리 사육 농가들이라도 나서서 축혼제(畜魂祭)를 지내주어야 도리가 아닌지 모르겠습니다."

"그러게 말입니다. 지방 어디에서는 아닌게 아니라 축혼제를 지내준 곳도 있더군요."

약식 재판은 그야말로 약식 재판이었다. 법원에서 나오라는 날 재판정에 나가니 나 말고도 약식 재판을 받는 사람들이 다섯 명이나 더 있었다. 판사는 피의자에게 간단하게 몇 가지의 질문을 하고 형량과 벌금형을 선고했다. 내 차례가 되어 판사 앞에 서니 판사는 나에게 몇 가지의 형식적인 질문을 하고 벌금 150만 원을 선고했다.

변호사 선임을 한 덕분인지 벌금이 감액되었다. 처음 부과된 벌금이 300만 원이었으니 150만 원이 감액이 된 것이다. 그러나 변호사 선임비를 감안하면 오히려 금전적으로는 더 손해를 보았다. 그렇지만 내게 있어서 금전적 손해가 문제가 아니었다. 이 사건은 내 자존심과 구제역에 대한 나의 소신의 문제이므로 금전적 손해는 감수할 수 있었다. 더군다나 약식 재판의 벌금보다 이번 정식 재판 판결로 벌금이 줄었다는 건 내가 그동안 군의 부당한 처사에 대하여 항거한 조그만 승리라고 할 수 있었다.

아무튼 사건은 일단락되었다. 그동안 은근히 신경이 쓰였고 마음고생이 있었는데 홀가분하였다. 그건 어쩌면 나보다 아내가 더했을 것이다. 아내는 나와 법원에 동행했다. 아내는 방청석에 앉아 마음을 졸이고 내 재판을 바라보았다. 곧이어 판사의 판결이 있었고, 아내는 판사의 판결 내용에 안도하였을 것이다. 재판정을 나서는 아내의 표정을 보고 나는 그걸 알 수 있었다.

"여보, 이제 재판도 끝나고 마음의 짐을 벗어 버렸으니 농사일에만 신경 써요. 저 지금까지 당신한테 말은 못하고 벙어리 냉가슴 앓듯 얼마나 걱정되고 안타까웠는지 몰라요. 당신 정말 고집 센 것은 알아줘야 한다구요."

아내가 나에게 다가와 팔짱을 끼며 활짝 웃었다. 나는 미안한 마음에 아내의 어깨를 가볍게 두드려 주었다.

"여보, 미안해. 당신을 힘들게 해서. 이제 사건이 해결 되었으니 열심히 일할게. 나 누구보다도 우리 한우를 일등 한우로 키울 자신이 있어."

내가 아내에게 자신 있게 말했다.

자연재해라고 하면 자연재해인 구제역을 통해 나는 새로운 사실을 깨달았다. 자연과 순리를 거스려서는 안 된다는 단순한 진리 말이다. 구제역이라는 전대미문의 질병으로 살처분 된 수많은 소, 돼지들도 어떻게 보면 자연의 섭리 속에서 죽어간 것이 아닌가 하는 생각이 들었다. 그 자연의 섭리가 순기능이 아니고 역기능이라는 점이 아쉽고 안타깝지만 그 또한 불가항력이었다. 그러나 이런 생각도 어쩌면 변명이고 합리화일지 모르겠다.

결국 가축들은 우리 인간의 손에 의해 사육되는 동물에 불과하다. 이들이 질병에 걸리고 안 걸리고는 우리 인간이 관리하기에 달려 있다. 따라서 구제역의 발병도 그로 인해 수많은 소와 돼지들이 살처분 되고 생매장 된 것 또한 인간의 탓이다. 인간의 무지와 탐욕, 환경파괴의 원인에 기인한다고 한다면 지나친 억측일까. 그러나 그렇다그 해도 그 또한 자업자득일 것이다.

시절은 아름다웠다. 산과 들, 어디를 둘러보나 푸르고 생명으로 넘실거렸다. 영양 많은 들풀들이 산과 들에 지천으로 자란다. 저 풀들을 베어다 소에게 먹인다면 소들은 맛있게 먹고 살을 찌울 것이다. 집에 돌아가면 당장 경운기를 몰고 들판에 나가 풀을 벨 것이다. 그걸 생각하니 힘이 불끈 솟는다.

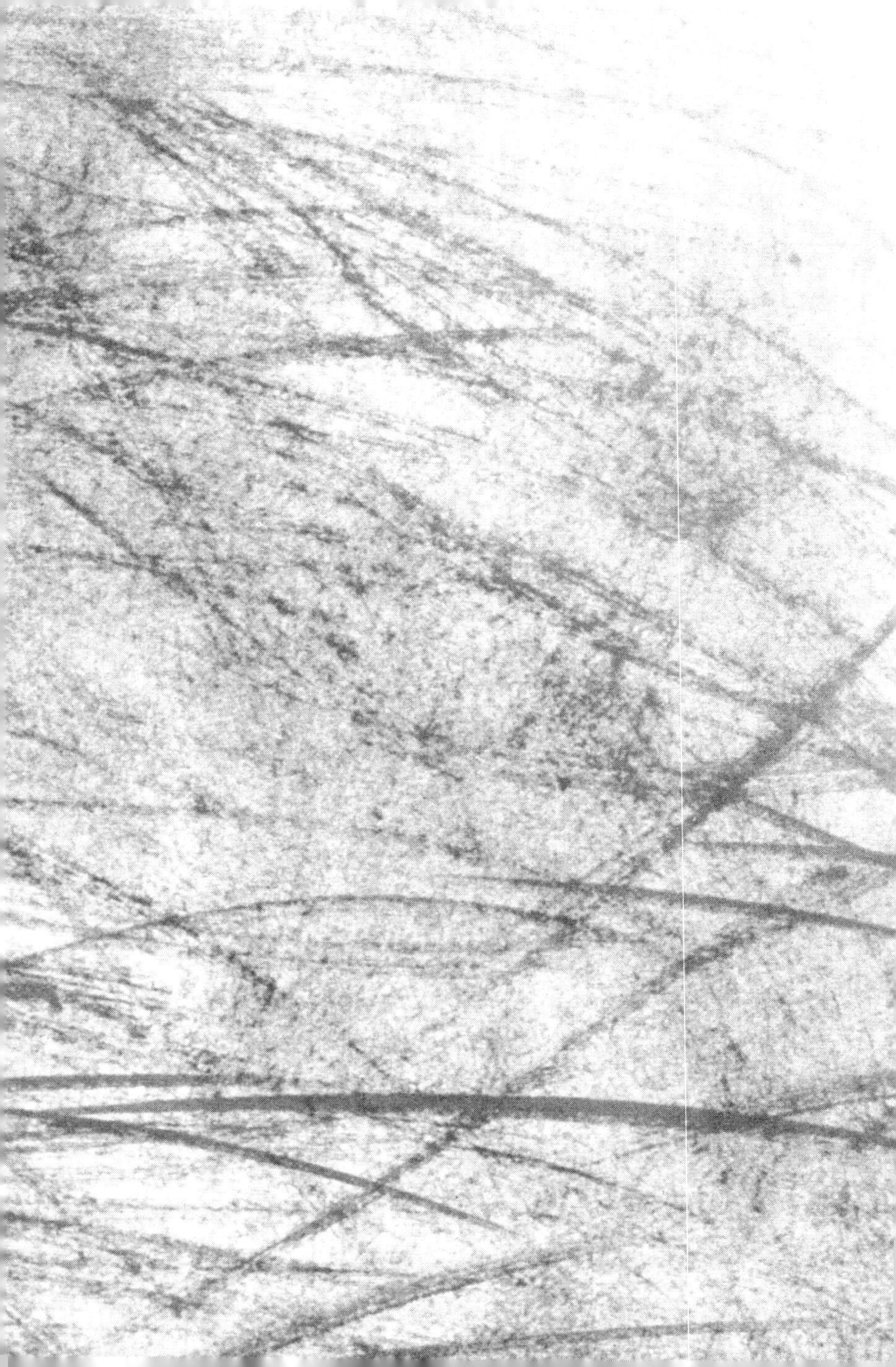

그리운 향기

"아니, 이 사람이 왜 이래? 어머, 별꼴이야."

아가씨가 뒤에 서 있는 나에게 머리를 돌리며 표독스럽게 쏘아 부쳤다.

"죄송합니다. 사람이 많아서 본의 아니게……"

나는 순간 당황하여 무조건 아가씨에게 사과부터 했다. 어찌됐던 출근길 만원 지하철 안에서 큰 소리가 나서는 안 되겠기 때문이었다.

"죄송하다면 다예요? 왜 남의 머리에 코를 박고 그래요. 이 사람 치한(痴漢)아냐?"

아가씨는 사람이 많은 데도 불구하고 소리를 높이며 다른 사람들 다 들으라는 듯이 딱딱거렸다. 그러자 승객들의 눈길이 나와 아가씨에게로 쏠렸다.

"죄송하다고 사과를 했으면 됐지 아가씨 너무 하는군요."

내가 은근히 부아가 나서 아가씨에게 한마디 했다.

"내가 아저씨의 행동을 보니까 고의적이던데, 뭐 사람이 많아서 내 머리에 코를 부딪친 거라구요? 의도적으로 내 머리에 코를 대고 냄새를 맡았잖아요. 아유, 기분 나빠."

아가씨는 그러면서 자기의 머리를 신경질적으로 털어댔다.

나는 이 자리에 있다가는 무슨 창피를 더 당할지 몰라 자리를 피하기로 하고 아가씨에게 다시 한 번 사과의 말을 했다.

"어쨌든 아가씨 미안합니다."

그러고는 혼잡한 사람들 틈을 비집고 그 자리를 도망치듯 피했다.

병(病)이었다. 지하철을 타든 버스를 타든 또한 밀폐된 공간의 엘리베이터 안이든 나는 여자가 내 앞에 서 있거나 옆에 서 있으면, 나도 모르게 그녀들의 머리에 은근슬쩍 코를 갖다 대었다. 물론 이런 짓은 파렴치한 행동이기 때문에 대단히 조심스럽고 은밀하게 해야 했다. 그러지 않으면 무슨 봉변을 당할지 모르기 때문이었다.

봉변은 둘째 치고 사이코나 치한, 변태 성욕자로 오인받기 십상이었다. 이런 위험 부담에도 불구하고 나의 이 알 수 없는 행위는 계속되었다. 물론 오해를 받지 않도록 주의하고 은밀하고 주도면밀하게 행동하였다. 다행이라면 다행이랄지 이제까지 나의 이 은밀한 행동이 상대방에게 발각되어 곤란을 당한 적은 거의 없었다.

아니 거의 없었다기보다 아예 그런 일이 없었다고 해도 과언이 아니었다. 나의 이 비정상적인 행동은 어디에서 기인하는가. 심리학적으로나 정신병리학적으로 분석을 해보아야 하겠지만, 내가 생각해 봐도 어이가 없고 한심하다는 생각이 들 때가 있다. 하지만 내 곁을 지나치는 여자들에게서 풍기는 향기에 나는 번번이 코를 킁킁거리며 냄새를 맡고는 하였다.

아무튼 깨끗한 여자의 머리에서 은은히 풍겨오는, 물론 샴푸 냄새이겠지만 향기나 지나치는 여자에게서 맡아지는 향수 냄새는 나를 무한한 그리움으로 빠져들게 했다. 나의 이 기벽에 가까운 향기 맡기는 근원을 거슬러 올라가면 어릴 때부터였다.

나는 일찍이 조실부모(早失父母)하고 외삼촌 집에서 기거를 했다. 어린 나이에 부모를 잃은 나는 특히 엄마에 대한 그리움으로 날이면 날마다 밤이면 밤마다 엄마가 보고 싶어 누워서도 잠들지 못하고 베개 밑을 눈물로 적시고는 하였다. 그런데 그때 외삼촌 집에는 엄마가 살아계실 때 입었던 옷이 한 벌 남아 있었다. 나는 엄마가 생각나거나 보고 싶을 때면 엄마가 살아생전 입으시던 그 옷을 꺼내 얼굴을 묻고 냄새를 맡고는 하였다.

어거니의 체취가 그 옷에 고스란히 묻어있을 거라는 생각과 함께 어머니에 대한 그리움을 달래려는 마음에서였다. 그런 어머니의 옷은 내가 중학교를 졸업할 때까지 간직하고 있었는데 고등학교에 올라가서 어떻게 하다보니 없어지고 말았다.

나의 냄새 맡기의 근원은 이처럼 오래되었다. 그런데 성인이 된 지금도 그 버릇을 못 고치고 급기야는 지하철 안에서 창피를 당하는 지경에 이르고야 말았다. 그런데 이 버릇이 최근 베트남을 다녀오고 난 후로 더 심해지고 말았다.

내가 베트남 하노이의 노이바이 공항에 내려서 느낀 첫인상은 이국적인 정경도 정경이지만 먼저 냄새였다. 무엇인가 이름도 정체도 모를 냄새. 냄새의 정체는 좋고 나쁘고의 차원이 아니었다. 딱히 뭐라고 표현하기 힘든 정서적 안돈(安頓)이었다.

시가지 서쪽에 있는 바오손 호텔에 여장을 풀고 나는 창밖을 통해 하노이 시가를 내려다 보았다. 도로 위에는 여전히 차보다는 오토바이, 스쿠터를 탄 남녀들이 분주하게 오갔다.

베트남에 처음 도착해서 가이드가 한 말이 생각났다. 아침에 일어나서 창밖을 내다보면 평생 볼 오토바이를 다 볼 수 있다는 말이었다. 나는 가이드의 말을 다음 날 아침 일어나서 창밖을 보고 그 말을 실감할 수 있었다. 거리 가득 오토바이와 스쿠터를 탄 사람들의 물결이 꼬리를 잇고 있었다. 참으로 장관이었다. 베트남은 자동차보다는 오토바이와 스쿠터가 교통수단의 대부분을 차지하였다.

베트남의 역사와 풍경과 사람들이 좋아 나는 이후로도 가끔 베트남을 여행했다. 그리고 다른 사람들이 들으면 이상하다고 생각할지 모르겠지만, 나는 냄새에 이끌려 베트남을 찾기도 하였다. 참으로 이유치고는 이상한 이유였지만 아무튼 그랬다.

냄새는 베트남 곳곳에서 났다. 음식에서나 물건, 사람들에게서까지도 말이다. 심지어는 풍경에서도 났다. 그리고 그 냄새는 베트남 항공을 탄 후 승무원들이 주는 물수건에서도 났다. 그 냄새는 향기 같기도 하고 어찌 보면 조금은 낯설고 미묘한 냄새였다. 그렇다고 나쁜 냄새 같지도 않고 싫지도 좋지도 않은 냄새였다. 그런데다

아오자이를 입은 여자 승무원에게서 나는 묘한 향기는 나를 아득한 그리움으로까지 나의 정서의 지평을 넓혀주고는 하였다.

나는 또 다시 베트남을 찾았다. 이번으로 베트남 방문이 네 번째가 되었다. 보통 한 번 오면 3박 4일 여정으로 왔지만, 이번엔 5박 6일 일정으로 왔다.

호텔에 도착하여 짐을 풀자 가이드 차명웅이 찾아왔다. 그는 여전히 지난번에 볼 때처럼 넙데데한 얼굴 가득 웃음을 머금고 들어왔다.

"오시는 데 불편하지는 않으셨어요?"

그의 몸에 밴 가이드식 인사였다. 차명웅은 내가 처음 베트남을 방문했을 때 나의 가이드가 되어준 인연으로 지금껏 만나는 사내였다. 사십대 중반의 이 사내는 한국에서 사업을 하다 부도를 내고 도망치듯 베트남으로 와서는 가이드 일로 지금은 어느 정도 자리를 잡은 사람이었다. 처음에는 혼자 몸으로 와서 몇 년 죽도록 고생을 하고 어느 정도 자리가 잡히자 가족까지 데리고 와 사는 사내였다. 아이 둘은 이곳 외국인 학교에 다니고 부인 역시 한국인 관광객을 상대로 베트남 물건을 취급하는 장사를 하였다.

나의 베트남 여행의 동반자인 차명웅은 베트남 말이 능숙하고 산전수전 다 겪어서 모든 일에 능숙하였을 뿐만 아니라 눈치도 빨랐다. 그런 그가 편하여 나는 일대일 단독으로 그를 가이드로 이용했다. 어차피 그는 한국인 관광객을 상대로 가이드 일을 하기 때문에 여러 사람 가이드를 하나 달랑 나 혼자 가이드를 하나 하는 일은 마찬가지 이지만, 사례비를 똑같이 주었기 때문에 그의 입장으로 봐서는 일대일 가이드가 훨씬 쉬울 터였다. 물론 나야 비용이 많이 들었지만 그래도 그의 능숙한 가이드와 내 하고 싶은 대로 할 수 있다는 장점 때문에 나는 만족했다.

다음 날 나는 차명웅과 동행하여 하노이에서 남쪽으로 114km나 떨어져 있는 닝빙 성에 있는 육지의 하롱베이라는 땀꼭을 찾아갔다. 땀꼭은 호수 같기도 한 강인데 석회암으로 된 기암 괴봉이 호수 사이사이에 늘어서 있어서 풍광이 아주 기가 막힌 곳이었다.

땀꼭은 영화 ‘인도차이나’ 의 한 장면에서도 나오듯이 주변 풍경과 강물이 어우러져 묘한 절경을 이루는 곳이었다. 고요한 정적 속에 노를 젓는 물소리만 들리는 이 강은 수초와 수초 사이에 피어 있는 보랏빛 꽃 그리고 야생 오리들이 한가롭게 유영을 하는 모습은 선경(仙境)이 따로 없었다.

나는 두 사람이 번갈아 노를 젓는 쪽배에 타고 정적 속에 묻혀 있는 기암 괴봉과 조용한 강물 그리고 수초 속에 피어 있는 보랏빛 꽃을 감상하였다.

한참 강물을 따라 가자 노를 젓던 베트남 여자가 남자와 노 젓기를 교대하며 배 뒷자리에 앉아 이름 모를 파란 열매를 꺼내 먹는다. 내가 돌아보자 그녀는 수줍게 웃으며 내게 그 열매를 건넸다. 탱자 같이 생긴 열매를 쪼개 입에 넣어보았다. 그러나 나는 바로 이마를 찡그리며 뱉어버리고 말았다. 그 맛이란 것이 이루 말할 수가 없이 쓰고 떫고 시고해서 도저히 먹을 수가 없었다. 그러자 베트남 여자가 그런 나를 보고 손으로 입을 가리고 웃었다.

그녀는 무슨 맛인지도 모를 그 과일을 계속 입에 넣고 우물거렸다. 가만히 먹는 모습을 보니 그녀는 과일을 먹으며 간간히 소금을 같이 섞어 먹고 있었다. 나는 그녀에게 웃으며 과일을 다시 건네 주었다.

밤이 찾아왔다. 베트남의 밤은 또 다른 감흥과 정취와 정서를 내게 가져다주었다. 호텔방에 혼자 앉아 창밖을 바라보며 혼자 술을 마신다. 면세점에서 사들고 온 스카치 블루 21년산. 고즈넉한 이국의 밤, 그리고 밤의 향기, 나는 밤의 향기를 맡으며 술을 마신다. 오롯이 혼자 앉아 밤풍경을 바라보며 술을 마시는 나는 외롭고 고독하다. 그러나 나의 이 외롭고 고독하다는 것이 나를 황폐화 시키는 외로움과 고독이 아니라는 것을 안다.

나는 지금 아늑하고 평화롭다. 전쟁의 아픔과 슬픔이 곳곳에 묻어 있는 이 베트남에서 나는 지금 아늑하고 평화롭다. 그리고 무엇보다 베트남 곳곳에서 묻어 나오는 냄새에서 나는 아늑한 그리움을 느낀다. 내가 왜 자꾸 아늑하다는 표현을 쓰는가. 그만큼 나는 편안하다는 것이다. 여기에는 물질문명의 번잡함이 없다. 그래서 그런지 모든 것이 여유롭다. 시간도 천천히 흘러간다. 시간에 쫓겨 아등바등 거리지 않아도 되었다. 느리게 순박하게 천천히 자연스럽게 모든 것을 받아들이고 흘러간다.

노크 소리가 들린다. 라이 타오이리라. 그녀는 내가 베트남에 처음 와서 만난 여자였다. 포뚜나 호텔 나이트클럽 '보스' 라는 곳에서 일하는 베트남 아가씨였다. 이십대 중반의 이 아가씨는 전형적인 베트남 여자였다. 키도 몸매도 얼굴 생김새도 그렇지만, 나는 처음 이 아가씨와 키스를 하고 그녀의 향기에 매력을 느꼈다. 그녀의 몸에서 나는 알 수 없는 향기. 물론 아가씨이기 때문에 향수를 뿌렸겠지만 향수말고도 그녀에게서만 풍기고 맡아지는 냄새가 있었다.

사람에게는 누구나 그 사람에게서만 나는 고유의 체취가 있기 마련이다. 그런데 그녀 타오에게서 나는 체취는 뭔가 아름답고 슬픈 향기였다. 그리고 그녀의 바람을 가르는 듯한 청색 아오자이 그리고 약간 비음(鼻音)이 섞인 목소리로 부르는 노래. 이 모두가 내가 베트남에 오면 타오를 찾는 이유라면 이유였다.

그녀가 나를 위해 불러준 노래는 '꾸안호' 라는 민요였다. 베트남 전쟁 중에 북베트남에서 널리 불려졌던 노래였다는 것이다. 가사는 나중에 알았고 그녀가 청아한 목소리에 약간 비음이 섞인 목소리로 노래를 부르는데 그 애잔함이 나의 가슴을 뭉클하게 했다. 가뜩이나 고국을 떠나온 사람으로서 여수(旅愁)도 있기 마련인데 그녀의 노래는 나를 더욱 여수에 젖게 했다. 나중에 나의 가이드인 차명웅의 해석에 의해 가사를 알게 되었다.

'그대여 가지 마세요. 여기에 있어요.
가버리면 안돼요. 그대가 가버리면 나는 눈물에 젖을 거예요.
그대가 가야 한다면 다시 만날 날을 정하세요. 그대의 사랑은
나를 기다리게 해요. 아무도 함께 있고 싶지 않아요.
가지 마세요. 그대여……'

라이 타오는 문 안으로 들어서서도 안으로 선뜻 들어오지 않고 문 앞에 서서 안쪽을 살며시 살펴보았다. 나는 앉은 자리에서 몸을

일으키며 손을 들어 그녀에게 반갑다는 표시를 했다. 그녀는 나를 보고 놀라는 눈치였다. 그러다가 이내 반갑다는 듯 고개를 갸웃이 숙이며 인사했다.

나는 라이 타오를 손짓하여 불렀다. 그러자 그녀가 나에게로 다가왔다. 나는 그녀가 나에게로 가까이 오자 가볍게 포옹을 하며 그녀의 머리에 코를 박고 냄새를 맡았다. 그녀의 머리에서 이국적이면서 묘한 향기가 내 코에 스며들었다. 나는 그렇게 한참을 있었다.

다음 날 라이 타오와 나는 느지막히 일어나 호텔 3층에 있는 식당에 가서 아침 식사를 하고 호텔방으로 들어왔다. 오늘 하루 라이 타오와 같이 있기로 사전에 약속이 되어 있었다. 가이드인 차명웅에게 통역을 하게 하여 하루 동안 같이 있기로 타오와 합의를 보아둔 터였다. 그러는 조건으로 나는 그녀에게 비용을 계산해 주었다. 타오는 사양을 하였으나 내가 막무가내로 그녀에게 돈을 지불하였다. 나는 조그만치도 그녀에게 부담을 주고 싶지가 않았다. 그게 사실 나에게도 편했다. 나에게는 그 정도의 지출이 부담이 되지 않았다.

타오와 함께 하롱베이로 가기로 하였다. 하롱베이는 베트남 최고의 명승지의 한 곳으로 바다 위로 솟은 천여 개의 기암괴석이 환상적인 '바다의 계림' 이라 불리는 곳이다. 나는 이미 한차례 다녀와 본 곳이었으나 다시 가도 좋은 명승지였다. 더군다나 오늘은 아름다운 타오와 동행를 하지 않는가.

하노이의 낌마 버스 터미널에 가서 버스를 타고 가기로 하고 우리는 길을 나섰다. 버스로 가자면 시간이 걸리겠으나 나는 일부러 대중교통을 택했다. 버스를 타고 가면서 베트남의 자연 풍경과 사람들의 모습을 보고 싶었기 때문이었다.

버스는 느리게 하롱베이로 가고 있었다. 나는 차창 밖으로 스쳐 지나가는 풍경을 바라보며 감상에 젖는다. 그런 나를 옆에 앉은 타오가 내 손을 잡고 가고 있다. 3시간을 넘게 가는 동안 타오는 줄곧 내 손을 놓지 않았다. 나는 가끔 그녀를 돌아보며 미소를 지었다. 그러면 그녀 역시 나에게 미소를 지어주었다.

크루즈로 이용하는 배가 깊고 푸르른 바다로 나아가자 바다의 냄새가 물씬 풍겼다. 바다 특유의 냄새긴 하지만 뭔가 또 다른 냄새였다. 나는 코를 벌름거리며 냄새를 맡았다. 이 냄새의 내 정서적 정의를 뭐라고 말할까. 역시 그리움의 정서, 그리움의 냄새라고 해야 할 것 같다. 타오 역시 배 난간을 잡고 바다를 향해 서 있다. 그녀의 청색 아오자이가 바람에 나부낀다. 그녀의 긴 머리카락도 나부낀다. 내가 그녀에게 살며시 다가가 그녀의 손을 잡는다. 그녀가 나를 돌아보며 미소를 짓는다. 나는 그런 그녀에게 가볍게 입맞춤을 했다. 입맞춤을 하면서 맡아지는 그녀의 향기. 이 또한 그리움의 향기다. 그러면서 그 그리움은 슬픔의 향기로 바뀐다.

넓은 바다 여기저기 기암괴석이 불쑥불쑥 서 있다. 바다는 잔잔하고 푸르렀다. 그런데 이 바다는 이상하게 새가 눈에 안 띄었다. 심지어는 갈매기라도 눈에 띄어야 할 텐데 갈매기마저도 눈에 안 보였다. 내가 이 바다에 와서 본 새라고는 몸 전체가 까만 바다 까마귀 한 마리가 전부였다. 새 울음소리도 안 들리고 바람 소리도 없는 바다는 아늑하고 마냥 한가롭다.

하롱베이를 둘러보고 늦은 시간에 호텔로 돌아왔다. 라이 타오가 돌아가려는 기색을 보였다. 그때 마침 전화벨이 울렸다. 차명웅이었다. 나는 반가운 마음으로 차명웅의 전화를 받았다. 차명웅은 좋은 시간 보냈느냐는 인사를 하고 앞으로의 스케줄을 물었다.

나는 앞으로의 스케줄보다 타오와 오늘 하룻밤 더 있는 것이 중요하여 차명웅에게 내 뜻을 말했다. 그러자 차명웅은 곤란하다고 하였다. 물론 그럴 것이었다. 타오는 보스라는 곳에 적을 둔 여자였다. 그러나 안 된다는 차명웅을 설득하였고 곧 그 설득의 약발은 돈이었다. 나는 충분히 차명웅이 수고한 대가를 지불할 것이고 그건 타오에게드 마찬가지였다. 차명웅이 타오를 바꿔 달라고 해 나는 타오에게 수화기를 건네주었다.

타오는 한참 전화에 대고 뭐라고 말을 하였다. 그러면서 간간히 나를 바라보았다. 나는 그녀가 나를 바라볼 때마다 손짓으로 오늘 나와 같이 있자고 하였다. 한참 만에 전화를 끊고 타오가 나에게 다가와 내 목에 팔을 두르더니 키스를 하였다. 그건 오늘밤 나와 같이 있겠다는 뜻이기도 하였다.

밤이 깊어갔다. 밤공기에 섞인 밤의 향기도 짙어졌다. 나는 서두르지 않았다. 타오는 수동적인 듯하면서 능동적이고 격렬하면서도 차분했다. 나는 그녀의 육체의 향기를 마음껏 들이마셨다. 그녀의 몸에서 나는 체취는 나를 차분하게도 하고 들뜨게도 했다. 묘한 매력이 그녀의 몸에서 풍겨져 나왔다. 한참 격정을 치르고 그녀와 내가 샤워를 하고 침대에 나란히 누웠다. 둘이 아무 말도 않고 아니 못하고 누워 있었다. 내가 그녀를 돌아보았다. 그녀는 눈을 감고 있었다. 눈썹이 약하게 떨리는 것을 보니 잠이 든 것은 아니었다. 내가 몸을 일으켜 그녀의 눈에 입술을 대었다. 그리고 그녀의 검고 숱이 많은 머리에 코를 박았다.

떠날 때 그녀는 내게 눈물을 보였다. 그걸 보자 내 마음이 아팠다. 이제 헤어지면 언제 다시 보게 될지 기약할 수가 없었다. 인생이란 어차피 왔다가 떠나가는 것이다. 그러니 내일을 위한 기약이 무슨 의미가 있겠으며 의미 없는 기약을 무엇하러 하겠는가. 그렇게 나는 타오를 떠났고 타오 역시 나를 보냈다.

"야, 너 베트남에 갔다 왔다며? 너 요새 베트남 자주 간다. 혹시 너 베트남에 현지처라도 만들어 놓은 거 아냐?"

오랜 만에 만난 친구가 나를 보더니 놀리듯이 묻는다. 나는 친구의 물음에 웃음으로 대답한다.

"싱거운 놈. 현지처는 무슨……"

"이번에는 무슨 일로 갔냐?"

친구가 궁금함을 못 이겨 재차 묻는다.

"응, 그냥 갔다 왔어."

"자식, 팔자 좋다."

친구는 더 이상 묻지 않았다. 더 물은들 대답해 줄 말이 없었다. 내가 향기 때문에 베트남에 갔다고 한다면 친구는 나를 어떻게 생각할 것인가.

친구는 달러 환율이 자꾸 떨어지는 현상이 우리 경제에 미치는 영향에 대해 이야기 하고 우리 나라 강성 노조의 문제점에 대해서도 이야기 하였다. 그러면서 미시적으로는 우리 경제의 어려움이 내수 침체와 환율하락, 원자재 값 상승에도 기인하고 있지만, 작금의 우리 경제의 어려움이 일시적인 문제라기보다는 구조적이며 정치적인 문제와 북한의 핵문제와 겹치면서 더욱 어렵게 되어가고 꼬여간다는 식의 논리를 펼쳤다.

나는 친구의 이야기를 조용히 들었다. 그러나 우리 나라의 경제가 어렵고 노조 문제나 정치, 북한과의 관계가 어려운 것은 어제 오늘의 문제만은 아니지 않은가. 조그만 땅, 자원이 없는 나라, 소수 민족의 비애요, 업(業)이라고 생각한다.

우리가 앉은 옆 테이블로 두 여자가 와서 앉는다. 그들은 자리를 잡고 앉자마자 매니저인 미스 안에게 블랙 러시안 두 잔을 시킨다. 그리고 손지갑에서 능숙하게 담배를 꺼내 피워 문다. 힐끗 담뱃갑을 보니 달보로 나이트라는 담배였다. 나이는 사십 중반쯤 되어 보였다. 그녀들이 내뿜는 담배 연기가 내 쪽으로 스멀스멀 건너온다. 그게 꼭 뱀처럼 보인다. 그리고 그녀들의 몸에서 풍기는 진한 향수 냄새. 향수와 담배 냄새의 혼합은 머리가 어지러울 정도다. 환기가 잘되지 않는 실내에서의 향수와 담배 연기는 묘한 이질감의 냄새였다.

"야, 술 안 마시고 뭐해?"

친구가 나의 잔에 자기 잔을 부딪치며 말했다.

"어, 그래."

나는 그녀들에게서 시선을 거두며 친구를 향해 내 잔을 들었다. 얼마쯤 시간이 흘렀을까. 옆을 보니 그녀들은 창가 쪽으로 자리를 옮겨 술을 마시고 있었다. 그러거나 말거나 신경 쓸 일이 아니었다. 그때 매니저인 미스 안이 우리에게로 다가왔다. 그녀는 나와 친구를 향해 생글생글 웃으며 말했다.

“박 선생님, 이런 일은 우리 가게에서 없었던 일인데요. 저기 있는 여자 두 분 있죠? 저분들 하고 합석하시면 어떠세요?”

나에게 미스 안이 제안을 했다. 이 바가 단골인 나에게 이제까지 미스 안이 이런 제안을 한 적은 한 번도 없었다. 그래서 그런 제안을 하는 미스 안의 속내가 궁금하여 내가 물었다.

“오늘은 미스 안이 이상하네. 안 하던 짓을 다 하고.”

“재미있겠는데. 저쪽에서 그렇게 하자고 먼저 말했어요?”

친구가 호기심이 동하는지 미스 안에게 반문했다.

“아니요. 그런 것은 아니구요. 저쪽도 두 분, 이쪽도 두 분이라 제가 생각해 낸 거예요.”

“저 사람들 뭐하는 사람들이에요?”

친구가 여자들이 있는 쪽을 힐긋 돌아보고 나서 물었다.

“저분들 괜찮은 분들이세요. 한 분은 사업을 하시는 분이고, 또 한 분은 전업 주부신데 예전에 독일의 루프트한자 항공사의 스튜어디스 출신이에요.”

“그래요? 야, 어떠냐? 저 사람들 하고 가볍게 술 한 잔 할까?”

친구가 나에게 자기는 좋다는 듯 나에게 동의를 구하였다.

“글쎄……”

나는 썩 내키지가 않았다. 늦은 시간에 사십이 넘은 여자들이라면 가정도 있을 터인데 이 시간에 바에 나와 술을 마신다는 건 우리 사회의 가치관으로 볼 때 긍정적으로 볼 일은 아니었다. 내가 머뭇거리자 친구가 다시 나를 채근했다.

“야, 그냥 가볍게 술 한잔 하자는 건데 뭘 그래. 안 그래요, 미스 안?"

"그러세요. 저분들 제가 잘 아는 분들인데 괜찮은 분들이에요. 그러니까 제가 선생님들께 소개하지 그렇지 않으면 소개하나요."

"그러지 뭐. 모처럼 미스 안이 자리를 주선하려고 하는데."

내 말이 떨어지자 미스 안은 그럴 줄 알았다는 듯이 웃으며 여자들이 있는 테이블로 갔다. 잠시 후, 여자들이 우리 테이블로 건너왔다. 우리는 자리에서 일어나 그녀들을 맞이했다. 서로 통성명을 하고 이런저런 자기 소개들을 했다.

"술들은 서로 마시던 걸로 하지요. 그쪽 분들은 뭘 마셨죠? 우리는 조니 워커 블루를 마셨는데."

친구가 여자들에게 물었다.

"우린 칵테일을 마셨어요. 괜찮으시다면 우리도 조니 워커로 마시죠. 그 술도 괜찮은 술이니까요."

여자들은 술을 많이 마셔본 듯이 말했다.

여자들에게서는 그 나이 또래들에게서 맡아지는 냄새가 났다. 어느 정도 경제적 풍요에서 오는 여유 그리고 욕망과 탐욕과 적당한 이기심의 냄새. 그리고 허영과 사치와 자만심에서 나오는 냄새.

"무슨 향수를 쓰시나요?"

술을 따라 건배를 하고 한 모금씩 마신 다음 내가 건너편에 앉은 여자에게 물었다.

"그건 왜 물으세요? 향수에 관심이 많으신가 봐요?"

건너편에 앉은 여자가 술잔을 내려놓으며 물었다.

"아, 아닙니다. 향수 냄새가 독특해서 그럽니다."

“제가 오늘 뿌리고 나온 향수는 보통 많이 쓰는 향수인데요.”

“그렇습니까? 향수 이름이 뭡니까?”

내가 물었다. 그러자 건너편 여자가 담뱃불을 재떨이에 눌러 끄고 말했다.

“불가리라는 제품의 향수예요.”

“아, 그렇습니까? 불가리라면 동유럽에 있는 불가리아라는 나라에서 만든 제품인가요?”

“그건 아니에요. 제품 이름이 불가리일 뿐이에요.”

“그렇군요.”

내가 고개를 끄덕였다. 나는 여자에게서 인위적이고 가공적인 냄새가 아니라 그 사람만이 가지고 있는 사람 냄새를 맡고 싶었다.

“향수를 자주 애용하십니까?”

내가 술잔을 입에서 떼며 다시 여자에게 물었다.

“어머, 웬 남자분이 향수 타령만 하세요. 재미난 이야기나 하시지.”

내가 자꾸 향수 얘기를 꺼내자 여자는 입을 삐죽이며 마뜩찮다는 표정을 지었다.

“그래, 뚱딴지 같이 향수 얘기는 왜 꺼내고 그래?”

친구가 술을 마시다 말고 나를 돌아보며 말했다.

가을이 깊어갔다. 가을이 깊어갈수록 나의 고독과 그리움도 깊어갔다. 나는 그리움의 향기를 따라 시간이 나면 도회지를 벗어나 시골로 향했다. 시골에 가면 시골의 냄새가 모두가 그리움의 대상이었다. 나는 차를 강변에 대고 밖으로 나왔다. 강물은 가을 햇살로 물고기 비늘처럼 반짝이고 나는 잠깐 미세한 현기증과 함께 아득한 느낌을 받았다.

강둑 위로 억새가 바람에 나부꼈다. 그 밑으론 갈대들이 서로 몸을 부비며 가을바람에 서걱이고 있었다. 물새들은 갈대 사이를 날아다니며 가끔 뜻 모를 소리로 우짖었다.

나는 강변을 거닐었다. 강변 이쪽의 논은 추수를 끝내 논바닥은 다 비어 있었다. 저만치 논에서 짚단을 추스르는 두 노부부의 모습이 보였다. 짚단을 묶어 경운기에 싣는 것을 보니 짚단을 따로 쓸 데가 있는 모양이었다.

하긴 요새는 추수를 콤바인으로 하기 때문에 추수를 하는 동시에 볏짚이 썰어져 논바닥에 뿌려졌다. 그래서 짚단을 이용하기 위해서는 따로 벼를 베든가 볏짚이 썰어지지 않도록 콤바인 작동을 하여야 했다.

논바닥에 뿌려진 짚은 썩어 퇴비가 되어 다음 해 또 벼농사에 거름이 되었다. 자기 몸을 썩혀 또 다른 생명을 키우는 순환의 법칙은 자연의 순리이건만, 인간의 삶 또한 저와 다를 리가 없건마는 순환과 순리를 따르기 보다는 역행을 하는 것 같아 안타깝다.

길을 가다 멈춰 서서 한참을 노부부의 일하는 모습을 지켜보다가 나의 행동이 노부부에게는 폐가 될 것 같아 자리를 떠났다. 왜 아니 그러겠는가. 이미 시골은 젊은이들이 살기에는 경쟁력을 상실한 삶의 빈 공간이 되어버렸다. 그래서 젊은이들은 떠나고 늙은이들만 남아 있는 농촌. 이것이 21세기 우리 농촌의 현실이었다. 목가적이고 낭만적인 풍요로운 농촌은 이제 어디에도 없었다.

가끔 매스컴에 보도되는 농민들의 시위 현장은 살벌한 전쟁터나 다름이 없었다. 그들이 왜 도시까지 진출하여 시위를 하는가. 오죽하면 상경까지 하여 시위를 하겠는가. 안타까운 우리의 농촌 현실이 아닐 수가 없다.

나는 한참을 더 강둑을 거닐었다. 저만치 강둑 아래로 조그만 마을이 보였다. 그리고 강둑 밑으로 느티나무 한 그루가 서 있고 그 옆으로 요즘 보기 드문 초가 한 채가 있었다.

뜻밖의 장소에 집이 보여 우선 반가웠다. 나는 그쪽으로 발걸음을 옮겼다. 가면서 보니 느티나무 밑엔 평상이 펼쳐져 있었다. 평상 위에는 촌로 세 분이 앉아 막걸리를 마시고 있었고 집 주인으로 보이는 할머니 한 분이 부엌을 오가며 안주 수발을 들고 있었다. 그러고 보니 초가는 옛날로 말하면 주막으로 오가는 사람들에게 막걸리나 요기꺼리를 파는 집 같았다.

하기야 요즘은 오가는 사람들도 없을 것이고 마을 주민들이나 논으로 일하러 나오는 사람들에게 사발술이나 팔고 일하는 주민들이 짬짬이 쉬는 장소 역할을 하는 곳으로 보였다.

"안녕하십니까?"

내가 노인들에게 인사를 했다. 그러자 노인들이 낯선 나를 보고 의아한 표정으로 건너다 보았다.

"지나는 길에 이곳이 있어서 들렀습니다."

내가 재차 노인들에게 말했다. 그러자 허연 수염을 한 노인이 나에게 말했다.

"젊은이는 어디 가는 길인데 여기를 들르셨수?"

“예, 어찌 오다보니 여기까지 들르게 됐습니다.”

“이리 와서 막걸리나 한잔 하시겠수? 생각 있으면 어여 이리 와 앉으수.”

노인이 나에게 자리를 가리키며 말했다.

“그럼 실례가 되지 않는다면 잠깐 앉겠습니다.”

나는 노인이 가리킨 자리에 엉덩이를 걸쳤다. 노인은 나에게 막걸리 한 잔을 가득 따라 주었다. 상위에 안주라고는 김치 한 양재기가 있을 뿐이었다.

“고맙습니다. 그런데 안주가 너무 빈약한 듯합니다. 제가 안주 될 것이 있으면 시켜도 되겠습니까?”

내가 노인들을 둘러보며 물었다. 그러자 노인 한 분이 막걸리를 들이켜고 옷소매로 입가를 쓱쓱 닦더니

“막걸리 안주에 김치면 됐지 뭐가 더 필요하겠수.”
하고는 김치를 집어 우적우적 씹었다.

“제가 대접하고 싶어 그럽니다. 사양하지 마십시오. 할머니, 여기 안주될 만한 것이 뭐가 있습니까?”

내가 부엌에서 설거지를 하는 할머니에게 물었다.

“두부하고 돼지고기가 있수. 그거 드릴까?”

“예, 할머니 두부김치하고 돼지고기 좀 삶아서 내 오시죠.”

내가 주문을 했다. 그러자 노인들의 얼굴이 활짝 펴지며 좋아하는 빛이 역력했다.

노인네들은 술을 한 잔 해도 돈이 드는 안주는 시키지 못했다. 이런 형편의 노인네들만 상대하는 이 집이 장사가 될 리 또한 만무

하다.

　나는 힘든 농사일과 삶의 곤궁함이 생활의 일부분이 되다시피한 노인들이 안쓰러웠다. 그리고 그들을 보자 더욱 일찍이 돌아가신 아버지 어머니가 생각나고 보고 싶었다. 그래서 이런 분들을 보고 있으면 가슴 한 켠이 아프면서도 편안하다.

　그리고 이 분들에게서는 시골에서 농사를 지으며 가난하게 살지라도 사람의 냄새가 났다. 화려하고 부유한 곳에서 나는 권태와 욕망과 이기심, 몰인정의 냄새가 아니라 풋풋하고 아늑한 인정의 냄새 사람의 냄새가 나는 것이다. 나는 술값과 안주값을 지불하고 자동차를 세워놓은 길로 되돌아 왔다.

　내가 왜 이렇게 방황을 하는 것일까? 향기를 찾아 베트남을 찾는다든가 시골을 찾아도 나의 근원적인 그리움과 고독은 해소할 수가 없다. 어차피 나는 혼자이기에 외롭고 고독하다. 그리고 상황적인 외로움과 고독이 아니기에 방황을 한다. 그렇다고 술을 마시고 여자를 만나도 그때뿐 나는 여전히 무엇인가가 그립고 외롭고 고독하다. 나의 이 병명도 없는 불치병을 어떻게 치료한단 말인가.

　다들 먹고살기 바쁜 판에 나 같은 정서가 가당키나 한가하고 비판을 할 사람도 있을 것이다. 하긴 그렇다. 요즘 경기가 안 좋아 다들 죽겠다고들 한다. 그런 판국에 나는 운 좋게도 먹고살 만하다. 그러니까 이런 사치스런 정서에 빠져 있을 수 있다고 한다면 할 말이 별로 없다. 그러나 한때는 나도 가난했다. 조실부모한 내가 가진 것이라고는 막말로 말해 불알 두 쪽 말고는 아무것도 가진 것이 없었다. 대학도 고학을 해서 간신히 졸업했다. 그래도 어린 나이에 공부라도 잘해야 이 다음에 선택의 폭이 넓다고 생각을 해 공부를 열심히 하였다. 하기야 공부밖에 사실 더 할 것이 없었다. 그렇기 때문에 공부 잘한 덕을 보았다. 대학을 졸업하고 소위 일류 기업에 입사를 했다. 운이 좋아 소위 잘 나가는 부서에서 십 년 넘게 근무하였다. 그리고 회사를 퇴직하여 내 사업을 벌여 돈을 벌었다.

지금까지 살아오면서 여자들도 많이 만났다. 그러나 결혼으로까지는 이르지 못하였다. 그건 여자 쪽에 문제가 있어서라기보다는 내가 문제였다.

"나 며칠 있다 떠난다."

나의 밑도 끝도 없는 말에 숙경이 의아한 얼굴로 쳐다본다.

오랜만에 나는 그녀의 아파트를 찾았다. 숙경이는 혼자 사는 여자다. 커리어우먼으로 사업을 당차게 하는 여자다. 사십이 넘었는데도 결혼을 하지 않고 혼자 산다. 결혼을 왜 안하느냐고 물으면 그녀의 대답은 한결 같다. 자유스럽게 살고 싶어서라는 말과 자기 마음에 드는 남자가 없어서라는 이유를 댄다.

이유치고는 궁색하고 속물적이기는 하지만 그건 그녀의 이유이기 때문에 이유가 될 수가 있고 그렇게 생각하고 사는 것은 그녀의 자유다. 나는 숙경이를 만나 밥을 먹고 술도 마시고 때로는 섹스도 한다.

"너에게서도 그리운 향기는 안나. 도시적이고 세련된 향기는 나지만 내가 그리워하는 향기는 아냐."

내가 독백하듯 말한다. 그녀가 식탁 위에 술을 꺼내 놓으며 같잖은 말을 한다는 표정으로 대꾸한다.

"향기? 그리운 향기라고? 그게 무슨 뚱딴지같은 말이야. 그리운 향기가 무엇을 말하는지는 모르지만 그래도 내 몸에서는 고급 향수 냄새가 난단 말이야. 난 적어도 싸구려 향수는 뿌리지 않거든. 내가 쓰는 향수는 오리지널 프랑스 향수라고."

숙경이가 내 말의 뜻을 모르고 동문서답식 대답을 한다.

"내가 말한 향기는 그런 향기가 아냐. 인공적이고 가공의 향기가 아니라 근원적인 향기, 사람의 향기, 정(情)의 향기를 말하는 거야."

"자긴 그게 탈이야. 향기면 향기지. 뭐 그런 향기가 다 있어. 그렇게 추상적이고 구체적이지 못한 것은 실체(實體)가 아니고 허상일 뿐이야."

"그래서 떠나겠다는 거야. 그리운 향기를 찾아서……"

"그게 어디 있는데 떠난다는 거야?"

"베트남."

"뭐, 베트남?"

"그래, 거긴 그래도 그리운 향기가 있어. 좀 슬픈 향기이지만 말이야."

"향기 타령 그만하고 술이나 마셔."

숙경이 술을 내 잔에 따르고 자기 잔에도 따른다.

"자, 오늘밤을 위하여!"

나는 그녀가 따른 술을 한 모금에 목구멍으로 털어 넣는다. 술을 넘기며 전율을 한다. 그녀 역시 과장된 몸짓으로 몸서리를 친다. 그 모습이 꼭 절정의 순간에 전율하는 것과 흡사하다. 나는 그 모습을 보고 속으로 웃는다. 왜 여자들의 무의식적 행동은 의식적인 행동과 비슷한지 모르겠다. 그러면서 나는 속으로 다짐한다. 이 여자와도 오늘밤으로 끝을 내야 한다. 더 이상 이런 만남을 지속해야 할 이유도 명분도 없다. 단지 섹스를 위해서 이 여자를 만나는 것이라면 그건 이 여자에게나 나에게도 아무런 의미가 없다. 의미 없는 만남은 이제 끝내야 한다. 그러지 않으면 모든 결말이 허무할 것이다.

나는 이제 모든 것을 정리해야 한다. 그리고 내가 말하고 찾는 그리운 향기란 것도 관념적이고 이상적인 향기에 불과할 뿐 이 세상에 존재하지 않는 향기인지도 모른다. 아니 그런 것이 있다면 그런 향기를 찾아 헤매일 것이 아니라 내가 그런 향기의 대상이 되어야 한다. 나 역시 세속적이고 욕망의 부패한 냄새를 풍기면서 누구에게서 사람의 향기, 정의 향기, 그리운 향기가 풍기기를 바라고 그런 향기를 찾는다고 방황을 한단 말인가.

어머니의 향기는 그런 의미에서 내게 그리움의 향기이면서 내 영혼의 향기가 될지도 모른다. 그리고 어릴 적 내 기억에 각인된 어머니의 향기는 내가 어디 있든 내가 무엇을 하든 내게는 그리운 향기로 영원히 기억될 것이다.

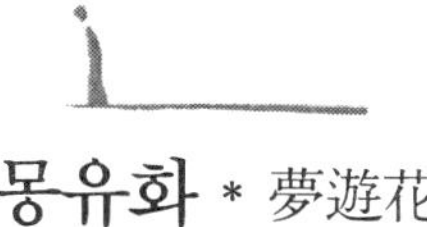

몽유화 * 夢遊花

"브르르~부르르~부르르~"

진저리를 치듯이 발작적으로 핸드폰의 진동음이 울렸다.

나는 깊은 잠에 빠져 있었지만 침대로 전해지는 핸드폰의 진동을 몸으로 어렴풋이 느꼈다. 받아야 한다는 생각이 얼핏 들었으나 생각뿐 눈이 떠지지를 않았다.

언제 어느 때에 부지불식간에 전화가 걸려 와도 전화를 받아야 했다. 핸드폰은 내 삶의 일부분이기 때문이었다.

이 시간에 걸려오는 전화라면—나는 핸드폰을 찾기 위해 머리맡을 손으로 더듬었다. 그러나 핸드폰은 쉽게 손에 잡히지 않았다. 그런 와중에도 핸드폰의 진동음은 계속 이어지고 있었다.

나는 반수면 상태로 몸을 뒤집어 핸드폰을 찾아들었다. 그러나 내가 핸드폰을 찾아 들었을 때에는 진동음은 이미 그쳐 있었다. 핸드폰의 폴더를 열어 수신번호를 확인했다. 눈에 익은 번호였다. 이 시간에 걸려오는 전화라면, 시간이 너무 늦었다.

나는 핸드폰에 표시되어 나오는 시간을 보았다. 3시가 가까워 오고 있었다. 이 시간에는 무리였다. 이제 한 서너 시간이면 일어나야 했다.

나는 핸드폰을 침대 머리맡에 집어던지고 벌렁 다시 들어 누웠다. 피곤이 몰려왔다. 어제도 두 놈을 상대해야 했다. 다리 가랑이도 묵지근하고 몸이 천근만근이었다. 즐기는 것이라면 모를까 돈벌이 수단으로서의 이 짓은 정말 못해 먹을 짓이었다.

덩치가 하마만한 남편은 저만치 침대 밑바닥에서 코를 심하게 골면서 자빠져 자고 있다. 코고는 소리가 워낙 커서 방바닥이 다 울렸다. 남편과는 침대를 같이 쓰지 않았다. 아니 쓸 수가 없었다. 코를 워낙 심하게 고는 데다 덩치가 하마만한 남편은 잠도 험하게 잤다. 때문에 잠결에 다리라도 내 몸에 걸치면 나는 그 즉시로 압사당할 것이었다.

그래서 생각해 낸 것이 잠자리를 따로 해서 자기로 한 것이다. 방이라도 여유가 있었더라면 아예 내가 다른 방에서 자는 것이 좋았 겠으나 여유 있는 방이 없었다.

남편도 잠자리를 달리 하자는 나의 제의에 쾌히 승낙을 하였다. 그도 잠잘 때만은 누구로부터도 구애받지 않고 편하게 자고 싶을 터였다. 남편이 침대에 오르는 일은 나와 섹스를 할 때뿐이었다. 그러나 남편은 섹스에도 크게 흥미가 없었다.

그런 것이 나에게 다행인지 불행인지는 모르겠다. 남편은 섹스에도 흥미가 없었을 뿐더러 가끔 하는 섹스에도 만족을 주지 못하였다.

나는 섹스에 대한 환상이 무너졌다. 흥미도 잃었다. 그게 남편 탓이라면 남편 탓일 수도 있었다. 그러나 남편의 무능은 섹스의 무능이 아니었다. 엄밀하게 말하면 경제력의 무능이라고 하는 것이 옳았다. 남편과의 섹스는 해도 그만 안 해도 그만이었다.

그러나 경제력의 무능은 섹스와는 차원이 달랐다. 당장 들어가야 할 돈을 메꾸지 못한다면 생활하기가 힘들었다. 그래서 남편이 비록 섹스에 대해 무능했지만, 나는 그것을 탓하지 않았다. 그러나 경제력의 무능은 탓하지 않을 수가 없었다. 따라서 경제력이 무능하니 모든 것이 무능해 보였다.

남편이 하는 컴퓨터 사업은 지지부진하였다. 작년까지만 해도 많은 돈은 아니지만 다달이 생활비를 가져다 주었다. 그래서 나는 남편이 벌어다 주는 돈으로 아이들 뒷바라지와 살림만 하였다. 그러나 올해 들어서부터 경기부진 탓인지 생활비를 가져다주는 횟수가 뜸해지고 액수도 줄더니 그나마도 아예 가져다주지를 않았다.

다달이 들어가는 돈은 있고 생활은 해야 하는데, 남편은 사업이 안 된다는 핑계로 돈을 가져다주지 않으니 머리가 돌아버릴 것 같았다. 거기다 한 술 더 떠 오히려 나에게 손을 벌리기까지 하였다. 내 수중에는 그 동안 남편이 알량하게 벌어다준 돈에서 생활비를 아껴 저축해둔 것이 얼마 있었다.

나는 그 돈까지 찾아서 생활비로 썼고, 남편이 손을 벌릴 때마다 얼마씩 쥐어 주었다. 그러나 얼마 되지 않아 돈은 금방 바닥이 나버렸다.

돈이 떨어지자 나는 정말 돌아버릴 것만 같았다. 나중에는 생활고로 우울증까지 걸렸다. 빈곤층으로의 전락이 남의 일이 아니었다. 내가 바로 빈곤층으로 떨어지기 일보직전이었다. 아니 이 정도면 벌써 빈곤층의 나락으로 떨어진 거나 다름이 없었다.

나는 다급했다. 산목숨에 거미줄을 칠 수는 없었다. 자식새끼들 공부를 그만두게 할 수도 없었다. 목마른 자가 우물을 판다고 했다. 그래서 나는 돈벌이에 나섰다. 처음 한 일이 식당에 나가 서빙을 하였다. 그러나 몇 달 식당에서 일을 하자 몸에 무리가 왔다. 그래서 업종을 바꿔 식당일보다 좀 더 수월할 것 같은 백화점 캐셔를 하였다. 그러나 그 일도 만만하지가 않았고 수입이 너무 적었다. 한 달 내내 일해 봤자 백만 원 벌이도 안 되었다. 이 수입으로는 세 자식 학원비 대기에도 빠듯했다.

그나마 다행이라면 시집이 경제력이 조금 있었다. 그래서 지 자식 못난 것은 알아가지고 조금씩 도와주는 것 때문에 그나마 살아갈 수 있었다. 그러나 그런 시집의 도움으로 언제까지 생활을 해나갈 수는 없었다. 내가 직접 벌어서 생활을 해나가고 싶었다. 그러나 현실은 여자의 몸으로 돈을 번다는 것이 말처럼 쉬운 일이 아니었다.

그러던 어느 날이었다. 고등학교 동창인 경숙이로부터 전화가 걸려왔다. 경숙이는 남편과 이혼을 하고 단란주점을 하며 사는 친구였다. 경숙이는 평소에도 가끔 나에게 전화를 해서 만나는 친구였다.

"왔구나. 앉어."

내가 들어오는 것을 보고 경숙이가 턱으로 소파를 가리키며 심 드렁하게 말했다.

경숙이는 장사 준비를 하느라고 주방에서 안주거리를 장만하고 있었다. 안주거리래 봤자 식자재 마트에서 사온 마른안주와 육포, 한치, 오징어, 노가리, 과일 따위와 주방에서 간단하게 조리할 수 있는 골뱅이 무침, 번데기, 오뎅 따위였다.

경숙이는 주방일과 손님 시중 등 이곳에서 할 수 있는 일은 거의 다 혼자 하였다. 상근 아가씨는 두지 않았다. 손님이 많을 때만 아가 씨들을 불렀다. 처음에는 주방 일을 보는 아줌마도 두고 상근 아가 씨도 두 명이나 두었었다. 그러나 얼마 전 다 그만두게 하였다. 매상 이 예전 같지 않게 안 올라 비용을 줄여야 했기 때문이었다.

"커피 마셔. 잘 지냈어?"

경숙이가 커피 두 잔을 타가지고 주방에서 나오며 물었다.

"응, 그냥."

나는 커피잔을 받으며 건성으로 대답했다.

"야, 너 요즘 바쁘냐?"

경숙이가 소파에 엉덩이를 털썩 앉히며 물었다.

"바쁘긴 뭐."

나는 경숙이가 타온 커피를 한 모금 마셔보곤 입맛에 안 맞아 인 상을 찡그리며 말했다.

"너 돈 벌고 싶지 않니?"

"돈?"

"그래, 돈. 너 지금 생활하기 어렵잖아. 그래서 하는 말인데 내가 너 돈 벌게 해줄까?”

“무슨 일을 해서 돈을 벌어?”

“내가 하라는 대로만 하면 돼.”

경숙이가 야릇한 미소를 지으며 말했다.

나는 돈을 벌게 해준다는 경숙이의 말에 귀가 번쩍 뜨였다. 버리면 개도 안 물어갈 돈이지만, 돈을 벌게 해준다는 말에 나는 왠지 모를 조바심이 일어났다.

경숙이는 그런 내 눈치를 살피며 의미심장한 웃음을 지었다. 경숙의 그런 웃음은 네 속을 나는 빤히 알고 있다 하는 웃음으로 보였다. 나는 약간 주눅이 든 표정으로 경숙이를 올려다보았다.

“야, 사람 사는 거 별거 있냐? 더럽고 치사한 세상 돈이면 다 되는 세상에 돈을 벌어야 사람 대접을 받고 살 수 있잖아. 그러니까 돈을 벌란 말이야.”

경숙이가 자조 섞인 말을 하며 다리를 꼬고 몸을 소파 깊숙이 누였다. 그러자 짧은 스커트를 입은 경숙이의 허연 허벅지가 드러났다. 친구인 내가 보기에도 허연 허벅지의 속살을 보는 것이 민망스러워 나는 눈길을 다른 데로 돌렸다.

“야, 너 눈 딱 감고 내가 하라는 대로만 해. 그러면 하룻밤에 몇십만 원 버는 거 아무것도 아니야.”

나는 경숙이가 하는 말의 뜻을 알았지만 짐짓 모르는 척 정색을 하고 물었다.

“무슨 일을 하는데 하룻밤에 몇십만 원을 번다는 거야?”

“기집애, 다 알면서 뭘 물어. 야, 죽으면 썩어질 몸뚱이 아니냐.

막 말로 여자가 뭘로 돈을 버니.”

경숙이는 다 알면서 능청을 떠느냐며 눈을 흘겼다.

도덕과 윤리도 사람이 사람답게 살 때에 씨알이 먹히는 법이다. 내 코가 석 자나 빠지고, 삶의 밑바닥에 빠져 내일을 기약할 수 없을 정도르 처지가 어려워지면, 도덕이고 윤리고 나발이고 눈에 보이는 것이 없다.

경숙이가 나에게 몸을 밑천으로 돈을 벌라고 했을 때 나는 펄쩍 뛰었다. 나를 어떻게 보고 그런 말을 하느냐면서 눈을 치뜨고 두 번 다시 안 보리라 마음을 먹고 업소를 뛰쳐나왔었다. 그때까지 알량한 자존심이 남아 있었고, 음으로 양으로 받은 도덕교육과 윤리의식이 내 무의식에 내재되어 용납이 안 되었기 때문이었다.

그러나 살아야 한다는 명제 앞에서는 자존심은 여지없이 무너지고 도덕과 윤리는 가차 없이 내팽개쳐졌다. 사흘 후에 나는 내 발로 경숙이의 단란주점을 다시 찾아갔다. 그리고 아무 거리낌 없이 손님 술좌석에 합석하여 술시중을 들었다.

경숙이네 단란주점에 오는 손님들은 1차 2차를 하고 마지막에 오는 손님들이었다. 그래서 오는 손님들은 대부분 술에 취한 채로 왔다. 술을 마시면 개가 된다는 말이 있다. 그 말의 뜻을 적나라하게 보게 되는 장소가 경숙이가 운영하는 단란주점이었다.

추객들은 아가씨들에게 단순히 술만 따르게 하지를 않았다. 기회만 있으면 손이 브래지어를 들치고 들어오고 스커트 밑으로 거침 없이 들어왔다.

나는 이런 거침없는 남자들의 행동에 기겁을 했고, 내 브래지어와 스커트 밑으로 손을 뻗치는 남자들의 손을 떨쳐내느라 정신이 없었다.

첫날은 정말 죽을 맛이었다. 돈도 돈이지만 억만금을 번다고 하더라도 이 짓만은 못할 것 같았다. 그러나 정작 일을 끝내고 집으로 돌아가려 할 때, 경숙이가 수고했다며 십만 원 권 수표 두 장을 내밀자 정신이 번쩍 들었다. 하루 저녁에 이십만 원 수입이라니.

내 머릿속은 복잡해졌다. 단순히 계산해서 한 달에 이십 일을 일한다고 해도 이이는 사, 사백만 원 벌이가 된다는 얘기였다. 그동안 내가 여기저기 일터를 옮겨 다니며 벌었던 수입을 떠올렸다.

식당 서빙, 백화점 캐셔 이런 데서 한 달 내내 일해 봤자 백만 원 안팎의 수입이 고작이었다. 그런데 이곳에서는 밤에 몇 시간 일하고 수백을 벌 수 있다면 이런 돈벌이가 어디 있다는 말인가. 더군다나 힘들게 일하는 것도 아니고 말이다.

돈벌이가 되는구나 하는 생각이 들자, 나는 이 일에 탄력을 받았다. 그러면서 막 말로 이왕 버린 몸, 돈이나 벌자 하는 각오가 새롭게 솟아났다. 옛말에도 있잖은가. 개같이 벌어서 정승같이 쓰라는 말이. 이 말이 또한 나에게 무엇보다 위로가 되었고, 자기 합리화의 정당성을 갖게 해주는 금과옥조처럼 들렸다.

그러나 아무리 그렇다 해도 솔직히 마음 한구석에는 찜찜한 구석이 남아 있었다. 그러나 이런 마음도 잠시일 뿐 돈의 위력 앞에서는 무력했다.

일이 끝나면 경숙이가 수고했다며 쥐어주는 돈과 간간히 손님들이 주는 팁 수입이 꽤 짭짤했다. 이렇게 들어오는 돈은 남편과 자식들에 대한 죄책감을 상쇄시키고, 나의 알량한 양심과 도덕을 마비케 하는데 충분했다.

오히려 경제적 여유에서 오는 삶의 달콤함이 모든 것을 넉넉하게 해주었다. 아이들에게도 그렇고 남편에게도 돈으로 할 수 있는 것을 해주는 재미 또한 쏠쏠했다. 곳간에서 인심 난다고 경제적 여유가 생기자 시집 식구들에게도 마음을 더 써주었다. 그랬더니 그 효과는 단박 나타나서 시부모님은 물론 시누이들까지 나에 대한 칭찬이 자자했다.

일에 대한 영역도 점점 넓어졌고 대범해졌다. 밤 시간뿐만이 아니라 낮 시간도 활용하여 돈을 벌었다. 그 일 역시 밑천은 몸이었다. 천민자본주의 사회에서 몸을 천하게 굴리니 그게 모두 돈으로 돌아왔다.

낮에 하는 일은 소위 말해서 전화로 성을 사고파는 일이었다. 성을 사려는 대상과 전화로 거래를 하는 것이다. 그리하여 조건이 맞으면 남자가 오라는 장소로 가서 일을 치르고 그 대가로 돈을 받았다. 이런 짓은 여간해서 하면 안 되는 짓이었지만, 돈을 벌기 위해서 나는 거침없이 이 짓도 하였다.

몸은 고되어도 돈이 벌리니 이 짓을 하지만, 그러나 이상하게도 돈을 벌면 만족스럽고 행복하리라는 생각과는 달리 내 마음은 점점 황폐허져 갔다. 그래서 일이 끝나면 나는 술을 입에 대었다. 담배도 자연스럽게 피우게 되었다.

전화 고객 중에 M이라는 사람이 있었다. 이 사람은 개인사업을 하는 사람이었다. 나의 중요한 고객 중에 한 사람이다. M은 매너가 좋았다. 고객들 대다수는 거래가 성사되어 일을 치르면 그걸로 끝이었다. 개중에는 몇 차례 더 부르는 경우도 있었으나 그런 경우는 드물었다. 그런데 M은 생각나면 계속 연이어 부르는 사람이었다. 파트너를 매번 바꾸는 스타일이 아니었다.

대부분의 남자들은 섹스 파트너를 여러 차례 부르는 경우는 거의 없었다. 그야말로 일회용이었다. 그런데 M은 특이하게도 종종 나를 불러내었다. 어떤 때는 일을 끝내고 한참 잘 때인 새벽 2시, 3시에 부르는 경우도 있었다. 그런 경우에는 시간이 너무 늦어 갈 수가 없었다.

M은 나를 불러 섹스만 하는 것이 아니었다. 같이 저녁도 먹고 술도 마셨다. 그러면서 이런저런 애기를 끝도 없이 하였다. 내가 하는 이야기에도 귀를 기울였다. M의 거처는 오피스텔이었다. 주거형 오피스텔인 M의 거처는 살림도 없고 아무것도 없었다. 옷 몇 벌과 컴퓨터, 텔레비전 말고는 별다른 것이 없었다.

M은 자기 사생활 애기는 전혀 하지 않았다. 하는 일이 무엇이냐고 물어도 개인사업을 한다고만 할 뿐, 더 이상 구체적으로 무슨 일을 하는지 말하지를 않았다. 나 역시 더 이상은 그가 하는 일을 묻지 않았다. 이 일의 불문율이라면 불문율이랄 수도 있는 것이 있었다. 그건 다름이 아니라 고객의 신상에 대해서 묻지 않는다는 것이었다. 뿐더러 내 신상도 애기하지 않았다.

만나서 돈을 받고 일을 치루고 깨끗이 헤어지면 그만인 것이 이 일이었다. 그리고 고객이 다음에 또 불러주면 고맙고 그러지 않아도 그만이었다.

그러나 M으로부터는 잊을 만하면 전화가 걸려왔다. 나는 M으로부터 전화를 받고 약속 장소를 메모하고 화장을 하기 시작했다. M은 나에게 있어 아주 좋은 고객이었다. 그는 나와 일을 치를 때도 돈을 주었지만 일을 치르지 않아도 돈을 주었다. 또한 시간을 많이 할애하였을 경우에는 시간을 쳐서 돈을 가외로 계산해 주었다. 이런 매너 좋은 고객과의 만남은 이 일을 즐겁게 해준다. 솔직히 내가 하는 이 일은 누구에게도 발설하지 못할 일이었다. 은밀히 아무도 모르게 해야 할 떳떳치 못한 일이었다.

"안녕하셨어요?"

내가 술집의 문을 열고 들어서 M이 앉아 있는 자리에가 인사를 했다. M은 맥주만 전문으로 파는 술집에서 나를 만나기로 한 것이다. 전에도 한 번 나는 이곳을 왔기에 쉽게 찾아올 수 있었다. 내가 사는 집하고도 가까운 곳에 위치해 있는 이 술집은 각 나라의 맥주를 진열해 놓고 팔았다. 그래서 각 나라의 맥주를 골라 마시며 맥주의 맛과 향을 즐길 수 있는 재미가 있었다.

"잘 있었어요."

M이 마시던 맥주병을 들어 나에게 건배하는 자세를 취하며 말했다. 그는 벌써 꽤 여러 병의 맥주를 마셔 그가 앉은 테이블에는 빈 맥주병 여러 개가 패잔병처럼 놓여 있었다.

"벌써 술을 많이 하셨네요."

나가 M의 옆자리에 앉으며 말했다.

"갈증이 나서요. 자, 미란 씨도 시원하게 한잔하죠."

M이 다시 나에게 자기가 마시던 맥주병을 들어 건배 자세를 취했다.

"아이, 급하시긴. 맥주를 골라야 건배를 하든 하죠."

내가 M에게 애교 섞인 말을 하며 진열대에서 내가 좋아하는 남미 산 맥주 한 병을 골랐다. 맥주는 얼음 위에 눕혀져 있어 냉각이 잘 되어 손이 시릴 정도로 시원했다.

"자, 건배해요."

내가 뚜껑을 경쾌하게 따고 M에게 건배를 제의했다.

그날 밤도 M은 나와 섹스하지 않았다. 오로지 술만 마셨을 뿐이었다. 새벽 세 시가 다 되어서야 그와 헤어졌다. M은 그 시간까지 있었던 시간을 다 계산하여 주었다. 헤어지려할 때 M은 택시타고 가라며 일만 원을 더 얹어 주었다.

나는 택시를 타지 않았다. 걸어서 가도 충분히 집에 갈 수가 있었다. 나는 긴 시간 동안 맥주를 꽤나 마셨지만 취하지는 않았다. 나는 여간해서 술에 취하지 않았다. 술 체질이어서가 아니었다. 나는 이 일을 하기 전 술을 입에 대지도 않았다. 그러던 것이 이제는 아무리 마셔도 취하지가 않는 몸이 되었다. 긴장을 하고 마셔서일 것이다. 이 일을 하면서 술을 마시고 해롱댔다가는 끝장이었다.

그래서 처음부터 끝까지 긴장을 늦추어서는 안 되었다. 이 짓도 나름대로 애로사항이 있었던 것이다. 세상은 믿을 것이 못되었다. 믿지 못할 세상 긴장조차 않았다간 어느 놈이 무슨 짓을 할지 몰랐다. 더군다나 사람과의 관계는 더욱 그랬다. 같은 여자도 못 믿겠지만 남자는 더욱 믿을 수가 없었다.

특히 이 일의 특성상 긴장을 안 할 수가 없었다. 모든 것은 철저한 계약 끝에 이루어져야 했다. 현찰 박치기. 돈을 주면 돈을 준만큼 남자를 상대하는 것이 이 일의 철칙이다.

또한 감성에 젖어서도 안 되고 상대 남자에게 마음을 빼앗겨서는 더더군다나 안 되었다. 철저하게 계약하에 감정처리도 깔끔하게 모든 일을 하여야 했다. 그 모든 것의 목적은 하나, 오로지 돈이었다. 냉혹하고 속물적인 천민자본주의의 속성이지만 어쩔 수가 없었다.

세상은 결코 이성과 도덕과 윤리가 지배하지 않았다. 그런 것은 옛 시대의 유물에 불과했다. 철저히 약육강식의 논리가 지배하고, 그 약육강식의 최상층에는 돈이 지배하고 있었다.

그래서 나는 돈을 벌기 위해 내 몸을 밑천으로 철저하게 뛰고 있는 것이다. 이 짓을 하는 사람치고 이 짓이 좋아서 하는 여자들은 단 한 명도 없을 것이다. 나 역시도 마찬가지다. 입 구멍이 포도청이고, 자식새끼들하고 먹고 살려고 하는 짓이었다. 그러면 이 짓 말고 돈을 벌 수 있는 방법이 없느냐면 그렇지는 않았다.

아무 일이나 하겠다는 의지만 있다면 일은 얼마든지 구할 수가 있었다. 그러나 이 짓을 하기 전, 나 역시 식당, 백화점 등 주부들이 손쉽게 할 수 있는 일을 찾아 했었다. 그러나 문제는 돈을 많이 벌수가 없다는 것이었다.

문제는 그거였다. 그렇다고 이 세상의 여자들이 다 나 같지는 않을 것이다. 그리고 나 같아서도 안 되었다. 변명 같을지는 모르나 나 같은 경우는 특수한 경우일 것이다. 세상 여자들이 돈을 벌겠다고 다 창녀로 나선다면 이 세상은 창녀로 넘쳐날 것이다. 그렇게 되면 성적 타락으로 멸망한 소돔과 고모라보다도 더 타락한 사회가 될 것이었다. 그래서 조만간 유황불로 멸망하고 말 것이다.

　새벽 세 시의 거리는 황량했다. 길거리에는 온갖 쓰레기들이 뒹굴러 다니고 취객들이 토해 놓은 토사물들이 거리 곳곳에서 냄새를 풍기고 있었다. 걷다보니 참을 수 없는 요의(尿意)를 느꼈다. 화장실에 수시로 드나들면서 소변을 보았지만 또 마려웠다. 빌어먹을 맥주는 취하지는 않고 오줌만 마려웠다. 늦은 밤, 사람도 없겠다 적당히 외진 곳에서 해결을 하여야겠다고 마음을 먹었다.

　아파트 단지 사이에는 나무들이 많이 심어져 있었다. 나는 그 중 수국나무 숲이 조성된 곳으로 가서 팬티를 내리고 시원하게 소변을 보았다. 소변을 다본 나는 아무 일도 없었다는 듯이 침착하고도 은밀하게 나의 아파트를 찾아 들어갔다.

　돈이 되는 일이라고 다할 수는 없는 모양이었다. 몸의 한계를 느끼기 시작하였다. 낮이나 밤이나 이 짓을 하니 아무리 돈도 좋지만 이대로 가다가는 죽을 것 같았다. 일을 줄였다. 낮에 하는 일을 과감히 끊었다. 사람이 있고 돈도 있는 것이지, 사람 없이는 돈도 필요가 없는 것이다. 그리고 사실 내 몸 아프면 나만 설지, 누구 하나 내 아픈 몸 대신해 주지는 않을 것이다. 자식은 물론 남편까지도 말이다.

　남편, 허울뿐인 남편은 내가 무슨 짓을 해서 돈을 버는지도 모르고 내가 용돈만 쥐어주면 희희낙락이다. 그리고 그 돈으로 무슨 짓을 하는지 아침에 나가 저녁 늦게 들어온다. 눈이 충혈 되고 머리에 개기름이 끼어 기어들어오는 것을 보면 아마 경마에 미쳐 돌아가는 것 같았다.

　남편이란 자는 사업을 할 때에도 도박기가 있어 툭하면 도박을 해서 돈을 날린 전력이 있었다. 아무튼 한심하고 한심한 자였다. 남편 흉을 보면 내 얼굴에 침을 뱉는 것이란 것을 알면서도 남편이란 자를 생각만 하면 한심하다는 생각이 드는 것은 어쩔 수가 없었다.

　생각 같아서는 당장이라도 이혼을 하고 싶다. 자식 때문에 이혼 못한다는 말은 이제 옛말이었다. 자식 버리고 자기 행복만 찾아서 이혼하는 여자들이 얼마나 많은가. 그러나 나는 그러고 싶지 않았다. 막 말로 자식들이 무슨 죄가 있어 부모가 이혼하여 자식들이 고통을 받아야 하는가. 이건 사람으로서의 도리가 아니었다. 너무 무책임하고 자기 책임과 의무를 방기하는 짓이다.

　나는 처녀 적에 다짐한 것이 있었다. 세상이 두 쪽이 나는 한이 있더라도 결혼을 했으면 이혼하지 않으리라는 다짐 말이었다. 더군다나 자식을 버리고 자기만 살겠다고 이혼을 하는 여자들을 경멸했다. 또한 한 번 깨진 쪽박이 다른 남자를 만난다고 안 깨지라는 법도 없고 해서 한 번 결혼하면 끝까지 살자 주의였다.

　그런데 남편이란 자는 하던 일을 때려 치웠으면 아무데나 취직을 할 생각을 해야 하는데, 지 마누라가 무슨 짓을 해서 생활비를 벌고 용돈을 주는지도 모르고, 경마질을 하는지 모르겠다.

　나는 새벽 네 다섯 시까지 경숙이네 술집에서 일하고 집으로 들어온다. 전에는 낮일로 가끔 경숙이 술집에 나가는 일을 빼먹었지만 요즘은 그렇지 않았다. 더블 잡을 뛰지 않고 경숙이네 술집에만 몰두한다. 이중 잡을 뛰었을 때는 수입 면에서는 나았지만 사람 꼴이 말이 아니었다. 그래서 적게 먹고 적게 싸자 해서 경숙이네만 몰두하기로 한 것이다.

경숙이네서 돌아오면 나는 그때부터 밥을 하고 반찬을 만들어 아이들 학교 보낼 준비를 한다. 나에게는 삼남매가 있다. 위로 큰 애가 아들인데 고2다. 그리고 둘째는 딸인데 중3, 막내가 아들로서 초등학교 5학년이다.

큰아들 놈은 지 애비를 닮아 허황된 데가 있고 공부에 흥미를 붙이지 못하고 있다. 학교 갔다 오면 컴퓨터에 붙어산다. 딸아이는 지 애비를 닮지 않았다. 성격도 차분하고 공부와 책 읽는 것밖에 모른다. 그러다 보니 학교 성적도 상위권이다.

막내아들은 말 그대로 철부지다. 이놈 역시 컴퓨터에 매달려 산다. 아들놈이 딸만 같아도 걱정을 하지 않겠다. 그런데 공부와는 담을 쌓고 컴퓨터에만 매달려 사니 속이 상하는 것은 둘째 치고 이 다음에 뭐가 되려나 하고 장래가 걱정된다.

말리고 타이르고 혼을 내도 막무가내다. 그래서 이제는 포기상태다. 아무리 내 자식이라도 부모 마음대로 안 되는 것이 자식이다. 자기 인생 자기가 사는 것이니까 잘 되든 못 되든 자신들 탓이라고 치부하고 내버려 둔다. 할 수 없는 노릇이 아닌가. 나중에 부모 원망만 안 했으면 다행이겠다.

아이들 학교를 보내고 나면 나는 그때부터 잠을 잔다. 1시나 2시까지 잠을 자지만 숙면을 취하지는 못한다. 낮과 밤이 뒤바뀐 생활을 하다보니 몸의 생체리듬이 깨지는가 보았다. 자고나도 개운하지가 않고 피곤하다. 밥맛도 없다. 식욕이 전혀 당기지 않는다.

밤늦게까지 술을 마시고 안주를 이것저것 집어먹다보니 배고픈 것도 모르겠다. 몸이 천근만근이고 정신도 멍해진다. 그래도 이 일을 해야만 한다. 가족의 생계가 달린 일이니 몸이 고달프고 힘들고 피곤해도 이 일을 그만둘 수가 없다.

그러나 이 일에도 어려움과 애로사항이 많았다. 내 나이 사십 중반이다. 속된 말로 한물간 나이다. 여자 나이 사십이 넘으면 지나가는 개도 안 쳐다본다는 나이다.

술집에 드나드는 남자치고 소위 말해서 영계 안 찾는 남자가 없다. 그건 나이든 사내건 젊은 사내건 예외가 없었다. 나이 어린 영계에다 몸매 또한 죽여주는 아가씨들이라야 한다. 그러니 나 같이 나이 든 여자는 이런 바닥에서 명함도 못 내밀 입장이다. 그래도 내가 버티는 것은 내 나름대로의 노하우와 사십 대 중반의 나이라고는 하나 아직까지 몸매나 외모가 받혀주기 때문이었다.

그러나 무엇보다도 나에게는 사내들을 능숙하게 다루는 요령이 있었다. 요령이란 게 뭐 대단한 것은 아니었다. 남자들의 속성, 그 속성을 파악하여 그에 맞춰주는 것이었다.

남자들은 똑똑한 거 같으면서도 의외로 순진하고 어리석은 구석이 있다. 바로 그런 점을 적절하게 이용하여 상대를 해주면 되는 것이다. 그리고 그에 더하여 유머와 재치가 있어야 한다. 이 점은 거의 필수적이다. 사람들은 어디 가나 유머와 재치 있는 사람을 좋아한다. 특히 술 마시는 남자들에게 있어 유머와 재치는 더욱 환영받는 덕목인 것이다.

요즘 웬만한 술집에는 노래방 기계를 다 갖춰놓았다. 때문에 요즘 뜨는 신곡 몇 곡 정도는 척척 불러야 하는 감각과 센스도 필요하다. 그리고 그에 더하여 중년 남자들을 위한 흘러간 옛 노래의 애조 띤 가락도 청승맞게 불러 제치는 솜씨가 뒷받침되어 있다면 금상첨화다.

그에 더하여 장소가 장소이다 보니 적당한 선의 스킨십도 허용하여야 한다. 남자들의 속성이란 직업의 귀천을 불문하고 여자들을 보면 남성의 본능을 발현하려고 한다. 그래서 접촉하려는 본능을 여지없이 술기운을 빌려 발휘한다. 이때에 적당히 적절하게 스킨십도 허용하여야 한다. 이게 기술이고 요령인데 말처럼 쉽지가 않다.

사람 심리가 손을 허락하면 입술을, 입술을 허락하면 가슴을, 가슴을 허락하면 밑부분까지 달라고 하는 것이 남성의 심리다. 그런 만큼 여기에서 적당하게 남성성의 본능을 자제시키지 않으면 사단이 나는 것이다. 이런 점만 잘 처리하면 남자들을 다루는데 굳이 어려운 일은 없다.

이런데 오는 손님들은 주로 친구들이나 아는 사람들끼리 오는 경우가 대부분이다. 그런 만큼 부담 없이 술 마시고 노래 부르고 즐기기 위해서 오는 것이다. 이런 손님들은 그저 편하고 즐겁게 해주면 된다. 술 마시며 하는 이들의 되지 않는 말이라 하더라도 진지하게 들어주고 그에 맞춰 분위기를 띄어주어야 한다.

이렇게 죽 나열하다 보니 이 짓도 무척 고되고 힘든 일이란 것을 알 수 있다. 손쉽게 돈 버는 일은 이 세상에 아무것도 없다. 다 나름대로 수고하고 땀을 흘려야 돈을 버는 것이다. 그런데다 이 일의 특성상 도덕과 윤리라는 무거운 짐까지 짊어져야 하니 정신적 피로감 또한 무시할 수가 없다. 그러나 먹고 사는 문제는 어떤 가치와 도덕과 윤리보다 앞서는 지상 명제이다. 먹고 살기 위해 가족을 부양하기 위해 이 일을 한다는데 누가 나에게 돌을 던질 수 있단 말인가.

이런 자기 합리화를 내세우고 나는 날마다 저녁이면 출근을 한다. 나는 정확하게 다섯 시면 친구 경숙이의 술집에 나간다. 나가서는 두 손 걷어붙이고 청소를 하고 그날 쓸 안주거리를 장만한다. 그다음 술 점검을 해서 부족한 것이 있으면 주문을 한다.

안주는 내가 손보고부터 추가된 것이 있었다. 바로 낙지소면이었다. 이 안주는 매콤새콤 달달하면서 입에 착 달라붙는 맛이다. 이것을 맛본 손님들은 낙지소면을 찾았다. 늦은 시간까지 술을 마시는 주당들은 자정이 넘으면 시장기가 돌기 마련이다. 그런데다 밋밋한 맛의 술만 마시다보니 자극적이고 매운 맛이 입에 당겼다. 그래서인지 이 안주는 요즘 애들 말로 인기 짱이었다.

나는 낙지소면을 맛깔스럽게 무쳐내었다. 낙지를 적당히 익혀 썰어서 당근과 오이, 파, 고추장, 식초, 설탕, 고춧가루를 양념으로 넣고 조물조물 무친다. 그런 다음 소면을 잘 익혀 찬물에 바로 헹군다. 그래야만 면발이 쫄깃쫄깃하다. 물기를 쫙 뺀 다음 국수를 둥글게 말아 무친 낙지 위에 올린다. 그리고 마지막으로 볶은 통깨를 솔솔 뿌려 내오면 손님들은 환장을 하고 먹었다.

세월은 속절없이 흘러갔다. 어느 새 여름도 막바지로 들어서고 있었다. 말복이 지나니 아침저녁으로 살갗에 와 닿는 공기의 느낌이 달랐다.

어제는 경숙이와 대판 싸웠다. 일을 끝내고 내 몫의 돈을 주는데 내가 생각했던 금액과 차이가 있었다. 나는 그날 일한 대가를 당일에 받았던 것이다.

"얘, 돈이 좀 빈다."

경숙이가 내민 돈을 세어보고 나서 내가 말했다.

"뭐가?"

경숙이가 짜증 섞인 표정으로 나를 올려다보았다.

"돈이 좀 빈다고."

"응, 그거. 내가 좀 뗐어."

경숙이가 아무렇지 않게 대답했다.

"이유가 뭐야?"

나는 돈 문제로 경숙이와 늦은 시간에 실랑이를 벌이고 싶지 않았다. 시간이 많이 늦었기 때문이다. 나는 빨리 집에 들어가 아침을 준비해야 했다. 그러다 보니 나도 모르게 도발적인 물음이 나왔다.

"이유가 뭐냐고? 너도 알다시피 장사도 예전만큼 되지 않고 가게세도 올랐잖니. 그래서 너도 좀 고통 분담 차원에서 분담을 해야겠어. 물론 내가 너한테 말하지 않고 뗀 거는 미안하지만."

"알았어. 네 뜻이 그렇다면."

경숙이의 말에 더 이상 토를 달지 않았다. 돈 문제로 치사하게 왈가왈부 하고 싶지 않았다. 중이 절 보기 싫으면 중이 떠나랬다고, 이 꼴 저 꼴 보기 싫으면 내가 떠나면 되었다. 그렇잖아도 경숙이가 요즘 나를 대하는 태도가 달라졌다. 나를 은근히 무시하는 듯한 말을 은연중에 하였고, 쓸데없는 잔소리를 하였다. 안주가 너무 맵다

느니 손님에게 그러지 말라느니 하는 트집 아닌 트집을 잡아 내 심기를 건드렸다. 그러더니 급기야는 내게 지불하는 돈을 가지고 장난을 쳤다.

그래, 그만 두자. 나도 이 짓에 신물이 났다. 그런데다 낮과 밤이 뒤바뀐 생활을 하니 내 몸이 말이 아니었다. 만성 두통과 만성 피로에 낮 동안은 비몽사몽하며 지냈다. 그리고 날마다 술을 마셔 대서 뱃살이 나오고 피부가 누렇게 뜨고 화장을 해도 화장발도 받지 않았다. 소화는 소화대로 되지 않았다. 하루 종일 밥을 먹지 않아도 배가 고프지가 않았다. 돈도 돈이지만 이러다간 내가 제 명에 못 살 것 같았다.

나는 경숙이와 다툰 날, 출근하지 않았다.

경숙이에게서는 전화조차 오지 않았다. 어차피 잘 된 일인지도 몰랐다. 경숙이도 내가 그만두었으면 하고 바랐을 것이다. 그래, 이쯤해서 그만두자. 더 이상 경숙이와의 관계를 악화시키고 싶지 않았다. 유종의 미를 못 거두고 헤어지는 것이 찜찜하지만 어쩔 수가 없었다. 어쨌거나 경숙이는 나에게 고마운 친구였다. 그가 있어 나는 삶의 새로운 탈출구를 마련할 수가 있었으니까.

나는 당분간 쉬기로 했다. 그동안 몸과 마음이 망가지고 피폐화되었는데 이번 기회에 쉬면서 몸을 추스르기로 했다. 다행히 남편이 집안네가 하는 공장에 취직을 하였다. 공장은 지방에 있어서 남편은 그곳에서 기숙했다.

나는 며칠 동안 잠만 내처 퍼 잤다. 잠을 아무리 많이 자도 계속 잠이 쏟아졌다. 그러나 편한 잠은 아니었다. 잠을 자면서 나는 가위에 눌리고 흉한 꿈을 꾸었다. 내가 만났던 수많은 남자들이 벌레가 되어 내 몸을 기어 다녔다. 꿈인데도 불구하고 생생하게 와 닿는 끔찍한 이물감에 나는 소스라치게 놀라서 깨어났다.

내가 왜 이러지. 여전히 밥맛은 없었다. 먹지 않으니 기운이 없었고 식은땀이 났다. 나는 가까운 한의원을 찾았다. 한의사는 나에게 증상을 물었고 진맥을 하고 침을 놓아주었다.

"과도한 스트레스와 불규칙한 생활로 신체리듬이 깨어졌습니다. 먼저 심신을 안정시켜주는 침을 놓았습니다. 당분간 나오셔서 침을 계속 맞으시고 몸을 보하는 한약을 한 재 지어 드세요. 그러면 좋아질 겁니다."

젊은 한의사가 침을 놓으며 말했다. 나는 한의사의 말대로 한약을 한 재 지었고 당분간 침을 맞기로 했다. 우선 몸부터 추슬러야 무슨일을 해도 할 수가 있겠기 때문이었다.

다음날부터 나는 저녁마다 공원을 한바퀴씩 돌기 시작하였다. 인공으로 조성된 공원은 넓은 호수와 나무들과 꽃이 있어 경관이 아주 좋았다. 그래서 많은 사람들이 이곳에서 운동이나 산책을 하였다. 주말이나 일요일에는 타지에서도 많은 사람들이 찾아왔다.

침을 맞고 한약을 먹고 공원을 날마다 한바퀴씩 돌아서 그런지 몸이 많이 회복되어갔다. 다행이었다. 이제 슬슬 무슨 일인가를 시작하여야겠다고 생각했다. 그러나 두 번 다시 전에 하던 짓은 안할 것이다. 지금 생각해 보니 그런 짓을 내가 어떻게 했었는지 모르겠다. 생각만 해도 끔찍했다.

저녁이었다. 나는 저녁을 먹은 후에 간편한 복장으로 공원으로 나섰다. 이제 공원을 한바퀴 도는 일은 내 생활의 일부분이 되었다. 한여름이었으므로 공원의 호수에는 연꽃이 한창이었다. 수련 군락지도 있어 노란 수련과 흰 수련이 다투어 피어났다.

도시 안에 이런 자연의 모습이 있다는 것만 해도 축복이었다. 더군다나 나에게는 더욱 그러하였다. 피폐해진 내 몸과 마음, 정신을 위로해주는 데는 자연만큼 좋은 것이 없었다.

나는 공원을 걷기 시작했다. 공원 중간쯤에 왔을 때였다. 내 앞으로 낯선 남자가 걸어왔다. 가만 보니 낯이 익은 얼굴이었다.

"오랜만이야. 운동을 하는 모양이지."

남자가 대뜸 내게 반말을 하며 아는 체를 했다.

어디서 봤나 생각해 보니 경숙이네 술집에서 본 남자였다. 이런 곳에서 아는 남자를 만나다니 곤혹스러웠다. 더군다나 술집에서 만난 남자를 말이다. 술집에서 본 사람을 길에서 만나는 건 솔직히 말해 반갑지 않았다. 한마디로 말해 기분이 더러웠다.

그런데다 이 자는 날 언제 봤다고 반말을 지껄였다. 그래서 더욱 기분이 더러웠고 남자가 괘씸했다.

"요새 안 보이던데. 술집에 안 나가나?"

남자가 내 앞에서 얼씬거리며 이기죽거렸다.

"안 나가요. 그런데 왜 반말이에요?"

내가 남자를 올려다보며 따지듯 물었다. 그러자 남자는 순간 당황하는 빛을 보였다.

"어, 어. 왜 그래?"

"왜 반말이냔 말이에요. 술집에서 봤으면 봤지. 왜 내게 반말을 하고 그래요."

　내가 계속 따져 묻자, 남자는 오가는 사람들의 눈치를 힐끗힐끗 살피며 슬쩍 말꼬리를 내렸다.

　"어, 이런. 알았어. 알았다구."

　나의 싸늘한 반응에 남자는 당황한 듯했다. 남자는 무슨 말을 할까 망설거리는가 싶더니 슬그머니 도망을 치듯 내 앞에서 사라졌다. 난 기분이 상해 공원을 돌고 싶은 마음도 사라졌다.

　나는 벤치에 털썩 주저앉았다. 내 앞으로 많은 사람들이 무심히 스쳐 지나갔다. 나는 한동안 내 앞을 스쳐 지나가는 사람들을 묵묵히 지켜보았다. 같은 사람이고 이 땅위에 발을 딛고 살아가는 다 같은 사람들인데, 나는 저들과 동떨어져 산다는 느낌이 문득 들었다.

　한참을 나는 벤치에 앉아 생각했다. 앞으로 무슨 일을 하며 살아야 할까를. 그러나 결론은 얻어지지 않았다. 사실 그게 인생인지도 몰랐다.

사모곡 * 思母曲

내가 원로가수의 집을 찾은 건 작년 겨울이었다.

그해 겨울은 유난히도 추웠다. 봄이 들어선다는 입춘이 지났건만 추위는 누그러질 줄 모르고 맹위를 떨쳤다. 나는 그 해 시에서 발행하는 월간지의 편집위원으로 일하고 있었다.

매달 한 번씩 발행되는 월간지는 시의 홍보와 지역의 일, 문화, 인물을 소개하는 종합잡지 형태를 띠고 있었다.

잡지의 기사 중 내가 맡은 난은 이 달의 인물란으로서 지역에서 활동하는 인물 중에서 명망이 있는 인물이나, 자기 분야에서 열심히 활동을 하는 인물을 선정하여 취재하여 쓰는 일이었다. 2월호에는 어떤 인물을 선정할 것인가를 편집회의에서 논의 하다 결정된 인물이 바로 원로가수 김치향 선생이었다. 솔직히 나는 편집회의에서 김치향 선생을 거론하기 전까지만 해도 선생이 내가 살고 있는 시에

거주하고 있다는 사실조차도 몰랐었다.

　　나중에 알고 보니 김치향 선생은 우리 시에서 40여 년을 사셨다고 했다. 선생은 50년대 가요계를 풍미했던 분이었다. 당대의 인기 가수로서 누구보다도 명성을 누리던 분이었으나 노년은 가난과 병마 속에서 쓸쓸히 살고 계셨다. 김치향 선생의 대표곡으로는 일반 대중들에게 널리 알려진 '동백꽃' 과 '님 계신 산야' 등 주옥같은 노래들이 여러 곡 있었다. 한창 때 김치향 선생은 간드러지고 쟁반 위를 구르는 듯한 목소리로 많은 대중들의 심금을 울렸던 가수였다.

　　김치향 선생에 관해 글을 쓰기 전에도 나는 평소에 친구들이나 직장 동료들과 어울려 술 한 잔을 하고 노래방엘 가면 김치향 선생의 동백꽃을 즐겨 부르고는 하였다. 젊은 친구들 말마따나 나 역시 쉰 세대여서인지 요즘 노래보다 옛날 노래가 좋았다. 그래서 노래방엘 가면 옛 노래를 즐겨 부르고는 했는데, 그중 김치향 선생의 동백꽃은 내 애창곡 중의 한 곡이기도 해 자주 불렀던 것이다.

　　나는 내비게이션의 안내에 따라 김치향 선생이 거주하는 동네로 들어섰다. 동네는 서울과 막바로 경계에 있는 큰 도로와 인접해 있었다. 큰 도로는 동네 앞에서 여러 갈래로 갈라져 구파발 쪽으로 해서 서울 시내와 북한산 방향으로 가는 8차선 도로가 넓게 나 있었고, 또 한 도로는 화전을 경유하여 수색과 상암동으로 빠졌다. 그리고 반대 방향으로 삼송을 통과해 고양시로 빠지는 도로와 문산까지 가는 통일로가 길게 이어져 있었다. 거기다가 의정부에서 송추, 벽제를 지나 부평과 인천까지 연결되는 도로가 고가차도로 이어져 있었다.

김치향 선생이 사는 동네는 야트막한 산등성이가 동네를 뒤로 해서 둘러져 있고 그 아래로 주택들이 자리 잡고 있었다. 주택들이 들어서 있는 동네는 산등성이가 남쪽을 막고 있는 형국이어서 햇볕을 가리었다. 그래서 일출과 일몰 시간 외에는 해 보기가 쉽지 않을 것 같았다. 이런 지형은 여름에는 시원하겠으나 반대로 겨울에는 더욱 추울 터였다.

또한 동네에서 도로 하나를 사이에 두고 건너편 지역은 아파트 단지가 조성되어 아파트를 건설하고 있었다. 그러나 날씨가 추워 공사는 중단된 채 해동을 기다리고 있었다. 도로 옆으로는 공사 중에 날리는 먼지를 막기 위해 대형 가리개가 도로변을 따라 길게 드리워져 있었다. 그러나 가리개는 여기저기 찢어지고 구멍이 나 있었다. 그야말로 가리개는 형식적인 눈가림일 뿐 제 역할을 하지는 못할 것 같았다.

개발 지역에 흔히 있는 풍경처럼 이곳에도 원주민의 이주 대책이 문제가 되었던지 빨간 스프레이로 마구 갈겨 쓴 개발 반대 구호들이 여기저기 눈에 띄었다. 그런데다 바람이 불 때마다 날리는 온갖 비닐과 쓰레기들로 주변 풍경은 삭막하다 못해 을씨년스럽기 짝이 없었다. 다행인지 불행인지는 모르나 원로가수가 사는 동네는 개발지역에서 벗어나 있었다. 그러나 내가 보기엔 오히려 개발지역에 포함되었더라면 더 좋았을 것이란 생각이 들었다. 왜냐하면 주택들은 오랜 세월 탓으로 벽에 균열이 가고 낡고 헐어있었다. 뿐만 아니라 자연 마을이다 보니 기반시설도 열악해 보였다.

그걸 증명이라도 하듯 보일러 기름 탱크가 집집마다 눈에 띄었다. 지역난방이 들어오지 않는다는 반증이었다. 또한 기름보일러 대신 연탄보일러를 가동하는 집이 대부분이었다. 대문 앞에 연탄 재가 수북이 쌓여 있는 걸로 봐서 그걸 알 수 있었다. 기름값이 비싼 관계로 난방비를 절약하기 위해 연탄보일러를 가동하는 가구들이 었다.

원로가수를 처음으로 찾아가는 길에 빈손으로 갈 수가 없어 나는 홍시 한 상자를 사들었다. 원래 기자들이 취재원의 집을 방문하는 경우 어떠한 것도 사 가지 않는 것이 불문율처럼 되어 있었다. 그러나 나는 빈손으로 갈 수가 없었다. 언덕길이 가파르고 좁아 나는 승용차를 아래 공터에 세워두었다. 그런 터라 카메라가 든 취재 가방과 홍시상자를 든 나의 모습은 엉거주춤한 자세가 될 수밖에 없었다. 그런 우스운 자세로 언덕을 오르기 시작했다. 전화상으로 위치를 알아 찾아가기 때문에 집을 쉽게 찾을 수가 없었다. 더군다나 집들이 비슷비슷해서 이 집이 그 집 같고 그 집이 이 집 같았다. 마침 언덕 위에서 아주머니 한 분이 내려오고 있었다.

"저, 말씀 좀 묻겠습니다. 여기 원로가수 김치향 선생님 댁이 어디신지 아십니까?"

나는 홍시 상자를 계단에 잠시 내려놓고 물었다.

"예, 알지요. 저기 저 두 번째 계단 보이시죠? 저기로 올라가서 맨 윗집이 그분 댁이세요. 근데 그분 다리가 아프셔서 잘 걷지를 못하세요. 참 안되셨어요."

아주머니는 내가 묻지 않은 말까지 친절히 알려주고 밑으로 총총히 내려갔다.

"고맙습니다."

나는 고맙다는 인사를 하고 아주머니가 가르쳐준 계단을 향해 발걸음을 옮겼다. 계단은 꽤나 가팔랐다. 나이 드신 분이 올라 다니기에는 힘에 겨울 것 같았다. 그래선지 계단 한쪽에 손으로 잡고 오르내릴 수 있도록 스텐래스로 된 손잡이가 설치되어 있었다.

곧이어 나는 원로가수의 집에 도착하였다. 동네의 여느 집과 마찬가지로 김치향 선생의 집 역시 낡고 헐어서 곧 무너질 것 같았다. 오히려 동네 여느 집보다 더 낡고 초라했다. 살면서 집에 손을 전혀 대지 않은 모양이었다. 야트막한 기와집은 지붕이 오래 되어 비가 세는 것을 막기 위해 가빠를 덮어 씌웠다. 그리고 벽 둘레에는 바람을 막기 위해 비닐을 둘렀다. 그러나 바람을 막는 효과 외에는 그 이상 보온효과가 있을 것 같지는 않았다. 그런데다 더욱 가관인 것은 지난 여름 태풍으로 쓰러졌는지 지붕 위로 커다란 아카시아나무가 가로로 걸쳐 있었다. 다행히 뿌리가 완전히 뽑혀지지 않은 채 지붕에 걸쳐 있었지만 자칫 뿌리가 뽑혀지는 날에는 지붕을 덮쳐 무너질 것 같았다.

"계십니까? 김치향 선생님 계십니까?"

내가 대문 앞에 서서 김치향 선생을 불렀다. 그러나 안에서는 아무런 대답이 없었다. 나는 계속 대문을 흔들면서 선생의 이름을 불렀다. 그러자 인기척이 나면서 사람이 나왔다. 노인인 것을 보니 김치향 선생이 분명했다.

"느구시죠? 제가 김치향 입니다마는……"

왜소한 체구의 노인이 지팡이를 짚고 뒤뚱뒤뚱 걸어 나와 나를 올려다보며 물었다. 노인은 거동이 꽤나 불편해 보였다. 자그마한 키에 허리가 약간 구부정했다. 얼굴 모습은 왕년에 무대에서 노래를 하던 기질이 남아서 인지 곱게 화장을 하고 있었다.

"안녕하십니까? 김치향 선생님이시죠? 김선기 편집위원입니다. 며칠 전에 전화를 드렸지요. 찾아뵙겠다고요."

"아, 예. 김 위원님. 어서 들어오세요. 이 추운 날 여기까지 찾아 주셔서 고맙긴 한데. 너무 집이 누추해서…… 어서 들어오세요."

김치향 선생이 앞장 서 절뚝이며 힘겹게 집안으로 들어갔다. 나는 선생의 뒤를 따라 집안으로 들어갔다. 좁은 집안은 정리가 되어 있지 않았다. 옷이 여기저기 걸려 있고 물건들도 어수선하게 놓여 있었다. 선생은 나를 안방으로 안내하였다.

"어서 들어오세요. 아유, 창피해라. 내가 웬만해선 사람을 집안으로 잘들이지를 않아요. 내가 사는 꼴이 하도 그래서 창피해서 말이에요."

김치향 선생이 나이에 걸맞지 않게 손으로 입을 가리며 수줍게 웃으며 말했다. 방은 보일러가 가동이 안 되는 모양인지 냉골이었다. 그래서 방바닥에 전기장판이 깔려 있고 전기난로가 켜져 있었다. 다리가 불편한 선생은 바닥에 앉지 못하고 침대에 걸터앉았다. 침대 위에는 전기장판 세 개가 겹쳐서 깔려 있었다. 벽에는 김치향 선생의 젊었을 적 사진과 동료가수들이 군복을 입고 함께 찍은 사진이 걸려 있었다. 내가 봐도 알만한 가수들이었다. 김 선생이 내 눈길이 사진에 머무는 것을 보고 사진에 대해 설명을 하였다.

"저 사진은 제가 20대 초반에 찍은 사진이에요. 저건 40대 때 찍은 사진이고, 저기 군복입고 찍은 사진은 군위문대로 활동할 때 찍은 건데 남강수 선생, 고진수 선생, 신나나 선생님 그리고 저에요. 참 저 때가 엊그제 같은데 어느새 60년이 훨씬 지났네요."

김치향 선생이 사진을 바라보며 감회에 젖은 듯 말했다. 1950년대 가요계를 풍미했던 가수, 은방울 같으면서도 간드러진 목소리로 뭇 사람들의 심금을 울려줬던 가수는 지금 늙고 병든 몸으로 초라한 집에서 노년을 보내고 있었다.

"선생님, 취입했던 레코드판들이 하나도 안 보입니다. 그건 어디에다 따로 보관하고 계신가요?"

나는 방에 들어서면서부터 사실 김치향 선생의 노래가 담긴 레코드판을 찾았다. 그러나 어디에도 레코드판은 보이지 않았다.

"한 장도 없어요. 있긴 있었는데 사람들이 찾아오면 한 장씩 가져가요. 그러다보니 한 장도 안 남았어요. 이거밖에 없어요."

그러면서 선생은 침대 머리맡에서 테이프 하나를 꺼내 나에게 건네즈었다.

"그것도 후배가 녹음해서 가져다 준 거예요."

"원판 몇 장은 보관용으로 남겨두셔야 했는데요. 다 없애셨으니 아쉬우시겠습니다."

내가 선생이 건네준 테이프를 보며 말했다.

보름 후 기사가 게재된 잡지를 가지고 나는 다시 김치향 선생 댁을 찾았다. 선생은 잡지에 난 당신의 사진과 기사를 보고 내심 흡족해 하며 말했다.

"고맙습니다. 기사 내용은 나중에 보겠습니다. 아 참, 김 위원님이 주민센터에 이야기를 해주셔서 사람들이 나와 지붕 위에 쓰러진 나무를 치워주었어요. 정말 고맙습니다. 밤마다 지붕이 무너지면 어쩌나 하고 걱정이 되어 잠이 안 왔는데 이제 안심하고 잠을 잘 수 있게 되었어요.”

“예, 잘되었습니다. 그런데 집이 난방이 안 되어 추워서 어떻게 하죠? 그게 걱정입니다.”

내가 집 안을 둘러보며 말했다. 사실 집은 너무 낡아서 섣불리 손을 댈 수도 없었다. 웬만하면 내가 나서서라도 손을 보아주고 싶었다. 그러나 섣불리 손을 댔다가는 안 되느니만 못하였다. 잘못 낡은 집을 보수하다가는 새로 짓는 것보다 비용이 더 들어가는 경우가 있었다. 이 집이 바로 그런 경우였다.

“이렇게 살다가 죽는 거죠, 별 수 있겠어요. 나는 그래도 한때 많은 사람들로부터 인기를 얻고 누구보다 잘 살던 때가 있었어요. 이제 그때는 지나고 지금 가난하게 살고 있지만 후회하거나 누굴 원망하지 않아요. 다 운명인거죠.”

김치향 선생이 쓸쓸하게 웃으며 말했다.

그 후로도 나는 김치향 선생에게 안부 전화를 하고 틈만 나면 선생을 찾아뵈었다. 연세도 돌아가신 어머니와 같으셨다. 나는 어머니 살아생전에 효도다운 효도 한 번 하지 못하였다. 그래서인지 선생을 보면 어머니와 같다는 생각이 들었다.

김치향 선생은 나이가 들고 퇴행성관절염으로 거동이 불편해도 당신은 만년 가수라고 하며 언젠가 다시 무대에 서서 마음껏 노래를 부르시겠다고 했다. 또한 자기 목숨이 붙어 있고 노래를 부를 수 있는 한 당신은 은퇴가수가 아니고 현역가수라고 당당하게 말했다. 그러나 현실은 늙고 병든 가수를 기억하지 않는다. 그런 현실이 냉혹하다고 할지 모르나 기억 속에만 존재하는 것도 나쁘지 않을 것 같았다. 현실 속의 늙고 병든 노인이 옛날의 모 가수였다 하고 대중 앞에 다시 나타난다면 신비감이 깨어질 줄 모른다. 세월이 흐르면 강산도 변하고 인생도 가고 모든 것이 변하는 것이 세상 이치 아닌가. 그렇게 사람은 잊혀져 가는 것이다.

돌아가신 어머니는 평소에 일을 하시면서 노래를 자주 불렀다. 밭일을 하시던 논일을 하시던 어머니는 일하는 틈틈이 노래를 부르셨다. 어머니가 부르시는 노래들은 옛날 흘러간 가요가 대부분이었다. 그러나 내가 옆에서 들어본 바로는 곡조는 얼추 맞았으나 가사는 대부분 맞지 않았다. 그런데도 어머니는 개의치 않으시고 가사를 모르면 즉석에서 즉흥적으로 지어 부르셨다.

옛 노래가 대부분 그렇듯이 곡조와 가사는 애뜻하고 처량했다. 그런데 어머니는 한 술 더 떠 그 노래를 더욱 처량하고 애뜻하게 부르셨다. 알고 보니 어머니는 노래를 부르시는 것이 아니라 노래를 매개로 신세타령을 하시는 것이었다. 지금껏 힘들게 살아오신 어머니의 한을 노래에 실어 보내시는 것이었다. 나는 어머니가 노래를 부르실 때마다 그런 어머니에게 핀잔을 하였다.

"어머니, 제발 그런 노래 좀 부르지 마세요. 처량하고 청승 맞은 노래를 부르시니까 기분도 우울해 지시잖아요."

"그런 소리 마라. 이런 노래라도 내가 부르지 않았다면 한 많은 세월 지금까지 어떻게 살아왔겠느냐?”

　어머니는 내 말에 이렇게 대꾸하셨다. 어머니는 일찍 아버지를 여의고 슬하에 육남매를 혼자 키우셨다. 어머니의 인고의 세월은 내가 잘 알고 있다. 시골에서 육남매를 키운다는 것은 보통 어려운 일이 아니었다. 그렇다고 우리 집안이 전답이 많았던 것도 아니었다. 겨우 식구들 입에 풀칠할 정도의 전답만 있었다. 그래서 어머니는 봄부터 가을까지 남의 농사일을 다니셨다. 논일부터 밭일까지 가리지 않고 다니셨다.

　태생적 가난은 늘 우리 식구들을 힘들게 했다. 우리 형제들은 공부를 제대로 하지 못하였다. 나만 육남매 중에 유일하게 대학을 나왔다. 세월이 흐른 지금 형제들은 이제 제 몫을 하고 잘 살고들 있다. 그래서 어머니는 예전처럼 힘들게 일을 하지 않으셔도 되었다. 하지만 어머니는 손에서 일을 놓지 않으셨다. 돌아가시기 얼마 전까지만 해도 어머니는 밭에 나가 일을 하셨다.

　어머니가 일을 하시면서 잘 부르시는 노래는 따로 있으셨다. ‘단장의 미아리고개’, ‘봄날은 간다’, ‘목포의 눈물’ 따위였다. 그중에서 기분이 좋아서 부르시는 노래가 따로 있었는데, 그 노래가 바로 김치향 선생의 ‘동백꽃’이었다. 이 노래만은 다른 노래와 달리 가사나 곡조를 정확하게 알고 부르셨다.

　해 저물녘
　석양이 고운산에 비춰면
　동백꽃은 꿈에 젖는다네

누가 보든 안 보든

고운 색깔 고운 향기

내보인다네

아~아~ 꽃잎은

바람 따라 속절없이

한 잎 두 잎 떨어지지만

내 가슴속 그리움으로

남는다네

　다소 애상적이고 낭만적인 가사와 간드러진 목소리로 부르는 이 노래는 듣는 이들에게 향수와 그리움을 느끼게 해주는 노래였다. 내가 노래방에 가서 이 노래를 즐겨 부르는 이유도 어머니의 영향이 있을 것이란 생각이다.

　건강하시던 어머니에게 어느 날 뜻하지 않던 치매 증상과 함께 파킨슨병이 찾아왔다. 어머니의 치매 증상이 나타나던 날이었다. 그날 나는 어머니와 겸상을 해서 점심을 먹고 있었다. 그런데 점심을 먹으면서 보니 어머니께서 숟가락을 쥔 손을 부들부들 떠시는 것이었다. 나는 그걸 보고 깜짝 놀라 어머니에게 물었다.

　"어머니, 왜 그러세요? 왜 손을 떠세요?"

　나의 황급한 물음에 어머니는 넋이 나간 표정으로 대답했다.

　"모…… 몰라. 나…… 나도 왜 왜 그러는지."

　손만 그러는 것이 아니라 말투도 평상시와 달리 어눌했다. 나도 놀랐지만 어머니도 당신의 달라진 모습에 당황해 하시는 기색이 역력했다.

"어머니! 어머니!"

나는 겁이 덜컥 났다. 나도 모르게 나는 어머니의 손을 붙잡고 어머니를 소리쳐 불렀다. 택시를 불러 어머니를 모시고 병원으로 직행했다. 병원에 입원 수속을 마치고 CT와 MRI를 찍었다. 얼마 후 담당의사가 뇌를 찍은 필름을 보여주며 어머니의 상태를 설명하였다.

"여기 뇌의 하얀 부분이 보이죠. 이 부분이 이상이 생긴 부분입니다. 이 상태로 봐서는 오래전에 병이 진행된 것이라고 봐야 합니다. 어머니께서 평소에 머리가 아프시단 말씀을 안 하셨습니까? 이 정도 되면 평상시에 머리가 아프다고 하셨을 텐데 말이죠."

병원에서 진단을 받고 돌아온 이후로 어머니의 증세는 급속도로 나빠졌다. 기억도 왔다갔다 하였고 대소변 보는 것도 잘 조절이 되지 않으셨다. 나는 어머니와 함께 살았으나 어머니의 시중을 들어줄 며느리가 없었다. 홀아비인 내가 치매에 걸린 어머니를 모시는 것이 어렵다는 것을 안 동생이 어머니를 모셔갔다. 그러나 동생네 집에서도 어머니를 오래 모시지 못하였다. 어머니를 모셔간지 이주째 되는 날이었다. 계수에게서 전화가 걸려왔다.

"아주버님, 죄송해요. 어머니를 도저히 모시지 못할 것 같아요. 이를 어쩌면 좋아요."

계수가 울먹이는 목소리로 말했다. 요즘 젊은 며느리답지 않게 시집 식구들에게 깍듯하고 어머니를 잘 모셨던 계수였다. 그런 계수가 나에게 전화를 걸어 하소연을 하였다. 나는 계수가 어머니를 모시는 것이 얼마나 힘이 들었으면 전화를 하였을까 하는 생각이 퍼뜩 들었다. 계수의 전화를 받고 나는 즉시 동생들을 불러 어머니 문제를 상의했다. 상의 끝에 어머니를 요양원에 모시자는 결론을 내렸다. 그래서 우리 형제들은 집과 가까운 요양원을 찾아 어머니를 모셨다.

어머니를 요양원에 모시고 돌아오는 날, 나는 어머니에 대한 죄스러움으로 돌아오는 내내 마음이 불편했다. 비록 대소변을 가리지 못하고 기억이 오락가락 하더라도 내가 끝까지 어머니를 모셔야 하지 않는가 하는 생각 때문이었다. 그나마 요양원이 가까운 곳에 있어 날마다 어머니를 찾아뵙자는 생각으로 위안을 삼았다. 하지만 불효는 불효였다.

나는 요양원에 갈 때마다 생각되었다. 요양원은 죽음을 기다리는 노인들이 죽음 직전까지 잠깐 거처하는 곳에 불과한 곳이란 생각 말이었다. 사실 말이 좋아 요양원이지 요양원은 요양을 하는 곳이 아니었다. 요양을 해서 나을 노인들은 거의 오지 않았다. 말 그대로 죽음 직전에 놓인 중증 노인환자나 치매 노인들이 대부분 요양원에 왔다. 어머니도 마찬가지시지만 치매 노인들은 목숨만 붙어있을 뿐이었다. 치매는 사람으로서의 가치와 품격을 하루아침에 떨어뜨려 버리는 무서운 질병이었다.

어머니는 요양원에 계신지 보름 만에 돌아가셨다. 남들은 치매로 몇 년 심지어는 수십 년씩 앓아 누워있는데 어머니는 불과 보름 만에 세상을 떠나셨다. 요양원 관계자로부터 어머니가 돌아가셨다는 전화를 받고 나는 망치로 뒤통수를 얻어맞은 듯한 충격을 받았다. 내가 충격을 받은 것은 어머니가 돌아가셨다는 연락이어서가 아니었다. 그렇게 일찍 돌아가실 어머니를 집에서 모시지 못하고 요양원에서 돌아가시게 했다는 죄책감 때문이었다. 결국 나는 어머니의 마지막 임종도 못 지킨 불효자가 되고 말았다.

김치향 선생이 사는 동네의 산에도 산벚꽃이 피었다. 겨울 동안의 우중충한 잿빛 공간이 자연의 화사한 빛으로 바뀌었다. 신록의 나무들과 화사한 꽃들이 생기를 불어넣고 변화를 준 것이다. 사람은 살게 마련이어서 지난 겨울의 모진 추위를 견디고 일상의 삶을 살아간다. 오랜 동안 내 일에 바빠 김치향 선생에게 연락을 하지 못하였다. 전화를 드렸을 때 겨울 동안을 노인병원에서 지내게 되었다고 했다. 아는 분의 소개로 병원에서 지내게 되었다고 하는데, 치료를 목적으로 병원에서 지내는 것이 아니라 추위를 피해 지내는 것이라고 하였다.

나는 김치향 선생이 알려준 노인병원을 찾아갔다. 구 도시에 위치한 노인병원은 요양원을 겸하고 있었다. 내가 찾아간 날도 날씨가 혹독하게 추웠다. 그러나 병원 안은 훈훈했다. 이 추운 겨울 난방도 제대로 되지 않고 수도도 얼어터진 집에서 지내지 않고 따뜻한 곳에서 지낼 수 있어 다행이다 싶었다.

"선생님, 저 왔습니다."

선생이 계시는 방문을 열고 들어가 인사를 하였다. 김치향 선생은 침대에 앉아서 텔레비전을 보고 있다가 나를 보자 반색을 하였다.

"어이구, 어서 오세요. 바쁘신데 또 뭘 찾아오셨어요."

"죄송합니다. 좀 더 자주 찾아뵈어야 하는데……"

내가 사 가지고 간 음료수 상자를 내려놓으며 말했다.

"별 말씀을 다 하시네요. 이렇게 찾아와 준 것만도 해도 고마운데."

"선생님, 여기서는 지낼 만하십니까?"

"따듯해서 좋긴 한데…… 난 밖에는 잘 안 나가요. 들어오시면서 보셨겠지만 저기 노인네들 보세요. 다들 무기력하고 살아 있어도 살아 있는 것 같지 않잖아요. 그래서 될 수 있으면 마주치지 않으려고 해요."

김치향 선생은 당신이 비록 나이가 들고 퇴행성관절염으로 거동이 불편하다 해도, 의식만은 뚜렷하여 의식을 놓아버린 노인들과 다르다는 점을 강조했다.

"내가 살아있을 때 여행을 좀 다녔으면 해요. 우리나라 방방곡곡을 다녀 보고 싶어요. 내 살아생전에 그게 가능할지 모르겠지만 봄이 오면 그랬으면 좋겠어요."

김치향 선생이 마음속 간절한 바람을 말하며 그게 현실로 가능할지 모르겠다는 듯 아쉬운 표정을 지었다.

"그렇게 하시지요. 제가 한번 그렇게 되도록 해보겠습니다. 그리고 선생님, 무대에 서서 옛날에 선생님께서 부르시던 노래들을 맘껏 부르고 싶다고 하셨죠? 올 봄에 선생님의 후배가수와 이 지역의 뜻있는 분들과 상의하여 실현 되도록 힘써 보겠습니다."

나를 만나 김치향 선생이 무대에 서서 마음껏 노래를 부르고 싶다는 바람을 말했을 때, 나는 살아생전 마지막이 될지도 모르는 김 선생의 바람을 이루어 드려야겠다는 생각을 하였었다. 그래서 몇몇 뜻있는 분들과 관계자들을 찾아다니며 원로가수 김치향 선생을 위한 공연을 상의하였다. 내가 만난 분들은 김 선생 같은 훌륭한 가수가 노년을 가난과 병마 속에서 지낸다는 것을 알고 안타까워하며 도움을 주기로 약속하였다. 그 중에서 후배가수 배기창 씨는 이 일에 누구보다도 적극적이었다. 김치향 선생의 얘기로는 배기창 씨는 평소에도 선생을 자주 찾아오고 도움을 주고 있다며 고마워하였다.

나는 곧바로 지역의 문화단체와 관계기관을 찾아가 김치향 선생의 사정을 이야기 하고 공연에 대해 상의하고 협조와 도움을 요청하였다. 때마침 내가 쓴 기사를 보고 김치향 선생을 돕겠다는 사람이 여럿 나타났다. 그 중에는 공연 기획자도 있어 일이 한결 쉬워졌다.

먼저 나를 필두로 배기창 씨, 공연 기획자 이렇게 셋이 추진위원이 되어 각자 일을 맡아 보았다. 나는 기획과 홍보와 후원 관계 쪽을 배기창 씨는 찬조 출연 가수 섭외, 공연 기획자는 장소 섭외와 공연의 세부적인 내용들에 대해 책임을 맡았다.

나는 지역의 유지들과 기업들을 찾아다니며 원로가수 김치향 선생 돕기 자선공연의 취지를 설명하고 후원과 협찬을 구했다. 대다수의 유지들과 기업들은 김치향 선생 돕기 자선공연 취지에 찬동하여 후원과 협찬을 약속했다. 장소도 선정이 되어 신도시의 중앙에 위치한 아름공연장에서 하기로 하였다. 찬조출연을 하는 가수들도 섭외가 순조롭게 진행되었다.

가수들 중에는 대선배가 되는 김치향 선생의 어려움에 대해 그

동안 자신들이 너무 무관심했다면서 오히려 미안해하고 고마워하였다. 그러면서 김치향 선생과 생면부지인 내가 나서서 이 일을 추진하는 것에 대해서 뜻있는 일을 한다면서 치하하였다.

공연 준비 과정에서 신경 쓰고 할 일도 의외로 많았다. 리플릿도 만들어야 하고 공연장 관계자와 만나 티켓 판매에 따른 절차와 정산 관계도 논의하였다. 또한 언론사 관계자도 만나 공연에 대한 기사 협조 의뢰와 지역 유선 TV 관계자와 방송 촬영에 대해서도 서로 의견을 나누었다. 심지어는 현수막을 제작 의뢰하는 일부터 신경 써야 할 일이 한 두 가지가 아니었다. 그러나 내가 자청해서 일을 추진한 일이니 만큼 모든 것을 감내해야 했다.

공연이 가까울수록 나는 마음이 초조해 지고 조급해졌다. 후원과 협찬을 하겠다는 유지들과 기업들을 찾아가 후원금과 협찬금 이야기를 하면 슬슬 자리를 피하기 시작했다. 그동안 들어간 비용도 만만찮았다. 공연장 대여료 보증금에 리플릿 제작비, 현수막 제작비까지 해서 우선은 급한 대로 내 돈으로 지불을 하였다. 유지들과 기업들은 내가 후원금과 협찬금을 이야기하면 공연이 끝난 다음에 주겠다는 말로 미뤘다.

빌려준 돈을 받으러 간 것도 아니어서 나는 그러시라고 하고 물러나왔으나 영 마음이 개운치 않고 찜찜하였다. 그런데다 설상가상으로 배기창 씨로부터도 좋지 않은 소식이 들려왔다. 자선 공연에 참여하겠다는 가수들로부터도 자기 공연 일정이 잡혀 참여하지 못하겠다는 연락이 온다는 것이었다. 그러면서 배기창 씨 역시 처음과 달리 공연에 소극적이었다.

예기치 못한 이런 일련의 일들이 닥쳐오자 나는 곤혹스럽고 당황스러웠다. 그렇다고 추진하던 일을 중단할 수도 없었다. 나는 고민에 고민을 거듭했다. 그러다가 공연 보름여를 앞두고 김치향 선생을 찾아갔다. 선생은 저간의 내막을 전혀 모르고 여전히 공연에 대한 기대감으로 어린아이처럼 들떠 있었다.

"김 선생, 나 지금 노래 연습 아주 열심히 하고 있어요. 목소리는 예전만 못하지만 감정만은 예전과 똑같아요. 노래 가사도 하나도 안 잊어먹고 다 기억나요."

김치향 선생이 나를 보고 설레는 마음을 표현했다.

"아, 예. 그러셔야지요. 그런데 선생님……"

내가 말을 중단하고 김치향 선생을 바라보았다. 그러자 선생이 내 눈치를 살피며 물었다.

"왜 김 선생, 무슨 일이 있어요? 얼굴빛이 좋지 않아요. 무슨 일 있으면 나한테 말해요."

눈치 빠른 김치향 선생이 나의 안색을 살피며 말했다.

"별 일 아닙니다. 선생님……"

내가 자신 없는 말투로 말을 흐리며 선생의 눈길을 피하였다.

"별 일 아닌 게 아닌 모양인데요. 김 선생 말해 보세요. 무슨 일이 있는지……"

무슨 일이 있다는 것을 눈치 챈 선생이 나를 채근했다.

"예, 선생님. 일 진행이 좀 어려워서요."

내가 어렵게 말문을 열었다.

"무슨 말인지 알겠어요. 내 일로 너무 신경 쓰지 마세요. 지금까지 김 선생이 나를 위해 얼마나 애를 쓰셨어요. 난 정말 그것만 해도 김 선생에게 이루 말할 수 없이 고마워요. 세상인심이라는 것이 다 그래요. 그러니 누굴 탓하겠어요. 난 80을 넘게 살아오면서 한 가지 깨달은 것이 있어요. 모든 것은 운명이다. 그러니 운명대로 살자 하면서 지금까지 살아 왔어요. 내가 한때 인기를 얻고 잘 살았던 것도 당시의 내 운명이었고, 현재 가난하게 사는 것도 내 운명이다 하고 살아요. 그러니 누굴 원망하지도 않고 지금까지 살았어요. 김 선생, 미안해요. 내 일을 보다가 일이 잘못되어 김 선생에게 큰 손해가 갈까 그게 염려가 되요. 그러니 내 걱정일랑 말고 일을 잘 마무리 하세요. 나는 김 선생께서 지금까지 신경 써주신 것만 해도 고맙고 고마워요."

김치향 선생이 나에게 거듭 고맙다는 말을 하였다. 그런 선생의 모습을 보자 지금까지 그렇게 달관하며 모든 것을 초월하며 살아온 인생의 단면을 보는 것 같아 숙연해졌다. 그렇다. 선생의 말마따나 모든 것은 운명이다. 일이 잘되는 것도 일을 진행하다 안 되는 것도 어찌보면 운명적인 것이다. 그렇게 생각하자 마음이 조금 편해졌다. 그러나 그러면서도 인간적인 서운함과 배신감은 어찌할 수가 없었다.

김치향 선생을 돕기 위한 자선공연은 끝내 성사되지 못하였다. 이런저런 이유가 있었지만 모든 것이 나의 불찰이요, 나의 잘못이었다. 그 첫째 원인은 사람을 믿은 것이 잘못이요, 둘째 원인은 일을 너무 쉽게 생각한 것이었다. 어찌 보면 내가 너무 세상 물정을 모르고 순진하고 어리석었다. 그런 이유로 손해도 보았다. 그러나 정작 마음 아픈 건 늙고 병든 노가수의 바람을 끝내 이루어주지 못했다는 점이었다.

선생께서는 일이 이렇게 된 것에 대해 괜찮다고 하시며 오히려 나를 위로하였다. 하지만 얼마나 상심이 되고 마음이 아프실 것인가. 사람을 믿어야 한다. 그러나 믿지 말아야 할 존재도 사람이었다. 이 역설의 적용이 바로 선생에게 평생 큰 고통과 상처를 주었다. 많은 돈을 아는 사람에게 빌려 주었다가 받지 못하고 그 일 때문에 노년을 어렵게 사시는 역설 말이었다. 나 역시도 이번 일로 인해 상처를 받은 것은 사실이다. 그러나 어찌하랴.

결혼의 실패로 여자로 인한 상처가 십수 년이 지난 현재에도 치유되지 않고 있다고 하면 믿을 사람이 있겠는가. 그러나 엄연히 존재하고 있다. 나는 이제까지 살아오면서 수많은 사람들과 부딪히며 상처와 고통을 받았다. 그러나 그건 나뿐만이 아닐 것이다. 인간은 누구나 상처를 주고 상처를 받으며 살아간다. 그러니 누구를 탓하고 누구를 원망할 것인가. 그럴 필요가 전혀 없는 일이었다.

돌아가신 어머니가 문득 그립고 보고 싶다. 살아생전 효도 한번 제대로 해드리지 못한 불효가 뼈에 사무친다. 김치향 선생의 일에 내가 그토록 적극적으로 나선 것도 결국은 어머니에 대한 죄책감 때문이 아니었을까.

그 일이 있은 얼마 후 나는 어머니의 무덤을 찾았다. 작년 추석 때 찾아보고 처음 찾는 무덤이었다. 야트막한 산 밑에 위치한 어머니의 무덤 주위도 나무들이 녹음을 이루었다. 늦게까지 찔레꽃이 무덤 주위에 피어있고 붓꽃들이 군락을 이루며 피어 있다. 유난히 꽃을 좋아하셨던 어머니셨다. 다행히도 무덤 주위에 꽃들이 많이 피어 있어 내심 마음이 놓인다. 자식이라고 변변히 꽃다발 하나 사들고 자주 찾지 못하는 무덤 아니던가. 내가 못한 효도를 자연이 해준다는 생각에 나는 실소를 머금었다.

낫으로 대강 무덤 주위에 수북이 자란 풀들을 깎아주었다. 그 다음 상석에다 사온 과일과 술을 따라 놓고 절을 했다. 연거푸 세 번을 하고 자리에 앉았다. 따라 놓은 술을 무덤 주위에 뿌리고 남은 술을 음복했다. 그때 어디선가 뻐꾸기 울음소리가 들려왔다. 소리가 난 방향을 보니 가까운 곳에서 울고 있다. 해마다 뻐꾸기는 찾아와 울건만 한 번 가신 어머니는 돌아오실 줄 모른다. 그게 죽음이다. 죽음은 모든 것과의 이별이다. 그것도 영원한 이별이다. 다시는 보지 못하고 만나지 못하는 이별. 슬픔 중에 어머니를 잃은 슬픔처럼 가슴 아픈 슬픔이 있을까.

술을 잘 못하는 나는 소주 두 잔을 연거푸 마셨다. 잠시 후 얼굴이 달아오르며 벌게진다. 기분도 이상하게 고조된다. 기쁨의 고조는 아니고 슬픔의 고조이다. 내 입에서 노래가 흘러나온다. 어머니가 살아생전 즐겨 부르시던 노래였다.

연분홍 치마가 봄바람에 휘날리더라

오늘도 옷고름 씹어가며 산제비 넘나드는 성황당 길에

꽃이 피면 같이 웃고 꽃이 지면 같이 울던……

아아, 인생의 노정은 그리움이다.

다화잠[1] * 多禾蠶

나는 그녀를 두 번째로 만나러 가기 위해 CA 144편에 몸을 실었다. 오후 3시 10분. 비행기는 정확한 시간에 인천공항을 이륙했다. 비로소 안심이 되었다. 처음 비행기를 탈 때도 그랬지만, 나는 비행기를 탈 때마다 비행기가 이륙하기 전까지 뭔가 모를 불안에 적이 조바심을 쳤었다. 그래서 공항에도 남들보다 한 두 시간 더 빨리 나가 비행기 시간이 되기를 기다렸다.

이제 2시간 20여 분이면 목적지인 연길(延吉)에 도착을 할 것이다. 떠나기 이틀 전에 연길 조선족 출신으로 연변대학에 교수로 있는 이 량(李 亮)에게 이메일을 보냈기 때문에 비행기 도착 시간에 맞춰 그는 공항에 나와 있을 것이다.

---

1 다화잠(多禾蠶): 작품에 나오는 사람 이름

그녀, 그녀 또한 나와 있을까? 그것은 알 수 없었다. 공항에 나오는지 안 나오는지 그런 확신도 없으면서 나는 왜 그 머나먼 곳을 날아 그녀를 만나러 가는 것일까. 이런 생각을 하며 가는 내가 한심하다는 생각도 든다. 그러나 나는 지금 그녀를 만나러 가고 있다.

비행은 순조로웠다. 적당한 기류를 따라 비행기는 미끄러지듯 순항한다. 구름 사이로 보이는 바다가 눈앞에 펼쳐져 보인다. 그리고 잠시 후 바다가 끝나고 육지로 들어섰다. 붉은 황토 위에 듬성듬성 파란 카펫을 간 듯 숲이 보인다. 중국 땅에 들어선 것이다. 그런데 이상하게도 같은 산과 들이라도 왜 우리나라의 산과 들과는 판이하게 분위기와 느끼는 정서가 다른지 모르겠다.

비행기는 서서히 기수를 낮추며 공항으로 들어섰다. 창밖을 바라보니 부슬비가 부슬부슬 내리고 있었다. 한국에서 떠나올 땐 날씨가 화창했었는데 연길에 오니 비가 내리고 있는 것이다. 연길공항은 작은 공항이다. 민간 비행기가 뜨고 내리는 활주로 옆에 따로 중국 공군 비행장이 있었다. 중국 공군의 전투기가 비를 맞고 나란히 도열해 있다. 그리고 군청색 우비를 입은 중국군인 두 명이 경계 근무를 서고 있다. 여긴 아직 사회주의 국가라는 생각이 문득 들면서 기분이 묘해진다.

이 량(李 亮)을 처음 만난 것은 재작년 11월이었다.

그를 만난 곳은 내가 잘 아는 어느 사회단체의 회장실이었다. 그 사회단체는 초창기에 내가 관여하기도 한 단체였기에 가끔 회장을 만나러 가고는 했다.

이 단체는 전 국민 독서운동 캠페인과 기업체 사내독서대학 운영 그리고 전국을 단위로 어린이 대상 독서논술 교실을 운영하는 단체였다.

"자네, 오래간만에 왔네. 그동안 잘 있었는가?"

내가 인사를 하고 자리에 앉자 회장이 나에게 안부를 물었다. 회장실에는 이미 내가 들어오기 전 나보다 앞서 내방객 한 사람이 있었다. 내방객은 남자였다. 나는 맞은편 소파에 앉아 있는 남자를 힐끗 훔쳐보며,

"예, 덕분에 잘 있었습니다. 회장님도 별일 없으셨지요?"

인사를 하고 소파에 앉았다.

"좀 자주 오지 이렇게 한참 만에 오나. 참 자네 이 친구하고 인사를 하게."

회장이 소파로 다가와 자기 자리에 앉으며 남자와 나를 번갈아 보며 말했다.

남자는 들어올 때 보았지만 듬직한 체구에 까무잡잡한 피부 그리고 무표정한 표정으로 앉아 있었다. 짧은 순간 그를 보았지만 그는 표정의 변화가 거의 없었고 전체적으로 무거운 분위기였다.

"이 친구는 중국 연길에서 왔는데 연변대학 교수라네. 우리 단체에서 중국 연길에 세미나 갔을 때 그때 만나 알게 되었지. 지금은 한국에 와서 지방에 있는 대학원에서 한국 문학을 공부하고 있어."

회장이 나와 남자를 보며 말했다. 나는 회장의 소개말이 끝나자 자리에서 일어나 남자에게 손을 내밀어 악수를 청했다.

"처음 뵙겠습니다. 저는 안청해라고 합니다."

내가 남자에게 인사를 했다. 그러자 회장이 이 량에게 말했다.

"안청해 씨는 처음 우리 단체를 시작할 때 나랑 같이 일했었고, 지금은 광고 회사에서 카피라이터로 일을 하고 있어. 좋은 친구니까 앞으로 잘 사겨 보라구."

회장의 말이 끝나자 이 량이 소파에서 일어서며 손을 내밀었다.

"반갑습니다. 제 이름은 이 량(李 亮)이라고 합니다. 잘 부탁드립니다."

"잘 부탁드릴 것이 뭐가 있겠습니까? 멀리서 오셔서 공부하시느라 고생이 많으시겠습니다."

내가 의례적인 인사말을 하자 이 량은 나를 정면으로 응시하며 말했다.

"고생은 공부하는데 무슨 고생입니까? 집에 있는 집사람이 고생이지요. 그리고 저보다 연배이신 것 같은데 말씀 낮추십시오."

"그래도 초면인데 그럴 수가 있나요. 나중에 그럴 수 있으면 그렇게 하지요."

내가 이 량의 눈길을 마주보며 말했다.

그날 이 량과의 만남은 이렇게 해서 시작되었다. 그는 조선족 특유의 이북 말투도 쓰지 않았다. 발음이나 억양도 남한 사람들 발음과 억양과 다를 바 없어, 조선족이라고 자기 스스로 말하지 않으면 알아보지 못할 정도로 우리 남한 사람들과 똑같았다.

그 뒤로 이 량과의 교분이 시작되었다. 그는 지방에서 공부하는 틈틈이 주말이면 서울에 올라와 자기 일을 보았다. 그리고 서울에 올라오면 꼭 나에게 전화를 하였다. 그러면 나는 저녁에 그를 만나

식사를 하고 술을 마셨다. 식사를 할 때나 술을 마실 때도 이 량은 표정의 변화가 거의 없었다. 그래서 어떤 때는 이 친구가 무슨 생각을 하고 있는지 궁금하기도 했다.

중국 사람들이나 조선족 남자들 대부분이 주량(酒量)도 많고 술 쌔기로 이름이 났듯이 이 량도 주량이나 술이 쌨다. 그는 술을 마시면 나에게 입버릇처럼 말했다.

"형님, 언제 한번 연길에 꼭 오세요. 연길에도 사람이 삽니다. 여기 한국에만 사람이 사는 것이 아니라 우리 연길에도 사람이 산단 말입니다."

이 량과 자주 만나면서 자연스럽게 나를 부르는 호칭도 형님으로 바뀌었다. 그러나 이 량을 거듭 만날수록 나는 그와의 만남이 거북하고 불편했다. 그의 알 수 없는 생각과 그의 자못 진지한 것 같으면서도 스산한 침묵, 미소가 부담스럽고 솔직히 말해 언짢았다.

그리고 그는 무엇인가 자기가 연길에서 왔다는 것과 조선족이라는 것에 대해 알지 못하는 콤플렉스를 가지고 있는 듯해 보였다. 그의 말에서 풍기는 뉘앙스나 은연중에 그의 행동에서 나는 그걸 감지할 수가 있었다.

그리고 이 량은 내가 아직까지 독신이라는 것을 알고부터는

"형님, 결혼할 사람은 우리 연길에서 구하세요. 우리 연길 아가씨들 순진하고 순수합니다. 여기 한국 여자들 보니까 순진하고 순수한 사람들 드물어 보입디다. 제가 형님 연길 오시면 책임지고 좋은 여자 소개하겠습니다."

하고 말했다.

　　물론 이 량이 그런 말을 하는 데에는 나에 대한 배려에서였다고 생각한다. 그렇지만 나는 꼭 그렇게만 들리지는 않았다. 짧은 기간이지만 이 량이 한국에 와서 보고 듣고 느낀 일단의 자기 소회(素懷)도 그 말 속에는 포함되어 있었다.

　　나는 그 말 속에 내포되어 있는 긍정과 부정 양면을 다 들여다 볼 수 있었다. 그래서 그럴 수도 있겠다고 이해는 하면서도 그 말이 명쾌하게 들리지는 않았다는 것이 솔직한 나의 심정이다. 그래서 이 량의 말을 귀담아 듣지 않았다. 다만 의례적인 대꾸만 했다.

　　"연길에 한번 가야지. 용정에도 한번 가구. 백두산엘 가려면 어차피 연길을 통하여야 하니까 언젠가 한번은 가야지."

　　말이 씨가 된다고 이 량과 내가 연길 이야기를 하다보니 드디어 봄에 연길을 가게 되었다. 그때 이 량은 한국에서의 학업을 마치고 중국 연길에 귀국하여 연길대학에서 학생들을 가르치고 있었다.

　　드디어 비행기가 비가 부슬부슬 내리는 활주로에 가볍게 착륙을 하였다. 사람들이 여기저기에서 부스럭거리며 내릴 준비를 하였다. 나도 좌석의 안전벨트를 풀고 조그만 손가방과 양복 윗도리를 챙겼다. 그리고 여권과 입국 신고서를 다시 한번 확인했다. 잠시후 비행기가 계류장에 들어서고 출입문이 열리고 승객들이 내리기 시작했다.

　　수속을 다 마치고 짐을 찾아들고 나오면서 보니 마중 나온 사람들이 출입구에서 웅성거리고 있었다. 그들은 자기들이 찾는 승객들이 알아보기 위해 피켓을 들고 있거나 종이에 이름을 적어 들고 있었다. 나 역시 모여 있는 사람들 속에서 이 량을 찾았다. 그리고 혹시

나 해서 그녀, 이름이 다화잠이라고 했지. 성은 최씨. 최 다화잠(崔多禾蠶). 이름이 몹시 특이해서 그녀 이름은 잊어버릴래야 잊어버릴 수가 없었다. 그녀가 혹시 나왔나 해서 사람들 사이를 두리번거렸다. 그러나 그녀는 눈에 띄지 않았다.

이 량의 소개로 그녀를 만난 날, 다화잠이 자기 이름을 밝혔을 때 나는 먼저 이름의 특이함 때문에 다시 한번 그녀를 올려다보며 물었다.

"이름이 참 독특하십니다. 이름에 무슨 뜻이라도 담겨 있습니까?"

나의 물음에 그녀는 대답은 않고 얼굴을 붉히며 손으로 입을 가렸다.

"우리나라에는 그런 특이한 이름을 가진 사람들이 드물거든요."

그녀는 나의 말에 엷은 미소를 지으며 대꾸했다.

"우리 할아버지께서 지으신 이름인데 많을 다에 벼 화 누에 잠 자를 쓰셨어요. 할아버지께서 처음 중국 땅에 들어오셔서 하신 일이 벼농사와 누에를 치시는 일이셨대요. 그래서 저의 이름을 다화잠이라고 지으셨는데 조금 어려운 이름이에요."

"아, 그러십니까? 이름에 할아버지의 중국에서의 역정(歷程)이 담겨 있군요."

나는 다화잠이라는 이름에서 그녀 일가(一家)의 내력을 어느 정도 짐작할 수 있었다.

그녀의 일가는 중국 넓은 땅 다민족 속에서도 소수민족 중의 하나인 조선족으로 중국에 정착해 살기까지, 그 어떤 간난(艱難)과 신고(辛苦)를 겪었을 것인지 미루어 짐작해 볼 수 있었다.

마중 나온 사람들 사이를 헤치고 공항 대합실로 나가자 저만치서 이 량이 검은 양복을 입고 나를 향해 미소를 짓고 있었다. 나는 속으로 여전하군 하고 생각하고 그에게로 다가가 악수를 청했다.

"형님, 잘 오셨습니다. 그 동안 별고 없으셨지요?"

이 량이 인사를 하며 내게서 가방을 받아들었다.

"그럼, 별일 없었지. 자네도 잘 있었나?"

내가 이 량에게 의례적인 답례를 하고 공항 청사 안을 두리번거렸다. 혹시나 그녀, 다화잠이 나오지 않았나 해서였다. 그렇다고 이 량에게 다화잠이 나왔는가를 물어보기도 뭐했다. 나는 속으로 궁금해 하며 이 량의 뒤를 따라 청사 안을 걸었다. 그때였다. 나와 이 량이 청사 밖으로 막 나가려고 할 때였다.

급하게 청사 문을 열고 들어서는 여자가 있었다. 얼핏 보니 다화잠이었다. 그녀는 잠시 서서 두리번거리더니 이내 우리를 발견하고 나와 이 량이 있는 곳으로 달려왔다. 그녀가 가까이 다가오자 이 량이 밑도 끝도 없이

"일찍 오지 왜 늦었어요?"

예의 무거운 표정으로 퉁명스럽게 물었다.

이 량의 퉁명스런 물음에도 다화잠은 잠시 가쁜 숨을 고르느라 손수건으로 이마를 닦을 뿐 이 량의 말에 대꾸하지 않았다. 나는 이 량의 퉁명스런 말에 내가 다 무안해지면서 그녀 보기가 민망했다.

이 량의 갑작스런 돌출 행동에 나는 적이 당황스러웠다. 그러면서 이 량의 돌출행동에 기분이 언짢았다. 그녀는 어찌되었든 나를 위해 공항에 나온 것이었다. 솔직히 나는 그녀가 공항에 나와 줘서

너무 반갑고 기뻤다. 만약 늦게라도 그녀가 공항에 나오지 않았더라면 나는 서운하고 아쉬웠을 것이다. 그런데 무엇 때문에 무슨 이유로 이 량이 다화잠에게 화를 낸단 말인가. 그럴 이유가 전혀 없었다. 경우 없는 행동이었다.

나는 어색한 분위기를 바꾸기도 해야겠고 그녀를 보자 솔직히 반갑기도 해서,

"나오시느라 수고하셨습니다. 안 나오셔도 되는데 힘들게 나오셨습니다."

하고 얼굴 가득 미소를 지으며 그녀에게 말했다.

"늦어서 죄송합니다. 서두른다고 했는데 늦었습니다."

그녀는 이 량의 눈치를 살피며 나에게 말했다. 그러자 이 량도 자기가 조금은 심했다고 생각을 했는지 저만치 걸어가서 담배를 피워 물었다.

"그동안 잘 계셨습니까? 이렇게 만나니까 반갑습니다."

"네, 저도 반갑습니다. 오시는데 고생은 하지 않으셨습니까?"

다화잠이 조금 전과는 달리 밝게 웃으며 말했다.

"아니요. 아주 편하게 왔습니다."

내가 다화잠과 반갑게 해후하는 장면을 멀찌감치 떨어져서 담배를 피우고 있던 이 량이 담뱃불을 눌러 끄며 나에게로 다가오더니 말했다.

"형님, 이제 그만 호텔로 가시지요."

"어, 그래. 그러자구."

우리 일행은 공항 청사를 나왔다. 밖은 여전히 부슬비가 내렸으

나 우산이 필요할 정도로 많이 내리지는 않았다.

　　나는 지난번에도 와서 묵었던 우정(郵政)호텔에 방을 잡고 짐을 풀었다. 우정 호텔은 연길 시내에 있는 호텔로서 특급 호텔은 아니었지만 시내에 있어 여러모로 편리했다. 뿐만 아니라 이 호텔의 총경리(總經理)가 이 량의 친구여서 호텔비도 할인이 되었고 여러 가지로 편의를 봐줘서 좋았다.
　　나는 짐을 풀고 한국에서 사가지고 온 이 량과 그의 가족들에게 선물할 물건들을 챙겨 이 량에게 건네주었다.
　　"이거 별거는 아니지만 자네 부인하고 딸 그리고 자네에게 소용되는 물건들이라 생각되어 사왔으니 가지고 가게."
　　그러자 이 량이 선물꾸러미를 받으면서,
　　"형님, 이제 이런 물건들은 저를 주려고 사오시지 마시고 여기 다화잠 씨에게 줄 걸로 사오세요."
하며 제 딴에 다화잠을 생각하는 것처럼 말했다.
　　"아, 무슨 말이야. 별 것도 아닌 걸 가지고. 다화잠 씨 선물은 따로 있으니까 그런 걱정은 말어."
　　나는 이 량에게 그런 말하지 말라고 하고는, 침대 맡에 엉거주춤 서 있는 다화잠에게 눈길을 돌렸다.
　　"여기 이 의자에 앉으세요."
　　방 안에 들어와서 엉거주춤 불편한 자세로 서 있는 다화잠에게 의자를 가리키며 말했다. 그러자 이 량이 내 말이 떨어지기가 무섭게 기다렸다는 듯이 말했다.

"형님, 그럼 저는 나가서 일 좀 보고 이따 저녁 때 들를 테니까 나중에 보십시다."

이 량이 내가 준 선물꾸러미를 챙겨 들고 말했다. 눈치가 뻔한 이 량이 나와 다화잠을 위해 자리를 비워 주어야겠다고 생각을 한 모양이었다.

"일을 보다 나왔으니까 들어가 봐야 하겠군. 그래, 그럼 일 보고 나중에 보자구. 그런데 이거 내가 올 때마다 신세를 져서 어떡하지?"

"그런 말은 마시고 두 분이서 나 없는 동안 잘해 보세요."

이 량이 의미 있는 말을 남기고 그 특유의 미소를 지으며 호텔방을 나갔다.

이 량이 나가자 호텔방에는 나와 다화잠 만이 남았다. 나는 옷부터 갈아입어야 하겠기에 다화잠을 보고 양해를 구했다.

"옷 좀 갈아입어야 하겠는데 잠시 뒤 좀 돌아보고 있겠습니까?"

옷을 갈아입고 나는 짐을 정리했다. 다화잠에게 줄 물건도 따로 챙겼다. 그녀에게 줄 물건들은 화장품과 손지갑, 스타킹 따위였다. 내가 짐을 챙기는 동안 다화잠은 포트에 물을 붓고 물을 끓이고 있었다. 그녀는 잔에 중국 녹차를 넣고 물이 끓기를 기다렸다.

"잠깐 여기 앉으세요."

내가 다화잠에게 말했다. 그녀는 내 말에 나를 마주보고 의자에 다소곳이 앉았다.

"이거 다화잠 씨에게 선물하려고 사왔는데 마음에 드실지 모르겠습니다. 한번 보십시오."

나는 선물 꾸러미를 다화잠에게 내밀었다.

"뭘 이런 걸 사오셨어요. 짐 되시게요."

그녀가 내가 내민 물건을 받으며 말했다.

"별 것 아니에요. 내 마음이니 받으세요."

"고맙습니다."

다화잠은 선물 꾸러미를 받아 하나하나 꺼내 보았다. 그러면서 흡족한 표정을 지으며 나에게 말했다.

"이거 다 안 선생님께서 고르셨어요?"

"네, 제가 골랐습니다. 마음에 드십니까?"

"네, 아주 마음에 들어요. 어머, 이 화장품 냄새가 아주 좋습니다."

그녀는 화장품 병의 뚜껑을 열어 냄새를 맡으며 말했다.

"아, 물이 끓는군요."

"제가 깜빡했네요. 녹차가 입에 맞으실지 모르겠어요. 우리 중국에서는 커피보다는 녹차를 즐겨 마셔서 호텔에도 커피 보다는 녹차를 준비해 놓는데요."

사실 나는 커피를 마시고 싶었다. 그러나 커피가 없으니 할 수 없이 녹차를 마셔야 했다. 나와 다화잠은 서로 마주앉아 녹차를 마셨다. 내가 마시던 녹차 잔을 내려놓으며 다화잠에게 말했다.

"이번으로 다화잠 씨 하고 두 번째 만남이네요. 그동안 저에 대해서 어떻게 생각하셨는지 궁금합니다."

내 말에 다화잠은 잠시 생각하는 듯하더니 나를 바라보고 말했다.

"선생님 지난번에 왔다 가신 후로 많이 생각했어요. 과연 제가 선생님하고 결혼을 해서 한국에 갈 수 있을까? 결혼은 할 수 있을까?

고민 많이 했습니다. 제 생각보다는 선생님 생각이 더 중요한 것 같습니다."

다화잠은 말을 마치고 내 대답을 기다렸다.

하긴 그녀와의 만남에 대한 성격을 분명히 해야 했다. 사실 내가 다화잠에 대해 조금만치라도 미련이 없었다면 굳이 여기까지 올 리가 없었다. 나는 처음 다화잠을 본 순간 저 사람이라면 국적과 환경과 처지를 떠나 결혼 상대자로 만나도 괜찮겠다 싶은 생각이 들었다. 그녀를 처음 만나 호감을 느낀 것이 솔직한 나의 심정이었다. 그러나 그렇다고 구체적으로 결혼으로까지 연관 지어 생각하지는 않았다.

남녀간의 연(緣)이란 따로 있는 것인지 사회에서 많은 여자들을 만나고 헤어졌지만 호감을 가지고 결혼 대상자로 만난 사람은 지금까지 없었다. 하기야 예초부터 결혼 상대자로 생각해서 만나지도 않았지만 말이다.

"다화잠 씨 저하고 한국에 가실 의향은 있으십니까?"

내가 결혼하면 이라는 말 대신 우회적인 표현으로 물었다. 다화잠은 나의 물음에 조금 당황해 하는 기색을 보였다. 예상 밖의 질문이었기 때문이었다. 그건 다시 말해 내 질문의 의도를 파악했기에 당황하였을 수도 있었다.

나는 처음 다화잠을 만났을 때 그의 맑고 투명한 눈과 단아한 이마에서 총기를 느꼈다. 총기가 있는 그녀가 내 말의 의도를 파악하지 못했을 리가 없었다. 그래서 그런지 다화잠은 내 말에 쉽게 대답을 못하였다. 그러나 그렇다고 오래 망설거리지도 않았다. 그녀는 이내 대답했다.

"그 결정은 단독으로 저 혼자 내릴 수가 없습니다. 부모님께 상의해 보아야 합니다."

"그렇습니까? 다화잠 씨가 지금 결정해서 말하면 안 되겠습니까?"

내가 물었다. 나는 이 자리에서 다화잠의 대답을 듣고 싶었다.

결혼에 관한 일이라 부모에게 상의할 필요도 있겠지만, 이 자리에서 말 못할 것은 또 뭐란 말인가. 사실 다화잠의 나이는 중국의 일반적인 결혼 연령으로 보면 늦은 편이었다. 삼십 중반이니 늦어도 아주 늦은 나이다. 중국은 조혼(早婚) 풍습이 있어서 결혼들을 일찍 했다. 그건 연길 조선족들도 마찬가지였다.

나는 다화잠의 대답에 조금 맥이 빠졌다. 여타 조선족 여자들 중에는 한국에 나가려고 위장결혼까지 서슴치 않고 하는 사람들도 있었다. 그런데 뭐를 재고 말고 할 것이 있다고 부모에게 상의를 한다는 말인가. 물론 결혼이라는 것이 사소한 일은 아니기에 집안 어른들의 의견을 들어야 할 것이다. 그러나 나의 입장에서는 먼 곳에서 불원천리 결혼을 전제로 그녀를 보러왔기에 그녀의 대답이 만족스럽지 못한 것이다.

"제가 공항에 나간 것만 봐도 짐작할 수 있지 않겠어요. 제가 꼭 이 자리에서 말씀을 드려야 하나요?"

다화잠이 서운하다는 표정으로 내게 반문했다.

"아, 그렇지는 않고요. 그냥 물어봤습니다."

내가 한 걸음 뒤로 물러서며 말했다.

"모든 일에는 순서가 있지 않아요. 저의 말은 안 선생님하고 한

국에 가고 싶지 않아서가 아니라 절차상 부모님께 말씀드리고 상의
를 해야 한다는 말이에요."

다화잠이 찻잔을 두 손으로 부여잡고 진지한 표정으로 말했다.
다화잠의 말에 나는 할 말이 없었다. 내가 조급하게 굴었고 경솔하
게 행등했던 것이다.

"이해합니다. 그렇게 하지요."

오후 5시가 되자 이 량한테서 호텔방으로 전화가 걸려왔다. 곧
도착할 테니 외출 준비를 하라는 것이었다. 그러면서 식당은 예약해
두었으니 다화잠도 같이 식사를 하자고 했다.

나는 그러겠다고 하고 다화잠에게도 이 량의 뜻을 전했다. 그러
자 다화잠은 잠시 망설였다. 이 량과 만나 저녁 식사까지 하기가 부
담스러운 모양이었다.

"다화잠 씨, 불편하게 생각하지 말고 저녁 같이 하십시다. 이 량
이 좀 무뚝뚝해 보이기는 하지만 바탕은 괜찮은 친구입니다. 원래
중국 남자들은 무뚝뚝하고 권위적이지 않나요?"

"요즘은 그런 남자들 인기 없어요. 요즘 누가 그런데요."

내 말에 다화잠이 이 량 같은 남자는 처음 본다는 듯 고개를 절레
절레 흔들었다. 아무튼 이 량에 대한 인상이 좋지가 않은 것은 분명
했다.

이 량이 예약한 식당은 호텔에서 그리 멀지 않은 곳에 있었다.
식당을 들어서자 주인이 우리 일행을 맞이했다. 이 량이 식당 주인
을 아는 지 반갑게 인사를 하며 몇 마디 말을 주고받았다. 그러고는
나와 다화잠을 소개했다. 소개가 끝나자 우리 일행은 남자 아이가

안내하는 방으로 들어갔다.

"여기 식단표 주구. 물이랑 물수건 좀 주구래, 잉?"

자리를 잡고 앉자 이 량이 남자 아이에게 묘한 말투와 억양으로 주문을 했다. 그러자 남자 아이는 식단표를 먼저 갖다 주고 물과 물수건을 차례대로 내왔다.

"형님, 뭐 잡수겠수꽈?"

이 량이 식단표를 보더니 나에게 식단표를 내밀며 말했다.

"내가 뭘 아나? 자네가 알아서 시키지. 가만 있자. 메뉴가 뭐가 있나?"

메뉴판을 죽 훑어보니 주 메뉴는 주로 고기 종류였다. 돼지고기, 쇠고기에 양고기 심지어는 우리나라에서는 보지도 먹어보지도 못한 당나귀 고기까지 있었다.

"이 량, 여기에서는 당나귀 고기까지 먹나보지?"

내가 고개를 들어 이 량에게 물었다.

"아, 당나귀 고기요? 여기서는 고급 고기지요."

이 량이 나의 말에 입맛을 다시며 대답했다. 하기사 가격표를 보니 다른 고기 보다는 가격이 월등히 높았다.

"다화잠 씨, 다화잠 씨도 당나귀 고기 먹어 보셨어요?"

나는 내 옆에 앉아있는 다화잠에게 짓궂은 마음으로 물어보았다. 그러자 그녀는 이마를 살짝 찡그리며 대답했다.

"그런 고기는 못 먹어요."

"그렇지요? 그렇잖아도 지난번에 당나귀가 무거운 짐수레를 끌고 가는 모습이 너무 애처로워 보였는데……"

"참 형님두, 그럼 돼지고기나 소고기는 어떻게 먹습니까?"

이 량이 딱하다는 표정으로 나와 다화잠을 둘러보며 말했다.

"그렇긴 하지만 말이야. 이 자리에선 우리 입맛에 익숙한 돼지고기 하고 쇠고기를 먹자구. 다화잠 씨 괜찮겠습니까?"

내가 다화잠에게 물었다. 내 말에 다화잠은 고개를 끄덕였다. 메뉴가 정해지자 이 량이 나에게서 메뉴판을 가져가며 남자 아이를 불러 주문을 하였다.

"형님, 술은 뭘로 할까요?"

이 량이 음식 주문을 마치고 내게 물었다.

"글쎄, 무슨 술이 좋을까?"

내가 선뜻 무슨 술이 좋을지 몰라 망설거리자, 이 량이 내게 말했다.

"형님, 중국에 오셨으니까 중국술을 드셔야지요. 여기 이 술 한 번 드셔 보세요."

그러면서 이 량이 손가락으로 식단표를 가리켰다.

"옥미주(玉味酒)? 이 술은 어떤 술이야?"

내가 고개를 갸웃거리며 물었다.

"글쎄 한번 마셔 보세요. 옥수수로 만든 술인데 머리도 안 아프고 좋습니다."

"그래? 그럼 한번 마셔보지."

곧이어 주문한 음식이 나오고 옥미주가 나왔다. 나는 옥미주 병을 들어 도수를 보았다. 자그마치 45도나 되었다.

"이 술 완전히 독주로구만."

이량에게 술을 들어 보이며 내가 말했다.

"형님, 우리 중국에서는 그 정도는 보통입니다. 난 한국에서 소주 마실 때 꼭 맹물 마시는 것 같습디다."

이 량이 나에게서 옥미주 병을 가져가며 말했다. 다화잠은 나를 보고 걱정이 된다는 표정을 지었다. 이 량이 병뚜껑을 따고 나에게 술을 부었다.

"자, 한 잔 쭉 마셔 보세요. 좋을 겁니다."

나와 이 량은 잔을 채우고 다화잠은 술은 못한다고 해서 청도사이다를 잔에 따랐다.

"자, 건배합시다. 형님, 연길에서 좋은 배필 만나서 결혼하시길 바랍니다. 위하여!"

"위하여!"

나는 건배와 동시에 잔에 가득 담겨 있는 술을 훌쩍 마셔버렸다.

술은 도수에 비해 의외로 부드러웠다. 향기도 달짝지근한게 좋았다. 그러나 그것이 문제였다. 나는 이 량이 따라준 옥미주 세 잔을 연거푸 마셨고 그 뒤로 정신을 잃어버렸다. 그야말로 필름이 끊긴 것이었다.

아침에 일어나 보니 호텔방이었다. 곁에는 아무도 없었다. 이 량과 다화잠이 술에 취한 나를 호텔방에 데려다 놓고 각자 돌아간 모양이었다. 이런 낭패가 있나. 나는 잠시 머리를 흔들며 어젯밤 일을 기억하려고 하였으나 기억나는 것이 아무것도 없었다. 술을 마시고 필름이 끊겨본 것은 처음이었다. 한국에서는 아무리 술을 늦게까지 마셔도 필름이 끊긴 적이 없었다. 아무튼 중국술이 독하긴 독했다.

　　호텔 뷔페식당에서 입맛에 맞지 않는 식사를 하는 둥 마는 둥 하고 내 방으로 들어오려고 복도에 들어서자 이 량이 방문 앞에서 기다리고 있었다.

　　"형님, 잘 주무셨어요?"

　　이 량이 특유의 미소를 지으며 물었다. 나는 어젯밤의 일도 있고 해서 이 량 보기가 조금 무안해서,

　　"일찍 왔네? 나 혹시 어젯밤 실수한 것 없었어?"

　　"실수는요. 술 마시면 실수도 하는 건데 뭐."

　　내가 실수를 했다는 것인지 안 했다는 것인지 이 량이 알쏭달쏭한 말을 했다.

　　"허 참, 술 마시고 정신없어 본 적은 처음이네. 그런데 다화잠 씨는 잘 들어갔나?"

　　내가 다화잠이 궁금하여 물었다.

　　"그 사람이 어린애인가요. 잘 들어갔겠죠."

　　이 량이 시큰둥하게 내 말을 받았다.

　　이 량은 어제 저녁의 일은 일언반구 한마디도 안하고 포트에 물을 부어 플러그를 콘센트에 꽂았다. 이 량이 아무 말도 안 하니 나 역시 더 이상 물어볼 말이 없었다.

　　"형님, 호텔에 계시면 최 선생이 일찍 여기로 오실 거예요. 같이 시간 보내세요. 이왕 오셨으니 용정이나 도문에도 한번 가보시구요. 나중에 또 제가 연락드리겠습니다."

　　이 량은 나에게 한마디 이른 후 녹차를 입으로 훌훌 불어 마시고 제 볼일을 보러 나갔다.

이 량이 나가자 나는 할 일이 없었다. 그렇다고 혼자 나돌아 다니기도 뭐해서 호텔방에서 다화잠이 오기를 기다리기로 했다. 나는 무료함을 달래려 텔레비전을 켰다. 이곳저곳 채널을 돌려보았다. 알아듣지 못하는 중국어로 진행하는 쇼프로도 있고 연속극도 있었다. 하지만 말을 못 알아들으니 흥미가 없었다. 그리하여 텔레비전 보는 것도 시들하여 텔레비전을 꺼버렸다.

호텔 창문으로 보이는 연길 시내는 모든 것이 느리게 흘러가고 있었다. 뱀탕이라는 간판과 개장국이라는 간판이 보였다. 한국인 관광객이 많이 와서 몸보신으로 뱀탕을 많이 찾고 개장국을 많이 먹는다고 한다. 그래서 유난히 개장국 간판이 많이 눈에 띄는 것인가. 이 량의 말로는 연길 조선족들도 개고기를 즐겨 먹는다니 개장국집이 많은 것이리라. 사람 사는 곳은 어디나 비슷비슷했다. 그건 연길이라고 다를 바가 없다.

나이 든 노인 한 분이 무거운 손수레를 끌고 힘겹게 가는 것이 보인다. 그 뒤로 과일 수레가 따르고 자전거에 돼지 뒷다리를 실은 남자가 힘겹게 페달을 밟으며 간다.

11시가 다 되어서야 다화잠이 호텔방문을 두드렸다. 나는 어제 저녁일도 있고 해서 되도록 말을 많이 하지 않았다. 다화잠은 무슨 봉투를 하나 손에 들고 왔다. 그 속에는 과일이 들어 있었다. 리찌라는 과일이었다.

"선생님 과일 좀 씻어 드릴까요?"

다화잠이 내게 묻고는 과일을 씻으러 화장실로 들어갔다. 씻어 온 과일을 먹고 우리는 용정을 가기로 했다. 용정은 우리 근대사에서 잊지 못할 땅이었다. 용정 하면 가장 먼저 떠오르는 인물은 시인 윤동주였다. 그리고 군사독재에 맞서 평생을 투쟁해온 문익환 목사였다. 그 분의 고향도 용정이었다.

용정 가는 버스는 작았다. 아니 버스가 아니라 승합차였다. 작은 승합차에는 차비를 받는 차장이 따로 있었다. 연길 시내를 한참 벗어나자 시골 풍경이 눈에 들어왔다. 칙칙한 도시에서 파란 들판을 보자 마음이 다 상쾌했다. 산비탈 밑으로 제법 넓은 사과 과수원이 펼쳐져 있었다.

다화잠이 과수원을 가리키며 말했다.

"저 사과 과수원은 우리 연길에서도 유명합니다. 사과맛도 좋구요."

사과나무 둥치가 굵은 것을 봐서 20여 년 이상 된 과목(果木)으로 보였다.

30여 분을 달려 용정 시내로 들어섰다. 용정에 들어서자 이제 갓 지은 아파트들이 오래된 낡은 집들과 어울려 부조화를 이루고 있었다. 어차피 용정도 이제는 도시화에 의해 변화되어 가리라. 낡은 것은 사라지고 그 위에 새로운 콘크리트 건물이 들어설 터였다. 그러나 그 변화되는 모습이 영 어색하고 부조화스럽게 보이는 것은 나만의 생각인지 모르겠다.

자전거 뒤에 붙은 삼륜 인력거를 타고 용정 중학교를 찾아갔다. 용정 중학교는 옛 모습의 교사(校舍)가 아니라 새로 지은 교사였고, 옛 건물은 한쪽에 기념물로 보존하고 있었다. 우리는 옛 건물로 들어갔다. 교실로 쓰이던 건물 벽에는 일제시대 때 학교의 이모조모와

학교 관련 인물들, 독립운동을 하던 인물을 비롯하여 윤동주 시인의 가족과 그의 연희전문 학교 시절의 일상들 사진하며 그의 시 원고 사진들이 붙어 있었다.

한 시절 암흑기에 비운에 살다간 시인의 고향 모교에서 그의 사진을 보고 있자니 뭔가 모를 감회가 솟구쳤다. 한창 젊은 나이에 먼 이국땅 감옥에서 고향의 산천과 부모형제를 그리며 죽어간 시인 윤동주. 시간이 없어 도문은 가지 못하였다.

저녁 퇴근 후에 이 량은 여지없이 호텔로 찾아왔다. 같이 저녁을 먹고 난 직후, 이 량은 만날 사람들이 있다고 일찍 돌아갔다. 나와 다화잠만 남았다. 이제 내일 모레면 돌아가야 하는데 어떻게 하여야 하나. 다화잠과의 일을 마무리 지어야 했다.

마무리를 짓는다고 하였는데 어떻게 마무리를 지을 것인가. 고민이 되었다. 귀국하여 어머니나 형제들에게나 중국 조선족 여자하고 결혼하겠소 하면 어떤 반응을 보일 것인지도 걱정이 되었다. 또한 친구들은 어떤 반응을 보일지도 궁금했다.

그렇잖아도 어머니는 텔레비전 뉴스에 나오는 중국 조선족 여자들의 위장결혼 건과 농촌 총각들과 결혼을 하고 주민등록이 나오면 결혼패물과 돈까지 도둑질하여 달아나는 것을 보고는 혀를 차며 말씀하셨다.

"쯧쯧쯧, 저런 못된 것들 같으니라구. 결혼해서 애 낳고 잘들 살 것이지. 저게 뭔 짓들이라냐 그래. 그 먼 곳에서 와서 말이야. 내가 소싯적에도 경험했지만 되놈들은 음흉해서 속을 모른단 말이야."

어머니는 어렸을 적에 만주 장춘에서 사신 적이 있으셨다고 하셨다. 당시 일본군속의 집에 심부름 하는 아이로 일본군속을 따라 만주까지 가셨다는 것이다. 어머니는 지금도 가끔 그때 일을 말씀하셨다.

"어린 나이에 내 입 하나 덜고 돈을 벌겠다고 그 먼 곳을 갔느니라. 기차를 타고 가면서 얼마나 울었는지 모른다. 세상에 기차를 몇 날 며칠을 타고 갔는지 몰라야. 강인지 바다인지 계속 가는데 정말 끝이 없이 가더라. 나중에 만주에 도착해서도 며칠 동안 계속 기차를 탄 것 마냥 머리가 흔들거리드라니깐. 중국 사람들 그때 보니까 거지들이 따로 없더라. 옷을 얼마나 안 빨아 입었는지 땟국이 번들번들 하고 이는 또 얼마나 많은지 잡들 못해 입으로 깨물어 죽이더라. 원 세상에 그런 상거지들이 없드라마다. 내가 거기서 일본집 애를 보면서 밤이면 집이 그립고 엄마가 보고 싶어서 얼마나 울었는지 모른다. 그렇게 해서 돈 몇 푼씩을 모아 집에 부쳐 주고 살았단다."

어머니의 기억에 중국이라는 나라는 긍정적인 것보다는 부정적인 기억이 많았다. 그런데 아들이 사십이 넘어서까지 결혼을 안 하고 있다가 어느 날 불쑥 중국 조선족 여자하고 결혼을 하겠다고 한다면 어머니가 쾌히 승낙을 하실 것인가 말이다.

이런저런 생각을 하니 머릿속이 복잡했다. 다화잠에게 괜한 기대감만 준 것이 아닌가 하는 생각도 들었고, 뒤늦게 결혼하는 마당에 굳이 조선족 여자하고 결혼을 해야 하는가 하는 회의도 들었다. 그러나 분명한 사실은 이틀 후 돌아가기 전까지 결말을 내야 했다.

다화잠 역시 나의 확실한 대답을 듣고 싶어 하는 눈치였다. 왜 아니 그러겠는가. 낯선 타국으로 나 하나 보고 따라가려는데 그런

믿음과 확신 없이 행동할 수없는 일이었다.

“다화잠 씨, 오늘 나하고 같이 있지요.”

내가 텔레비전을 보고 있는 다화잠에게 말했다. 내 말에 다화잠이 뜨악한 표정을 지었다. 나는 그런 다화잠에게 다가가 그녀의 어깨에 손을 올리며 조금 전의 말을 다시 했다.

“오늘밤 나하고 같이 있어요.”

다화잠이 내 말에 아무 대꾸도 하지 않았다. 그녀의 얼굴에 곤혹스런 빛이 잠시 스쳤다. 그렇지만 곧 다시 원래의 표정으로 돌아왔다. 나름대로 마음의 결정을 한 모양이었다. 오늘밤 다화잠을 그냥 보낸다면 더 이상 그녀에 대한 마음의 끈을 놓칠 것 같다는 생각이 문득 들었다. 귀국해서는 귀국해서의 일이고 오늘은 내 마음 가는 대로 하고 싶었다. 그런 결정을 내리자 갑자기 마음이 조급해졌다. 나는 다화잠의 손을 잡아 침대로 이끌었다.

다화잠은 내가 이끄는 대로 침대로 따라왔다. 그녀의 겉옷을 벗겼다. 그녀는 내 얼굴을 가만히 올려다보기만 할 뿐 그대로 내가 하는 대로 있었다. 브래지어를 벗기고 팬티를 벗기려 하자 다화잠이 움찔하며 내 손을 잡았다.

“가만있어요.”

내가 그녀의 귓가에 대고 속삭였다.

“이래도 되는지 모르겠어요?”

그녀가 수줍은 듯 얼굴을 붉히며 말했다.

“괜찮아요.”

가볍게 목덜미에 입을 대며 말했다. 그녀의 몸에서 알 수 없는 향기가 났다. 무슨 향기인지 알 수가 없었다. 어쩌면 중국 요리의 재료로 쓰이는 향채에서 나는 냄새 같기도 했다.

"정말 오랜만에 여자를 안아보는군요."

내가 계속 입술로 그녀의 몸을 핥으며 말했다. 그녀의 몸은 작고 아담해서 내 품에 너끈히 안겼다. 나는 서두르지 않고 서서히 그녀의 몸 구석구석을 쓰다듬고 입술로 핥아나갔다.

"간지러워요."

그녀가 웃음기를 참으며 말했다.

"그래요? 그러면 안 간지럽게 해줄게요."

나는 그녀의 유두를 입에 넣고 가볍게 물었다.

"아, 아 아파요."

"내가 안 간지럽게 해준다고 했잖아요."

"아이, 몰라요."

그녀가 내 가슴을 주먹으로 가볍게 치며 말했다.

그날 밤 나는 그녀와 오래 오래 사랑을 나누었다. 서로에 대한 오랜 갈망이 있은 것처럼 우리는 지치지 않고 오래 오래 사랑을 나누었던 것이다.

다음 날 아침 다화잠의 얼굴은 유난히 맑고 투명해 보였다. 화장기가 하나 없는 그녀의 얼굴은 정말 맑고 깨끗했다. 그녀가 나를 보고 싱긋 웃었다. 나 역시 그녀를 향해 밝게 웃어주었다. 오랜 시간 사랑을 나누었는데도 피곤하지 않았다. 오히려 기분이 상쾌했다. 더러 서울에 있으면서 술집 아가씨와 잠을 잤을 때와는 사뭇 달랐다.

"다화잠 씨, 우리 나가서 해장국이라도 먹을까요? 뷔페는 영 맞지 않아서……"

"그러죠. 제가 잘 아는 시래기 해장국 하는 곳이 있어요. 안 선생님 입맛에도 아주 잘 맞으실 거예요."

다화잠이 내 말에 선뜻 나서며 나갈 채비를 하였다.

"그거 잘됐군요. 우리 조선족이 하는 식당인가요?"

내가 여권과 지갑을 챙기며 물었다.

"그렇습니다. 시래기국이 아주 구수하고 좋습니다."

"그럼 아침은 거기서 하고 점심은 서문 시장에 있는 진달래 식당에서 냉면을 먹읍시다."

"안 선생님 냉면을 아주 좋아하시는가 봐요?"

"그건 아니구요. 냉면 국물이 시원한 것이 먹을 만 하더군요."

진달래 식당의 냉면은 지난번 연길에 왔을 때 먹어보았다. 이 량이 안내해 가서 먹어 봤는데, 양도 푸짐하고 면발이나 국물도 아주 좋아 맛있게 먹은 적이 있었다.

아침을 먹고 나와 다화잠은 연길의 재래시장을 구경하였다. 재래시장에는 정말 없는 것 없이 다 있었다. 그중에서 특이한 것은 곯은 달걀이나 오리알을 삶아서 가판에 놓고 파는 것이었다. 그런데 그걸 지나가던 사람들이 사서는 길거리에 쭈그려 앉아 까먹었다. 그 근처에 가까이 다가가자 곯은 달걀과 오리알에서 고약한 냄새가 풍겨왔다. 냄새가 몹시 역겨웠다. 어느 달걀은 껍데기 속에 병아리 형태가 다 갖추어져 있는 것도 보였다. 그런데 사람들은 그걸 보고도 아무렇지 않게 맛있게 먹었다.

아무튼 중국 사람들의 먹성과 비위는 대단했다. 그래서 그런 말이 있지 않은가. 중국 사람들은 날개 있는 것은 비행기 빼고 다 먹고 다리 달린 것은 책상 빼고 다 먹는다는 말.

나와 다화잠은 냉면집에 들러 냉면을 먹고 시장 구경을 하였다. 그러다가 과일 가게에 들러 리찌와 포도를 사들고 들어왔다. 와서 보니 포도는 칠레산이었다. 과일을 먹으면서 다화잠이 나에게 말했다.

"내일이면 가시네요. 가시면 꼭 결혼 서류해서 보내세요. 저는 기다리고 있겠습니다."

"……음, 한국에 가면 서둘러 서류를 해서 보낼 테니까 걱정하지 말고 있어요."

"선생님만 믿고 있겠어요."

"……"

비로소 내일 연길을 떠난다고 하니까 갑자기 아쉬운 생각이 들었다. 언제 또 다시 여기에 와서 다화잠을 데려가야 할지 막연했다. 데려가겠다고 약속은 했지만 과연 그 약속을 지킬 수 있을지 몰랐다.

나는 다화잠에게 다가가 번쩍 그녀를 안아들고 침대에 뉘였다.

"……왜 그러세요? 대낮에요."

다화잠이 나지막하게 말했다.

"가만있어요."

내가 그녀의 입을 내 입술로 막았다. 그리고 그녀의 옷을 벗기기 시작했다. 떠날 날이 가까울수록 그녀에 대하여 조급증이 일었다. 나는 애무도 생략하고 곧바로 그녀의 몸으로 들어갔다. 그녀의 몸이 가볍게 떨렸다.

　한국으로 돌아왔다. 나는 다시 일상으로 돌아갔다. 며칠 동안 다화잠이 궁금하고 보고 싶었다. 그러나 그것도 며칠이었다. 바쁘게 일상의 틀에 매여 정신없이 돌아가다 보니 잊어졌다. 마침 나에게 시급한 카피 과제가 주어졌다. 우리 회사와 거래가 있는 H제과에서 신제품을 출시하여 대대적으로 광고를 때리는데 그 광고 카피를 내가 맡은 것이다.

　나는 며칠 날밤을 세우며 광고 카피 만들기에 매달렸다. 신세대 감각에 어필할 수 있는 광고 카피는 쉽게 떠오르지 않았다. 광고주는 강렬하면서도 신세대의 정서에 딱 들어맞아 광고 효과의 극대치가 판매로 이어지기를 바랐다.

　다행히 몇날 며칠 날밤을 세워 만든 카피는 광고주의 눈에 들었고 그런대로 반응도 괜찮았다. 저녁 퇴근 후에 우리 부서의 회식이 있었다. 소위 성공적인 일에 대한 회식인 것이다.

　회식은 의례적으로 1차에서 식사와 소주와 삼겹살 2차는 호프집에서 생맥주 3차는 노래방이나 단란주점 이런 식으로 진행되었다. 2차 호프집에서의 화제 중에 나의 이번 중국 연길 여행이 화제로 등장했다.

　정 대리가 나에게 호프 잔을 들어 부딪치며 말을 꺼냈다.

　"안 차장님, 이번 연길 여행 재미 좋으셨지요? 재미 본 이야기 좀 해보세요. 나도 이번 휴가에는 중국 북경에나 한번 가볼까 하는데."

　"아 참, 안 차장. 이번에 중국 연길에 갔다 왔지? 어때, 재미있었

어? 중국 여자들 서비스가 그만이라는 얘긴 익히 들어 알고 있었는
데 말이야."

정 대리의 말에 입사 동기이고 나이가 같아 친구처럼 지내는 박
진호가 정 대리의 말이 끝나기가 무섭게 나를 보며 말했다.

"이 사람들 지금 무슨 말을 듣고 싶어 그러는 거야?"

내가 맥주잔을 들어 한 모금 마시며 되물었다.

"아, 이 사람아. 시치미 떼지 말고 말 해. 자네 내가 알기로는 색
싯감 구하려고 연길에 갔다 왔다는 거 알고 있어. 근데 말이야. 하룻
밤 재미 보는 것은 몰라도 색싯감으로 조선족 여자 취하는 것은 좀
그렇잖아?"

"이 사람이 별 쓸데없는 말을 다하고 있네. 결혼하는데 사람만
좋으면 됐지 조선족이면 어떻고 일본 사람이면 어때? 글로벌 시대
에 말이야."

"그래도 중국 사람이나 조선족 여자들은 결혼 상대자로 좀 그런
데요. 저 역시."

정 대리가 박진호의 말에 동의를 하며 내게 술을 따랐다.

"자네들 광고 회사에 근무하는 사람들 맞아? 이거 최첨단 문화
코드를 지닌 사람들이라고 생각했는데 결혼에서 만은 쾌쾌 먹은 구
시대 사람들이구만."

"맞아요. 저도 안 차장님 말씀에 동의해요. 사람 좋고 사랑하면
됐지 국적이 무슨 상관이 있어요. 정 대리님 저 그렇게 안 봤는데 영
생각이 고루하시네요."

한쪽에서 조용히 잔만 기울이던 김소혜가 정 대리를 향해 실망

했다는 투로 말했다.

"그게 아니구. 난 그냥……"

정 대리가 뒷머리를 긁적이며 난감해 하는 표정을 지었다. 아직 미혼인 정 대리는 김소혜를 좋아한다는 소문이 부서에 퍼져 있었다.

"그 얘긴 그만하자구. 결혼을 해도 내가 하구. 안 해도 내가 안 하니까 말이야. 자, 술이나 마셔."

나는 그날 밤 억수로 술을 마셨다. 술을 마셔 취하기는 했으나 정신은 말짱했다.

나는 집에 돌아오는 길에 다화잠에게 전화를 걸기위해 공중전화 부스에 들어갔다. 전화를 걸기위해 국제전화 카드를 지갑에서 꺼냈다. 붉은색 오성기가 그려져 있는 카드에는 '신천하제일중국' 이라는 글귀가 한자로 새겨져 있었다. 글귀에서 중국인의 자존심과 자부심을 읽을 수 있었다.

하기야 이제 지구상에서 미국을 상대할 나라는 중국이라는 것을 부인할 사람은 없다. 지금까지 유일하게 미국을 상대한 나라는 러시아였으나 이제 러시아는 이 빠진 호랑이로 전락을 하고 말았다.

접속번호를 누르고 언어를 선택하고 카드번호를 누르고 다화잠의 전화번호를 눌렀다. 곧이어 신호가 갔다. 신호가 가는 짧은 시간 나는 만감이 교차했다.

"웨이?"

수화기에서 다화잠의 목소리가 들려왔다.

"나야, 한국의 안청해."

내 말투는 연길에서와 달리 반 말투가 되어 있었다.

"……늦은 밤에 어쩐 일이세요?"

다화잠의 목소리는 차분했다. 오랫동안 소식을 전하지 않아 서운하그 괘씸할 수도 있었겠지만 그녀의 목소리는 차분했다.

"미안해. 전화하지 못해서……"

나는 할 말이 없었다. 수화기에서 가벼운 한숨 소리가 흘러나왔다.

"건강은 괜찮으세요? 여긴 걱정하지 마세요."

"고마워. 다시 전화할게."

나는 전화를 끊었다.

다음 날 아침 어머니께서 밥상을 차리시다가 부스스한 차림으로 나오는 나를 보시고 딱하다는 듯이 입을 차셨다.

"쯧쯧쯧, 나이가 사십이 넘어가지고 참 잘 한다. 늙은 어미에게 술국이나 끓이게 하고. 어서 한 술 뜨고 출근해라. 늦을라."

나는 미안하고 죄송스런 마음에 어설프게 씩 웃고는 식탁에 앉았다.

"어머니, 죄송합니다."

"죄송한 줄 알았으면 일찌감치 장가를 가서 니 마누라 손에 술국을 끓이게 해야지. 너 언제까지 이 늙은 어미가 니 뒤치다꺼리 하게 만들래?"

또 어머니의 잔소리다. 그러나 어머니의 잔소리가 싫지가 않았다. 어머니의 자식 사랑에 대한 또 다른 표현이라고 생각하기 때문이었다. 그러나 불효는 불효다. 나는 불효 자식인 것이다.

"어머니, 나 장가갈까요?"

나는 어머니를 보고 싱겁게 툭 한 마디 던졌다.

"누가 말리냐? 그러면 오죽 좋잖구."

내 말에 어머니가 싱거운 놈 하시며 웃었다.

"정말이에요. 어머니 잘 모실 착한 여자하고요."

내가 연길의 다화잠을 염두에 두고 말했다.

"얘가 지금 술이 덜 깼나. 무슨 소리를 하고 있는 거야?"

어머니가 무슨 뚱딴지같은 말을 하고 있느냐는 표정을 지었다.

"어머니, 만약에 어머니의 며느리 감이 중국 조선족 여자라면 어쩌시겠어요?"

"너 지금 뭐라구 했냐? 며느리 될 사람이 중국 조선족이라고 했냐?"

어머니의 물음에 나는 찔끔했다. 괜히 어머니에게 그런 말을 꺼냈나 하는 후회가 들었다.

"너 그런 말 아예 내 앞에서 두 번 다시 꺼내지 말아라. 세상에 여자가 없어 중국 여자하고 결혼한단 말이냐?"

어머니가 대번에 펄쩍 뛰셨다. 예상했던 반응이었지만 더 이상 말을 꺼냈다간 무슨 말을 들을지 몰랐다.

"중국 사람이 아니고 조선족이에요."

"조선족은 중국사람 아니더냐? 너 뉴스에서 봐 놓고도 그런 말을 해. 니가 뭐가 못나서 뒤늦게 결혼하면서 조선족 여자야. 말도 안 되는 소리 말아라."

어머니의 말씀은 단호했다. 어머니의 말에 다화잠의 모습이 잠깐 일렁였다가 사라졌다.

그날 회사에 출근해서도 다화잠의 차분하면서도 체념한 듯한 목소리는 내 귀에 환청처럼 들려왔다. 전화를 아니함 만 못했다. 몇

마디 하지도 못하고 전화를 끊었다. 몇 마디 말도 그녀가 듣고 싶어 하는 말은 하지도 못했다.

여러 날을 고심했다. 어떻게 이 문제를 풀어야 할지 몰랐다. 결혼 문제는 지극히 개인적인 문제다. 그러기 때문에 당사자인 나의 의견이 가장 중요하며 나의 의지대로 하면 될 것이었다. 어머니나 형제들이 반대해도 내가 몰아 부치면 못할 것도 없었다. 그러나 나의 성격은 의외로 소심해서 그런 과단성도 없을뿐더러 늙은 어머니의 반대를 물리칠 그 어떤 명분도 용기도 없었다. 그리고 이 나이에 결혼을 안 하면 안 했지 어머니가 반대하는 결혼을 굳이 하고 싶지도 않았다.

나는 조만간 이 문제의 결론을 내려야 한다고 생각했다. 그러나 뾰족하게 어떤 방법으로 결론을 내려야 할지는 몰랐다. 나의 경솔함과 무책임이 한 사람에게 평생 씻을 수 없는 상처와 모멸감을 주었다고 생각하니 도저히 다화잠에게 전화를 걸 용기가 나지 않았다.

그렇게 또 며칠이 지났다. 일이 밀려왔다. 이놈의 광고일이란 한가할 땐 한가하다가도 오더가 떨어지면 몇날 며칠을 짐증해야 하는 일이 대부분이었다. 그러다보니 결혼 문제고 다화잠이고 생각할 겨를이 없었다. 그러나 내 의식 속에는 다화잠이 항상 존재해 있었다. 이제나 저제나 나의 전화를 기다릴 다화잠의 애 타 하는 모습이 눈에 어른거렸다. 그러면서 가끔 그녀에 대한 연민과 그리움이 밀려오기도 했다. 이런 빌어먹을 일이 있단 말인가. 그녀를 잊어야 하고 그녀와의 결혼 문제는 없었던 걸로 해야 하는 마당에 그녀가 그립다니 이런 경우는 또 어떤 경우인가.

　이러지도 못하고 저러지도 못하고 날짜만 흘러갔다. 다화잠 쪽에서 전화가 오지 않았고 나도 전화를 하지 않았다. 시간이 지나면 시간의 흐름 속에 모든 것이 묻혀지고 잊어지고 용서가 되는 것일까?

　며칠 후 나는 어렵게 다화잠에게 전화를 걸었다. 도저히 내 자신이 부끄러워 그대로 있을 수가 없었다. 전화로나마 그녀와의 결별을 이야기해야 만이 최소한의 그녀에 대한 도리일 것 같았다.

　"왜 오랫동안 전화하지 않으셨어요?"

　다화잠이 차분한 목소리로 물었다. 그녀의 목소리에는 나에 대한 원망이 전혀 묻어있지 않았다. 그러니까 나는 더욱 미안하고 죄스러웠다.

　"바빴어. 미안해. 전화 자주 하지 못해서."

　"바빴어요? 전화 자주 하지 않으셔도 괜찮아요. 그리고 저에 대해 신경 쓰지 마세요. 저 역시 학교 일 하느라 안 선생님 생각 안 했어요."

　"……그래. 전화하지 않더라도 기다리지 말아요."

　내가 우회적인 표현으로 내 속의 말을 전달했다. 총명한 다화잠은 금방 내 말뜻을 알아들을 것이었다.

　"알았어요. 그럼 건강하세요."

　전화가 끊어졌다. 누가 먼저 수화기를 놓았는지 전화가 끊어졌다. 이것으로 다화잠과는 이별이란 말인가. 조금 슬펐다. 그리고 쓸쓸했다. 이제 나에게서 또 한 사람은 갔다. 추억 속으로 남으려나 다화잠.

휴일이었다. 한참 자고 있는 나를 어머니가 깨웠다.

"얘, 얘, 그만 좀 일어 나거라."

나는 모처럼 휴일을 맞이하여 늦잠을 자고 있었다. 나는 나를 깨우는 어머니가 못마땅해 짜증이 묻은 목소리로 말했다.

"왜 그러세요? 잠 좀 자게 내버려 두시잖구요."

"일어나. 너랑 갈 데가 있어서 그래."

어머니가 이불을 거둬내며 말했다.

"어딜 가는데요?"

어머니의 뜬금없는 말에 내가 물었다.

"글쎄 가보면 알아."

어머니는 내가 묻는 말에 대답은 안 하시고 막무가내로 나를 깨우셨다. 나는 할 수 없이 잠자리에서 일어났다.

늦은 아침을 먹고 내 차에 어머니를 태우고 길을 나섰다. 길을 나서는 어머니는 곱게 한복을 입으시고 손에는 작은 손가방을 드셨다. 나는 어머니가 이르시는 목적지로 차를 몰았다. 차를 운전하며 가면서도 어머니가 왜 고향 마을의 산 속에 있는 용담 저수지로 가자고 하는지 그 이유를 몰랐다. 굳이 나 역시 그 이유를 묻지 않았다.

세 시간여를 달려 목적지에 도착하였다. 가을 초입에 들어서는 9월의 저수지 물은 차고 푸르고 잔잔했다. 저수지 둑 주변에 갓 피어난 부드러운 억새들이 바람에 무리를 지어 한들거렸다. 물 주변에는 갈대들이 피어 있었고 그 주변으로 새들이 날아다녔다. 한가롭고 평온했다.

"내가 왜 여길 온 줄 아냐?"

어머니가 나를 돌아보고 물으셨다.

"모르죠. 왜 어머니께서 갑자기 이 저수지까지 오시자고 했는지요."

"모르지야? 요새 내 마음이 싱숭생숭 해서 매향(埋香)의식 좀 할라고 왔다."

"매향 의식이요? 그게 뭐래요, 어머니?"

뜬금없는 어머니의 말에 내가 의아해서 물었다.

"매향 의식이 뭐냐면 말이다."

그러면서 어머니는 가방에 든 것을 꺼냈다. 어머니가 꺼낸 것은 흰 종이에 싼 무슨 작은 뭉치였다.

"그게 뭐예요?"

나는 그 물건이 무엇인가 궁금해서 어머니에게 물었다.

"이게 뭐시냐면 말이다. 향이라는 것인디. 이걸 이 저수지 물에 담가 묻으면서 소원을 빌면 내세에 가서 잘 된다는 거다."

어머니는 계속 알쏭달쏭한 말씀만 하셨다. 내세는 무엇이며 내세에 가서 잘 된다는 것은 또 무슨 말이란 말인가. 설령 그렇다 해도 왜 어머니는 갑자기 매향 의식을 하실 생각을 하신 것인가. 어머니는 종이에 싼 향을 들고 저수지 아래로 내려가셨다. 그리고는 저수지 물가에 서서 두 손을 앞으로 모으고 허리를 숙이시며 뭔가를 읊조리셨다.

한참을 그러시더니 어머니는 종이를 풀어 향을 꺼내 물 속에 담그셨다. 나는 그 모습을 둑에 서서 물끄러미 바라보았다. 어머니는 내세의 복을 빌기 위하여 향을 물 속에 담그셨지만, 나는 다화잠에 대한 그리움을 내 마음 속에 담가 마음속의 매향을 하기로 하였다.
고즈넉한 저수지에서 말없이 행하는 모자(母子)의 매향(埋香)의식은
자못 진지하고 엄숙했다.

질주 * 疾走

"부릉 부릉~ 부르릉."

나는 신호가 떨어지기가 무섭게 오토바이의 액셀러레이터의 손잡이를 잡아 당겼다. 나의 애마(愛馬) 125cc 짜리 대림 혼다 오토바이는 굉음을 내며 도심의 도로를 질주했다.

오토바이의 짐받이에는 여의도에 소재한 사무실에 배달할 상품 샘플 한 상자가 실려 있었다. 나는 차량들 사이의 틈바구니를 비집고 오토바이를 몰았다. 그런 나의 뒤통수에 차량 운전자들의 따가운 눈초리와 욕지거리들이 들렸지만 나는 개의치 않았다.

이 세계에서 살아남으려면 그런 정도의 눈초리와 욕지거리는 예사로 넘겨야 한다는 것을 이미 터득한 터였다. 나의 임무는 내게 위탁한 물건들을 신속 정확하게 배달해 주고 배달비를 받는 것이다.

'퀵 서비스맨'

이 일을 시작한 지도 5개월이 넘었다. 다니던 증권 회사에서 짤리고 맨 처음 시작한 일은 식당업이었다. 만만한게 홍어좆이라고 큰 기술이 필요 없고 많은 돈을 들이지 않아도 할 수 있어 쉽게 그 일을 시작하였다. 그러나 식당업이라는 것이 결코 만만한 홍어좆이 아니었다. 나름대로의 경험과 노하우, 운 때가 맞아야 했지만 나는 어느 것 하나 맞은 것이 없었다.

식당을 시작한 지 일 년 만에 퇴직금과 위로금, 모아둔 돈을 다 까먹고 손을 털었다. 나는 절망했다. 앞으로 두 자식과 아내를 어떻게 먹여 살려야 할지 캄캄했다. 우리 사회에서 사십대가 해야 할 일은 그다지 많지가 않았다. 언감생심 취직은 더욱더 어려웠다. 대학을 갓 졸업한 이십대들도 취직이 안 되어 놀고 삼십대에도 직장에서 쫓겨나는 판에 사십대 중반인 내가 들어가서 일할 자리는 더더구나 없었던 것이다.

한동안 방황하며 술로 소일했다. 나의 심신은 점점 황폐해져 갔다. 그러다가 어느 날 문득 내가 이러면 안 되지 하는 생각이 들었다. 나도 나지만 아내와 아이들이 못 견뎌 했다. 이대로 이런 생활을 계속하다간 가족들을 다 잃을 것 같았다. 가족 해체라는 말이 남 말이 아니지 싶었다.

저녁식사를 마치고 주방에서 설거지를 하는 아내에게 내가 불쑥 말했다.

"나 내일서부터 일해."

아내는 내말을 들었는지 안 들었는지 아무 대꾸도 없었다. 묵묵히 설거지만 하였다.

“나 내일부터 일한다구.”

내가 다시 한 번 아내에게 심드렁하게 말했다. 그러자 아내는 빤 행주를 싱크대에 널고 나서 몸을 돌려 내게로 발걸음을 옮기며

“무슨 일인데요?”

하고 건조한 목소리로 물었다.

“무슨 일은 무슨 일. 그냥 일이지.”

“그냥 일이 뭐예요? 자세히 말해 보세요.”

아내가 맞은편 소파에 앉으며 물었다.

“응, 퀵 서비스 일이야.”

내가 자신 없는 말투로 말했다.

“당신 지금 무슨 일이라고 했어요? 퀵 서비스라고 했나요?”

아내가 고개를 빳빳이 세우고 무슨 얼토당토 않는 말을 하느냐 는 표정을 지었다.

“그래, 퀵 서비스. 이대로 앉아서 굶어죽을 수는 없잖아.”

“당신 그 일이 어떤 일인지나 아세요? 아무리 당신이 일자리가 절실히 필요하다 해도 목숨을 담보로 하는 일을 한단 말이에요? 그 건 안 돼요.”

아내가 단호하게 반대했다.

“당신이 반대하는 이유를 알아. 하지만 지금 우리가 찬밥 더운 밥 가리게 됐어. 그리고 너무 걱정하지 마. 오토바이도 조심해서 타 면 사그 안 나니까 말이야.”

내가 아내를 안심시키기 위해 누그러진 목소리로 말했다.

“없이 사는 것도 억울한데 과부되는 것은 더욱 싫어요. 그 일 말

고 다른 일을 찾아보세요."

아내는 자기의 고집을 꺾지 않고 계속 안 된다고 고집을 피웠다. 나는 아내의 고집에 조금 짜증이 나기 시작했다.

"그럼 나더러 뭘 어쩌라는 거야? 계속 이렇게 살 수는 없잖아. 당신도 알다시피 요샌 젊은애들도 일자리가 없어 펑펑 노는데 내가 이 나이에 어디엘 취직을 하겠어."

이 말을 남기고 나는 소파에서 일어나 베란다로 나갔다. 답답한 마음에 담배라도 한 대 피우기 위해서였다.

아내의 반대에도 불구하고 다음날 나는 퀵 서비스 업체를 찾아 갔다. 며칠 전 전화를 해서 위치를 알고 있기에 업체를 찾는 것은 어렵지가 않았다. '적토마' 라고 상호를 지은 퀵 서비스 업체는 주택가에 있었다. 단독주택 1층에 자리 잡은 퀵 서비스 업체 앞에는 오토바이 서너 대가 세워져 있었다.

나는 퀵 서비스 업체의 문을 열고 들어갔다. 내가 들어가도 대여섯 평 공간의 사무실 안은 전화벨이 계속 울려 사람이 들어온 것도 모르고 있었다. 한마디로 전시 상항실이 무색할 정도로 쉴 새 없이 전화벨이 울려대고 여직원이 전화를 받아 무전으로 상황을 알려 줬다.

그 와중에도 사장이라는 사람은 소파에 앉아 자장면을 먹고 있었다. 그는 나를 힐끗 쳐다보더니 자장이 묻은 입가를 손등으로 쓱 닦으며 물었다.

"어떻게 오셨습니까?"

나는 어찌할 바를 모르고 잠시 머뭇거리고 있다가 사장의 말에 대답했다.

"예, 며칠 전에 전화했던 사람입니다."

"아, 그래요. 여기 잠깐만 앉아 기다리시오."

사장은 소파를 가리키며 말했다. 나는 사장이 가리킨 다 낡아빠진 소파에 엉거주춤 엉덩이를 걸쳤다. 내가 자리에 앉자 사장은 먹다 남은 자장면을 후룩후룩 소리를 내며 먹기 시작했다. 나는 그 모습을 보기가 민망하여 사무실 안을 둘레둘레 살펴보았다. 특별할 것도 없는 사무실 벽에는 커다란 서울 시내 전도(全圖)와 달력만이 붙어 있었다.

이윽고 사장이 식사를 마치고 여직원에게 커피를 주문하였다.

"김양아, 여기 커피 한 잔 다오. 아, 한 잔이 아니고 두 잔이데이."

사장이 나를 힐끗 보며 내 것까지 주문을 하였다.

"형씨, 오토바이는 탈 줄 아시오?"

사장이 나를 짧은 순간 쓰윽 스치듯이 살펴보며 물었다.

"다, 예. 고등학교 시절 잠깐 오토바이를 탔었습니다."

"고등학교 때라 말이오? 그 당시에도 폭주족이 있었나?"

"폭주족이 아니고요. 제가 오토바이를 타고 학교 통학을 했거든요."

"그래요?"

사장은 믿기지 않는다는 표정으로 나를 올려다보았다.

"내가 보기에 형씨는 이런 일을 할 사람 같지는 않아 보이는데……"

사장의 말에 나는 조바심이 나기 시작했다. 이 일이라도 하지 않으면 안 되는 나의 절박한 처지가 더 나를 조바심치게 했다.

"일하게만 해주십시오. 열심히 해보겠습니다."

"허, 이거 형씨 사정이 딱한 모양인데. 이걸 어쩌누."

사장이 망설거리며 결정을 못 내리고 있었다.

"사장님, 제 형편 좀 봐주십시오. 있는 힘껏 열심히 해보겠습니다."

내가 거의 애원조로 사장에게 매달렸다.

"좋시다. 한번 해보시오. 그런데 오토바이는 있어요?"

사장은 말의 어미(語尾)를 수시로 바꿔 써가며 내게 물었다.

"오토바이요? 없는데요."

나의 대답에 사장은 어이가 없다는 표정을 지으며

"아니, 오토바이도 없이 어떻게 일한단 말이요?"

하고 나를 한심하다는 듯이 힐난조로 말했다.

"예, 제 지금 형편이 오토바이를 살 형편은 안 되구요. 이 다음에 제가 돈을 좀 벌면 그때 가서 오토바이를 살 테니 그동안 편리를 봐주시면 안 되겠습니까?"

나는 다시 애원하는 심정으로 사장의 선처를 바라고 말했다.

"허 이 양반 정말 딱한 양반이네. 오토바이도 없이 어떻게 일을 하겠다고……"

"죄송합니다."

나는 무슨 죄지은 사람처럼 주눅이 들어 사장 앞에 고개를 조아렸다.

"좋시다. 오토바이는 내 것을 당분간 쓰시오. 그리고 형씨가 이쪽 사정을 잘 모르셔서 하는 말인데, 여기에선 오토바이는 개인 소유고 기름값과 점심값 또한 각자가 부담해야 합니다. 그리고 형씨가 일을 하고 우리에게 내는 돈은 일주일에 지입료쪼로 칠만 원과 무전기 사용료 일만 이천 원을 내야 합니다. 또 형씨는 내 오토바이를 타니까 감가상각비랄까 대여료랄까 하루 일만 원을 더 내야 하겠소. 이의 있소, 없소? 없으면 내일부터 당장 일을 하구.”

사장이 나를 보고 예스냐 노냐를 물었다.

“알겠습니다. 내일부터 일하겠습니다.”

나는 비장한 심정으로 대답을 하였다.

다음날부터 나는 퀵 서비스 일을 시작하였다. 사장의 오토바이는 100cc짜리 소형이었다. 이 오토바이는 자장면과 피자, 통닭, 야식 배달용으로 널리 애용하는 오토바이였다. 사장은 간단하게 오토바이 사용법을 가르쳐 주었다. 오토바이 사용법이야 어렵지 않았으나 실전에 들어가서 배달물품을 안전하게 목적지까지 전달해주는 것이 문제였다.

교통 혼잡이 일상사가 되다시피한 서울 한복판을 오토바이에 짐을 싣고 달린다는 것이 쉽지가 않았다. 두려웠다. 그러나 어쩔 수가 없었다. 이왕 하기로 마음을 먹은 이상 죽기 아니면 까무러치기로 해야겠다고 마음을 다잡았다. 남들 하는데 난들 못하겠는가 하는 오기도 치솟았다. 이제 여기서 더 이상 물러설 것도 없었다. 그만큼 내 생활은 절박했다. 아내 역시 백화점 점원으로 취업하여 생활비를 벌었다.

자식 둘 가르치고 생활하려면 나 혼자만 벌어서는 안 된다. 아내역시 생활 전선에 나설 수밖에 없었다. 곱게 고생 모르고 자란 아내에게 궂은일을 시킨다는 것이 남편으로서 한 가정의 가장으로서 떳떳하지 못하고 자존심 상하는 일이었지만 어쩔 수가 없었다. 그렇다고 이 나이에 처갓집이나 형제들에게 손을 벌릴 수도 없었다. 죽이 되던 밥이 되던 이 난관을 극복해야 했다.

퀵 서비스 첫날은 하루가 어떻게 지났는지 모를 정도로 긴장과 두려움으로 보낸 날이었다. 오토바이를 탄 지가 30여 년이 다 되었으니 어찌 안 그렇겠는가.

첫날이라고 사장이 봐줘서 조그만 짐을 거리도 가까운 곳으로 지정해 주어 무사히 전달했다. 무사히 전달을 하고나자 긴장이 풀려 오토바이의 핸들을 제대로 잡을 수가 없을 정도였다. 그래도 무사히 일을 끝낼 수 있어 다행이었다. 한번 성공을 하고나니 자신감도 생기고 탄력이 붙어 그런대로 할 만 했다.

그래도 복잡한 차량 속에 섞여 이리저리 차량들 사이를 비집고 가려면 여간 긴장되는 것이 아니었다. 아차 잠시만 방심하면 사고로 이어지는 것이 오토바이 운전이었다.

둘째 날이 되어 업체로 출근 아닌 출근을 하니 사장의 나를 대하는 태도가 달라졌다. 지깟 것이 힘들고 위험한 이 일을 할 수 있으랴 생각을 한 모양인데, 내가 아무렇지도 않게 출근을 하니 자기가 잘못 생각했구나 하고 태도를 바꾼 것이리라.

"김형, 일찍 나왔네. 어때요, 할만 해요?"

사장이 묘한 미소를 지으며 내게 말했다. 바뀐 것은 사장의 태도뿐만 아니라 나를 부르는 호칭도 달라 있었다. 나이도 내 또래라서 그런지 김형이라고 불렀다. 나는 사장이 무엇이라고 부르던 개의치 않았다.

나의 일차 목표는 어서 돈을 벌어 내 오토바이를 장만하는 것이었다. 그리하여 나도 떳떳하게 나의 애마를 타고 퀵 서비스맨이 되어 퀵 하게 살고 싶을 뿐이었다.

"김형, 오늘은 동대문 두타에 가서 옷 샘플을 받아 선릉에 있는 디자인실에 가져다주어야겠어. 그리고 또 배달할 것이 있으면 무전을 칠 테니까 무전기 끄지 말고 운행하고. 거리가 있으니까 항상 조심해서 운행하는 것 잊지 말아요. 아무리 사잣밥을 이고 사는 우리 인생이라지만 지금 죽으면 억울하지 않소. 아, 그리고 오늘서부터 무릎보호대도 차고 여기 우리 상호가 적힌 조끼도 입어요. 덥고 답답하더라도 헬멧은 꼭 쓰고 말이오. 김양아, 여기 김형에게 조끼하고 무릎보호대 좀 갖다 주라."

사장은 연신 걸려오는 전화를 받으면서 무전을 치는 여직원에게 명령하듯 말했다. 사장의 말에 여직원은 눈살을 찌푸렸다. 걸려오는 전화 받느라 정신이 하나 없는데 뭘 그런 걸 시키느냐는 눈치였다. 잠시 후 여직원이 캐비닛에서 무릎보호대와 조끼를 찾아 내게 내밀었다.

"아 고마워요."

내가 인사를 하고 여직원에게서 무릎보호대와 조끼를 건네받았다.

"김형, 빨리 그걸 착용하고 나가 봐요. 시간은 돈이니까 말이요."

사장이 나를 채근했다. 그렇다. 이 세계에서는 시간은 곧 돈이었다. 퀵 서비스의 요금 체계는 짧은 거리는 오천 원이고 조금 더 거리가 있으면 육천 원, 장거리는 만 원을 받는다. 가까운 장소 두 곳을 뛰면 일만 원을 벌 수 있고 장거리 네 다섯 군데를 뛰면 사만 원 내지 오만 원을 벌 수 있다. 그러니 시간이 돈이라는 말이 이 일처럼 실감할 수 있는 일도 그리 흔치 않을 것이다.

나는 전투에 출정하는 병사처럼 헬멧을 쓰고 무릎보호대를 차고 조끼를 입었다. 조끼 등 뒤에는 '적토마' 라는 상호와 말 그림이 있고 전화번호가 적혀 있었다. 완전무장. 나는 100cc짜리 오토바이를 타고 오늘도 거리를 질주하며 내게 부여된 일을 해야 한다.

여전히 서울 도심의 도로는 차량의 홍수로 정신이 없었다. 그리고 그 어느 차도 오토바이의 진입을 허락하지 않았다. 그래도 나는 조그만 틈만 보이면 내 오토바이의 앞바퀴를 들이밀며 그 틈 사이를 빠져나간다. 그러면 여지없이 욕지거리가 들려왔다.

"개새끼, 저게 죽을려고 환장을 했나? 어유, 저게 저러다 제명에 못 죽지."

따가운 눈초리와 욕설은 어디에서나 들렸다. 양복 입고 점잖게 생긴 사람도 아리따운 아가씨도 남녀 지위고하를 막론하고 욕설이 여기저기서 튀어나왔다. 그러거나 말거나 나는 내 길을 달린다. 이 일을 시킨 사람은 신속 정확하게 자기가 원하는 물건을 받기위해 퀵 서비스를 시킨다. 그러기 때문에 최대한도로 신속 정확하게 물건을 배달해야 한다.

신호를 기다리며 길게 늘어선 차량 사이를 뚫고 나는 맨 선두에 나의 오토바이를 대었다. 그러자 내 옆에 한두 대의 퀵 서비스 오토바이들이 연이어 들어선다. 곧이어 열 대 가까이 오토바이들이 늘어섰다. 드디어 신호가 바뀌었다. 신호등이 바뀌자마자 오토바이들은 일제히 굉음을 울리며 앞으로 내달렸다. 나도 그들에게 뒤질세라 있는 힘껏 액셀러레이터의 손잡이를 당겼다.

나의 오토바이도 굉음에 가까운 엔진 소리를 내며 튀어 나갔다. 그러나 다른 퀵 서비스맨들의 오토바이는 125cc짜리 대형 오토바이라 내가 그들을 앞서는 건 예초에 불가능했다. 그들은 나를 놀리기라도 하듯 벌써 저만치 앞서 나갔다.

선릉에 도착하여 사장이 이른 디자인실이 들어 있는 건물을 찾았다. 내가 헬멧을 벗어들고 상품 샘플이 들어있는 상자를 어깨에 메고 건물 안으로 들어섰다. 그런 나를 경비원이 힐끗 쳐다보았다. 나는 경비원에게 의례적으로 고개를 까닥하며 인사를 보냈다. 퀵 서비스댄은 어느 건물을 들어가더라고 경비원이 제지를 하지 않았다. 다른 잡상인들이라면 어림도 없는 일이었다.

디자인실에 들어가 상품 샘플을 아가씨에게 내밀었다.

"안녕하세요? 여기 주문한 물건 가지고 왔습니다."

컴퓨터 모니터를 보며 일을 하고 있는 아가씨에게 내가 말했다.

"어머, 빨리 왔네."

아가씨가 나를 보며 상냥하게 웃었다.

"그래서 퀵 서비스 아닙니까? 저 이 일 한지 얼마 안 됩니다. 앞으로 많이 이용해 주세요."

나는 상품 샘플을 책상 위에 내려놓고 나서 명함을 내밀며 말했다.

"수고가 많으시네요. 앞으로도 이용할 일이 있으면 아저씨에게 부탁할게요."

명함을 받으며 아가씨가 상냥하게 대꾸했다.

"그리고 아저씨 더운데 수고 했어요. 여기 돈 있어요."

아가씨가 지갑에서 일만 원을 내어준다. 나는 돈을 받아 윗주머니에 넣고 고맙다는 인사를 하고 디자인실을 나왔다. 어디로 갈 것인가 나는 잠시 망설였다. 막간을 이용하여 담배 한 개비를 피워 물었다. 그러자 기다렸다는 듯이 무전이 울렸다.

"3호, 3호, 지금 즉시 한남동 엠피 빌딩 7층 서류 픽업 바람."

나는 담배를 발로 비벼 끄고 즉시 오토바이의 시동을 걸고 한남동으로 내달렸다.

하늘이 잔뜩 찌푸리더니 드디어 비가 내리기 시작했다. 비가 오는 날은 퀵 서비스맨에게는 가장 고역이었다. 두 바퀴로 가는 오토바이라 빗길에 조금만 실수하면 그대로 사고로 이어진다. 브레이크도 함부로 잡을 수가 없다. 브레이크를 잡으면 그대로 짜악 미끄러져 바닥에 뒹굴기 십상이다. 그래서 비가 오거나 눈이 오는 날을 퀵 서비스맨들은 제일 싫어한다.

비가 오자 퀵 맨들이 일을 나가지 못하고 적토마에 모여 앉아 애꿎은 하늘을 보며 담배나 태우며 실없는 말들이나 하고 있었다.

"비 오는 날은 공치는 날이라 오늘 같은 날은 집안에서 마누라 궁둥이나 두들기며 있는 건데."

오십 초반의 박씨가 혼잣말하듯 푸념조로 말했다.

"에이, 아저씨도. 요즘에 누가 마누라 엉덩일 두드리며 있습니까? 그럴 바에야 차라리 낮잠이나 자는 게 낫지.”

최씨가 박씨의 말에 핀잔을 주었다. 최씨는 삼십 중반의 사내였다. 기계공학을 전공하고 건실한 중소기업을 운영하다가 IMF 때 쫄딱 망하고 이 길에 뛰어든 사람이었다. 최씨는 기계공학을 전공해서 그런지 자기 오토바이는 손수 수리를 하고 점검을 하였다. 그가 모는 오트바이는 스즈끼라는 일제 오토바이였다.

“아, 이 사람아. 젊은 사람이 벌써 마누라에게 싫증이 났나? 마누라 엉덩이가 어때서 그래. 난 아직도 좋기만 하구만.”

박씨가 최씨의 말에 대꾸했다.

“아이구, 왜 갑자기 엉덩이 타령입니까. 김양도 있는데……”

내가 김양의 눈치를 보며 말했다. 그러나 정작 김양은 아무렇지도 않다는 듯이 컴퓨터 모니터를 보고 뭘 하는지 마우스만 까닥거리고 있었다. 이런 일은 이골이 났다는 듯이 태연하게.

그때였다. 밖에 나갔던 사장이 우산을 털며 비 맞은 중처럼 투덜거리며 들어왔다.

“아이구, 뭔놈의 비가 이렇게 온디야. 이거 우리 같은 사람 밥 다 벌어 먹게스리.”

사장의 출처불명의 사투리가 또 튀어 나왔다. 그의 말투는 시시각각 변했다. 어떤 때는 충청도 말이 나오고 어떤 때는 전라도, 경상도 말이 부지불식간에 나왔을 뿐만 아니라 예측 못할 출처 불명의 말이 나오기도 했다.

“비가 온다고 이렇게 죽 때리고 있으면 어떻게 헌다? 가서 판촉영업이라도 해야지. 이봐, 김양아. 지금 몇 시냐? 이런 빌어먹을 벌써

12시가 다 되었네. 김형, 최형, 박형, 어서 자장면 한 그릇씩 시켜먹고 판촉 영업 나가라구. 가만 있으면 누가 밥을 줘 돈을 줘."

사장이 땀 냄새 펄펄 나는 수건으로 얼굴을 닦으며 앉아 있는 퀵 맨들을 닦달했다.

나는 사장의 잔소리와 퀵 맨들의 쓸데없는 말들과 그리고 사무실 안의 궁상스럽고 퀴퀴하고 왠지 모를 짜증스런 분위기가 싫어 스티커와 전단지를 들고 나왔다.

비는 계속 주룩주룩 내리고 있었다. 어디로 갈까 잠시 망설이다 나는 고층 건물이 밀집해 있는 여의도로 향했다. 비가 오는데 오토바이는 탈 수 없어 지하철을 이용했다. 지하철은 냉방이 잘 되어 시원했다. 사람 사는 것 같았다. 우리 같이 하루 벌어 하루 먹고 사는 사람들은 비록 더울망정 비만 안 왔으면 했다. 비가 오면 공을 치고 공을 치면 하루 일당을 벌어갈 수가 없기 때문이다.

요즘 나의 하루 수입은 칠만 원에서 십만 원 사이를 왔다 갔다 했다. 일당으로 치면 적은 수입은 아니지만 오늘같이 비가 오는 날은 공을 치니 그게 그거였다. 우리 중에는 비가 와도 우비를 입고 오토바이를 타는 퀵 맨들이 있다. 그야말로 사잣밥을 머리에 이고 오토바이를 타는 거지만 목구멍이 포도청이라 코앞에 닥친 민생고를 해결하기 위해 무리를 해서라도 오토바이를 타는 것이다.

퀵 맨 치고 무릎이나 팔꿈치가 성한 사람이 없다. 이런저런 사고로 여기저기 다친 상처다. 불과 1초 사이로 삶과 죽음의 경계를 하루에도 몇 번씩 경험하는 퀵 맨들의 슬픈 자화상이다. 찰나의 순간에 사고가 나 다치기도 하고 심지어 죽기까지 한다. 그야말로 인생 자체가 퀵하다. 물론 돈을 버는 것도 퀵이다. 그러나 인생만은 퀵하지 못한 것이 퀵 서비스맨의 비애다.

토험회사에서도 오토바이를 타는 사람이든가 퀵 서비스를 한다고 하면 기피대상이다. 심지어는 들었던 생명보험마저도 해약하려고 든다. 어디에도 우리에게는 사회적 안전장치가 없다. 오로지 모든 것은 운에 맡기고 사는 것이다.

여의도에 내려 빌딩을 찾아 들었다. 나는 눈에 익은 경비원들에게 눈인사를 하고 사무실을 돌며 스티커와 전단을 돌렸다. 한참 계단을 오르내리며 판촉 활동을 하다보니 다리가 후들거렸다. 후덥지근한 날씨에 땀이 비 오듯 흘렀다.

길 맞은편 건너에 예전에 내가 다녔던 증권 회사가 보인다. 감회가 새로웠다. 옛 동료들은 지금 어디에서 무엇들을 하고 있을까? 여전히 상호가 걸려 있는 외국계 증권회사. 돈 놓고 돈 먹는 증권회사에서 한때는 나도 잘 나갔었다. 호시절이었다. 연봉 기천만 원에다 내가 투자한 주식 예치금에서 수익을 올려 빼먹는 재미도 쏠쏠했다. 하루가 멀다 하고 동료들과 어울려 술을 마셨고 내가 수익을 올려준 고객들과 룸살롱에서 밤새도록 술을 마셨다. 하룻밤 술값이 기 백만 원 이었고 2차도 가고 3차도 갔다. 그러던 내가 하루아침에 나락으로 떨어져 오늘 퀵 서비스를 하고 있다.

그러나 후회는 하지 않는다. 어차피 인생이란 이리 구르고 저리 구르다가 나중에는 누구나 다 죽는 것이 아닌가. 인생의 결말이란 결론이 없는 것이다. 잘난 놈도 죽고 못난 놈도 죽고 죽기는 매일반인데 사는 동안 애면글면 갖은 풍상을 겪으면서 사는 것이다.

"3호, 3호, 응답바람. 급히 퀵 할 물건이 있음. 속히 귀사 바람."

다급하게 무전이 울렸다.

"여기 3호, 확인했음."

나는 급히 답신을 하고 사무실로 향했다.

"김형, 김형은 이 일하기 전에는 뭘 했수?"

같은 동료인 박씨가 잔을 들며 내게 물었다. 하루 일을 끝내고 동료들과 포장마차에서 소주 한 잔을 마시면서 이런저런 이야기를 나누는 중에 박씨가 내가 전에 무슨 일을 했는지 물었다.

"뭘 그런 걸 물어요. 소주나 듭시다."

내가 앞에 놓인 소주잔을 들어 박씨의 잔에 부딪치며 그의 입을 막았다.

"내가 보기에 김형은 이런 험한 일을 할 사람으로는 보이지 않는데."

박씨가 소주잔에서 입을 떼며 말했다.

"뭐 이런 일 하는 사람이 따로 있나요. 하게 되면 하는 것이지."

"그래도 여엉 김형은 아니야."

박씨가 고개를 흔들며 말했다. 나는 내 옆에서 조용히 소주잔을 기울이는 삼십대의 최씨에게 잔을 내밀며 말했다.

"최형, 최형이야말로 이런 일을 할 사람 같지는 않은데 어떻게 이 일을 하게 됐어요?"

내 물음에 최씨는 소주를 입에 털어 넣으며 말했다.

"막다른 골목까지 몰린 거죠. 중소기업을 운영하다가 부도를 내고 뭐 할 일이 있어야죠. 특별한 기술도 없고 돈도 없고……"

최씨가 자조 섞인 목소리로 말했다.

"형님들 왜 이러세요. 술맛 떨어지게"

오가는 대화가 재미가 없다는 듯 막내뻘인 적토마에서 제일 나이가 어린 홍진성이가 한마디했다. 홍진성이는 퀵 서비스맨이 된 지가 4개월밖에 안 된 초짜였다. 그는 얼마 전에 아스팔트에서 깔아 무릎이 나가고 다리뼈가 부러지는 큰 부상을 당한 터였다. 진성이는 퀵 서비스를 하기 전에 자장면 배달에 피자 배달 오토바이를 타고 다니면서 하는 일이란 안 해 본 일이 없는 친구였다. 그래서 오토바이 타는 기술은 누구보다 뛰어났으나 젊은 객기에 호기를 부리다 사고를 당한 것이다. 퀵 서비스는 적토마에서 가장 초짜였지만 오토바이를 탄 년 수는 누구보다 선배였다. 그래서 그의 오토바이 모는 솜씨는 신기에 가까웠으나 원숭이도 나무에서 떨어진다는 식으로 사고를 당해 쉬고 있는 것인데, 오늘 술자리에 그를 불러내 한 잔 마시는 것이다.

"아유, 이거 오토바이를 못타니까 갑갑해 미치겠어요. 형님들 요새 어떠세요? 일감 많이 있죠?"

홍진성이가 곱창을 젓가락으로 뒤집으며 물었다.

"야, 야, 말도 마라. 요새처럼 불경기에 이런 일이라고 경기 안타냐. 요샌 정말 일당 칠만 원 벌기도 빠듯하다. 정말 칠 만원 벌려면 오토바이 핸들을 얼마나 댕겨야 하는 줄 아냐?"

박형이 손을 살살 흔들며 엄살 아닌 엄살을 피웠다. 정말 박형의 엄살이 아니라도 이 일도 요즘 일감이 부쩍 줄어든 것은 사실이었다.

“이거 하루속히 이 일을 때려치우고 안정적인 일을 해야 하는데 나이 들어서까지 이 일을 할 수도 없고 정말 미치겠수.”

최형이 자기가 하는 일이 불만이라는 듯 심드렁하게 말하고 소주잔을 들어 훌쩍 마셔 버렸다.

“형님, 누군 딸배 노릇 하고 싶어 하는 사람이 있어요. 할 수 없이 하는 것이지. 나도 이참에 이거 확 때려치우고 다른 걸 하고 싶은데 씨벌, 뭐가 있어야 다른 걸 하지.”

홍진성이 욕설을 섞어가며 신세 한탄을 했다. 진성이가 말하는 딸배라는 은어는 배달을 거꾸로 한 말인데 이 업계에서는 퀵 서비스맨을 딸배라고 부르기도 한다.

“그래, 넌 아직 젊으니까 무슨 일이라도 다시 시작할 수 있어. 사잣밥 이고 다니는 이 일 말고 이번 기회에 다른 일을 찾아봐라. 우리야 나이는 먹고 할 수 없어 이 일을 한다만 넌 무슨 일을 못하겠냐?”

박형이 동생에게 말하듯 홍진성이에게 진지하게 말했다. 사실 나도 박형의 말에 동감했다. 이 일은 막바지에 몰린 사람이 어쩔 수 없어서 하는 일이지 다른 일을 할 수 있으면 다른 일을 하는 것이 좋다고 나 역시 생각했다.

“여보, 그만 일어나세요. 무슨 놈의 술을 몸에 이기지도 못하게 드시고 일어나지도 못해요.”

아내가 냉수를 들고 오며 나를 깨웠다. 어제 모처럼 적토마의 식구들과 소주잔을 기울인 것이 과 했는지 머리가 무겁고 몸이 노곤했다. 얼마 만에 마신 술인가. 한동안 술을 끊고 살아왔다. 아니 술을 끊은 것이 아니라 마실 수가 없었다. 그럴 마음의 여유도 시간도 사실 없었다.

"자, 여기 물 있어요. 오늘도 일 나가실 거예요?"

아내가 물그릇을 내게 건네며 걱정스럽게 묻는다. 나는 아내의 말에 대답을 하지 않고 물그릇을 받아 벌컥벌컥 마셨다.

"아, 이제 좀 살겠다. 오랜만에 소주를 마셨더니 웬 머리가 이렇게 아픈지 모르겠네."

"그러게 안 마시던 소주는 왜 마시고 그래요. 어서 일어나세요. 해장국 끓여놨으니 한 술 뜨세요."

이불을 한쪽으로 치우며 아내가 나를 채근했다.

"알았어. 애들은 밥 먹었나?"

"벌써 밥 먹고 도서관에 간다고 갔어요."

"그래……"

애들 앞에 무능한 아버지가 되고 싶지 않았는데 본의 아니게 애들에게 무능한 아버지가 된 것 같아 나는 내 스스로 주눅이 들었다. 그걸 아는 아내가 내 눈치를 살피며 물었다.

"여보, 당신 그 일을 언제까지 하실 작정이세요?"

"왜? 당신도 내가 이 일을 하는 것이 싫지?"

"그게 아니구요. 위험한 일이니까 하는 말 아니에요."

아내는 내가 이 일이라도 열심히 해서 하루 칠 만원이 됐든 십 만원이 됐든 벌어와 또박또박 넘겨주는 것을 감지덕지해 하는 것을 알고 있다. 그러나 아내의 마음 한구석에는 예전 내가 증권회사 나갈 때의 그 모습을 생각하며 그때를 추억하고 있다는 것 또한 안다.

"여보, 나 밥 빨리 줘요. 당신 생각은 내가 다 알고 있으니까. 하지만 지금으로서는 이 일이 내 최선의 일이야."

나는 서둘러 밥을 먹고 나갈 준비를 서둘렀다. 오늘은 어느 날보다 늦었다. 시간이 돈인 퀵 서비스 일에 오늘처럼 게으름을 피운다는 것은 있을 수 없는 일이었다.

"어, 김형. 웬일이야? 오늘은 지각을 다하고. 어제 술이 과했나 보지."

문을 열고 들어서는 나를 보고 사장이 묘한 미소를 지으며 말했다.

"예, 어제 모처럼 술을 한잔 했더니……"

나는 괜히 사장 보기가 겸연쩍어 말을 얼버무렸다.

"정신은 멀쩡하지, 김형? 정신이 몽롱해 가지고 오토바이 타면 안 되니까 말이유."

사장이 나의 얼굴을 살피며 물었다.

"김양아, 빨리 커피 두 잔만 타라. 그리고 김형, 커피 한 잔 마시고 퀵 나가슈. 오늘 물건은 서류 배달인데 일산에서 여의도까지 가는 거유. 그리고 일 끝나는 대로 무전을 때릴 테니까 그때그때 봐서 또 일 하구."

나는 단골 주유소부터 들러 기름을 넣었다. 그리고 엔진 오일이 다 떨어지지 않았나를 확인했다. 아직 며칠은 더 탈 수 있었다. 출진하는데 아무런 이상이 없었다. 나는 신호등을 살피고 횡단보도를 살폈다. 안전은 항상 염두에 둬야 했다. 모든 정황을 살펴 이상이 없다고 판단되자 나는 오토바이의 액셀러레이터의 오른손 핸들을 힘차게 잡아당겼다.

달리는 동안에는 더위도 피곤함도 몰랐다. 바람을 가르며 달리는 기분을 느낄 수가 있었다. 어떤 때는 아스팔트 위를 오토바이가 아닌 초원 위를 말을 타고 달린다는 착각도 들었다. 이대로 멈추지 않고 한없이 끝 간 데 없이 달리고도 싶었다.

도심 한복판은 신호와 차량 정체 때문에 수시로 오토바이를 멈추어야 했다. 그러나 퀵 서비스맨들은 이런 것을 무시해야 한다. 신호 지킬 것 다 지키고 차량 정체 했다고 정체가 해소될 때까지 기다렸다가는 퀵의 역할을 다하지 못하는 것이다.

퀵 서비스를 시키는 사람은 보다 빠른 것을 요구하기 때문에 안면몰수 신호위반 차량 혼잡 사이를 빠져 미꾸라지 운행으로 목적지에 신속하게 도착하여야 한다.

시속 80km를 넘어 계기판의 바늘이 100을 가리킨다. 오토바이의 엔진 소리가 헐떡이는 말의 호흡처럼 들린다. 나는 전면을 주시하며 달리고 달렸다. 앞차가 차례대로 추월당한다. 서울 도심의 웬만한 도로에서의 주행은 오토바이를 따라잡을 차가 없다. 서울 성산동에서 일산까지 15분에 주파했다. 나는 서류를 받아 다시 여의도로 향했다.

"3호, 3호, 서류 인계 받았나?"

꼬토마에서 무전이 왔다. 나는 무전을 받기위해 오른손 핸들을 늦추며 발로는 브레이크를 서서히 밟으며 속도를 줄였다. 내가 그러는 사이 뒷차 들이 경적을 울리며 추월을 해나간다.

"여기 3호. 서류를 인계받아 여의도로 가고 있다."

나가 한손으로 핸들을 잡고 한손으로 무전기에 대고 응답을 했다.

"수고했다. 서류를 전달하고 무전 때리기 바란다. 이상."

나는 무전기를 조끼 윗주머니에 넣고 다시 액셀러레이터의 손잡이를 잡아 당겼다. 여의도에 들어서 증권거래소를 지나고 MBC 건물을 지나려는 순간이었다. 갑자기 옆의 이면도로에서 승용차 한 대가 내게로 달려들었다. 나는 무의식중에 브레이크를 잡으며 핸들을 오른쪽으로 틀었다. 그러나 상대방의 차가 원체 속력이 붙어있던 터라 피해볼 여지가 없이 나는 상대방 승용차의 앞 범퍼에 오토바이를 받히고 그 충격으로 도로에 나가 떨어져 버렸다.

"김형, 이거 어떻게 된 거야?"

연락을 받고 헐레벌떡 달려온 김 사장이 병실을 들어서며 말했다. 사고 즉시 나는 근처에 있는 여의도 성모병원 응급실에 실려왔다. 진단 결과 갈비뼈가 3대나 부러지고 손바닥뼈도 부러져 기브스를 하고 있었다.

"면목 없습니다."

내가 가슴이 결려 인상을 쓰며 사장에게 말했다.

"항상 조심해서 사고가 없었는데 무슨 일이래. 집에는 연락했소?"

사장이 내 몰골을 들여다보며 물었다.

"아직……"

"그럼 빨리 김형 부인에게 연락을 해야 하겠구만. 그리고 사고 수습도 해야겠구. 김형, 김형 과실이 아니지?"

사장은 아내에게 연락을 해야 한다고 하면서도 누구의 과실이 큰 지부터 따져 물었다. 나는 아내에게 연락한다는 사장의 말에 잠시 망설였지만 어차피 알 일이라 내버려 두었다. 아내가 사고가 난

걸 알면 얼마나 걱정을 하겠으며 애들 또한 얼마나 놀라겠는가. 그렇다고 연락을 안 할 수도 없는 일이었다. 갈비뼈가 부러졌으니 몇 주는 입원해 있어야 하니 연락을 해야 했다.

사장이 연락을 했는지 얼마 안 있어 아내가 사색이 다 된 얼굴로 병실로 들어섰다. 아내는 곧 울 듯한 표정으로 말했다.

"내 당신 이럴 줄 알았어요. 아무리 우리가 힘들어도 당신 목숨을 담보로 한 그런 일은 하지 말라고 했잖아요. 이제 어떻게 해요, 여보?"

아내가 기어코 눈물을 보이며 침대 옆에 있는 의자에 털썩 주저 앉았다.

"당신 왜 그래? 조금 다친 걸 가지고 말이야."

나는 아내에게 미안한 마음이 들었지만 아내의 행동에 짜증이 났다. 아내는 현재의 생활에 적응을 잘 못하고 힘들어 하였다. 곱게 자란 잘 사는 집의 외동딸 띠를 내고 있는 것이다. 그러나 어쩔 것인가. 적응을 해야지. 그런데 어떻게 용하게 백화점에는 취직을 하여 일하는지 몰랐다. 나는 이런 아내가 안쓰럽다가도 너무 세상 이치를 모르는 것 같아 딱한 생각도 들었다.

"여보, 나 좀 쉬게 집에 가 있어. 그리고 당분간은 병원에 입원해 있어야 하니까 그렇게 알고. 애들한테도 너무 걱정 말라고 이르고 말이야."

말할 때마다 가슴이 결려 얼굴을 찌푸리며 내가 말했다.

"아니, 당신이 이렇게 다쳐서 입원해 있는데 어딜 가라는 거예요. 내 걱정은 마시고 쉬세요. 어유, 내가 그렇게 그놈의 일을 하지 말라고 말했건만……"

아내가 한숨을 쉬며 한탄조로 말했다.

나는 꼬박 이주일을 입원해 있었다. 사고의 과실은 내가 아니라 승용차 운전자의 일방적 과실이라 병원비랑 오토바이 수리비며 내가 입원해 있는 동안 일하지 못한 것을 계산해 보상을 받았다. 만에 하나 나의 과실이었다면 꼬박 내가 생돈으로 모든 것을 보상할 뻔한 사고였다. 오토바이는 보험이 안 되기 때문에 모든 것을 현금으로 보상하여야 하는데 생각만 해도 아찔했다. 어쨌든 운이 좋았지만 사고가 안 나니만 못했다. 사고가 난 후로 아내는 하루가 다르게 성화를 했다. 당장 퀵 서비스 일을 때려치우고 다른 일을 찾으라고 했으며, 정 안 되면 친정집에 가서라도 도움을 청하자고 했다.

나는 죽으면 죽었지 처갓집 도움을 안 받으려고 하였다. 끝까지 내 손으로 해보는데까지 해보고 정 안 되면 그때 가서 도움을 받더라도 지금은 아니었다. 우선 내 몸 건강하고 사지육신 멀쩡하여 떳떳하게 일해서 먹고 사는데 왜 처갓집에 가서 손을 벌린단 말인가.

퀵 서비스 일이 힘들고 위험한 것은 사실이다. 그러나 정직하게 남 속이지 않고 떳떳하게 내 노동의 대가를 받는 이 일에 나는 만족한다. 처음에는 이런 일을 한다는 것이 자존심도 상하고 남이 알까 모를까 전전긍긍하기도 했다. 그러나 증권회사 다닐 때의 꽉 짜인 스케줄과 연일 계속되는 긴박감 고객들의 눈치 보기 따위로 스트레스를 받는 일에 비하면 그럴 일이 없어 좋았다. 이 일은 그저 단순했다. 배달할 물건을 신속 정확하게 갖다주기만 하면 되는 것이다. 때문에 일로 인하여 스트레스를 받을 필요가 없었다.

　퇴원을 하고 집에서 며칠 더 쉬라는 아내의 권유에도 불구하고 나는 적토마로 아침 일찍 서둘러 출근 아닌 출근을 하였다.

　“안녕하십니까?”

　내가 문을 열고 들어서며 일부러 호기롭게 인사를 했다. 그러자 다들 소파에 앉아 담배들을 피우던 퀵맨 동료들이 나를 반갑다는 표정으로 돌아보았다.

　“아니, 김형. 벌써 나와도 되는 거야?”

　최씨가 반갑다는 듯이 엉덩이를 반쯤 들고 일어나며 말했다.

　“어서 오세요. 몸은 괜찮으신지 모르겠어요.”

　삼십대의 박씨도 담뱃불을 비벼 끄며 나를 반갑게 맞이했다. 서울시 전도를 보며 오늘은 어디로 배달할 것인가를 확인 작업을 하던 적토마의 사장도 하던 일을 멈추고

　“김형, 어서 와요. 그런데 몸은 괜찮은 거유?”

　하고 소파 쪽으로 걸어왔다.

　“예, 견딜만 합니다. 집에 있으려니까 몸이 근질근질 하고 시원하게 달리고 싶어 견딜 수가 있어야지요.”

　“형님, 형님도 이제 딸배 체질이 다 되었나 봅니다.”

　홍진성이 실실 웃으며 나를 보고 말했다.

　“자, 다들 앉읍시다. 야, 김양아. 여기 커피 좀 타다우.”

　사장이 걸려오는 전화를 받느라 고개를 처박고 있는 김양에게 커피 주문을 하였다.

　“김형도 이젠 큰 훈장을 다신거유.”

　사장이 나를 보고 의미심장한 미소를 지으며 말했다.

“맞아요. 형님, 그동안 이 바닥에서 일하면서 훈장 한번도 안 다
셨죠?”

홍진성이 사장의 말을 받아 나를 돌아보며 뜬금없는 질문을 하
였다.

“훈장이라니? 그게 무슨 말이야?”

“아유, 형님도. 자, 보세요. 제 무릎과 팔을”

그러면서 홍진성이는 제 무릎과 팔에 나있는 상처를 무슨 자랑
이라도 되는 듯이 보여주었다. 이 업계에서는 하도 크고 작은 부상
이 많기 때문에 부상을 입어 얻은 상처를 자학적으로 표현하여 훈장
이라고 말했다. 하기는 퀵 서비스를 하는 사람치고 무릎이 성한 사
람이 없었으며 이런저런 상처를 입지 않은 사람이 없었다.

“그럼 내가 달은 훈장은 훈장치고는 화랑무공훈장쯤 되겠구만.”

내가 웃으며 동료들을 둘러보며 말했다.

“하하하. 그렇네요. 형님, 그렇지만 난 그런 훈장 준대도 사양하
겠습니다.”

홍진성이 커피잔을 입으로 가져가며 말했다.

“자, 그럼. 커피 한 잔씩 했으면 일들 나가기로 합시다. 농담 따먹
기 그만하고. 진성이, 넌 개업식 고사에 쓸 떡 배달 건이 있으니 빨리
배달하고, 최형은 금형(金型)영등포 주물공장에 배달하고, 가만 있
자 김형, 오늘 일할 수 있겠소?”

사장이 퀵 맨들에게 지시를 하다가 나를 힐끗 보고 물었다.

“아, 그럼요. 일하려고 나왔으니 일해야지요.”

내가 소파에서 일어나며 대답했다. 그러자 사장은 잠시 망설거

리며 미심쩍은 표정을 지었다.

"아직 몸이 완전히 회복이 되지 않았을 텐데 일을 해도 괜찮은지 모르겠수."

"걱정하지 마십시오. 괜찮습니다. 제가 퀵 할 장소나 빨리 알려 주십시오."

내가 사장에게 재촉을 하며 캐비닛으로 가서 무릎보호대와 조끼, 헬멧을 챙겼다.

그날따라 크고 작은 배달 건이 쉴 사이 없이 이어졌다. 물건을 어깨에 메고 계단을 오르내리다 보면 옆구리가 뜨끔뜨끔 결렸다. 그러다 보면 나도 모르게 신음 소리가 났다.

일을 마치고 온몸이 땀에 절고 파김치가 되어 집에 들어갔다. 집에는 아무도 없었다. 아내는 백화점에 갔으니 열 시가 넘어야 돌아올 것이다. 고등학교 2학년인 딸아이는 독서실에서 공부하고 자정이 다 되어야 들어올 것이고, 중학교 1학년인 아들은 어디 가서 노는지 모르겠다. 식구들이 아무도 없는 집안은 여름인데도 썰렁한 분위기가 감돈다. 소파 위에는 아들놈이 벗어 놓은 옷들이 함부로 나뒹굴고 있고, 식탁 위에도 라면을 끓여먹은 냄비가 그대로 놓여져 있었다. 그리고 그 주변으로 라면을 먹다가 흘린 라면 가락이 떨어져 말라비틀어져 있다.

말라비틀어진 라면 가락을 보자 문득 떠오르는 생각이 있었다. 나의 인생도 아니 우리 모두의 인생도 말라비틀어진 라면 가락 같은 것이 아닐까 하는 생각. 나는 식탁 의자에 앉아 한동안 라면 가락을 무심히 바라보았다. 그러다가 싱크대로 가서 컵에 물을 받아와 몇

방울 라면 가락 위에 떨어드렸다. 그런 다음 젓가락으로 라면 가락을 뒤집어 충분히 물을 묻혔다. 그러자 라면 가락은 물을 흡수하여 제 굵기로 돌아왔다.

한참을 라면 가락을 가지고 장난을 치다가 나는 그 짓도 시들해져 다시 무엇을 할까 생각해 보았다. 그러나 마땅히 무엇을 할 것인가가 생각이 나지 않았다. 몸은 여전히 피곤했다. 오토바이를 타고 하도 달려서 그런지 머릿속에서 아직 윙윙거리는 오토바이의 엔진 잔음(殘音)이 들리는 것 같았다. 옆구리도 여전히 간헐적으로 결려 왔다, 뜨끔뜨끔, 그럴 때마다 입이 저절로 벌어졌다. 과연 이런 것이 사는 것인가 하는 회의감이 들었다. 그러나 어쩔 것인가.

나는 소파로 가서 몸을 뉘였다. 눈을 감고 있으니 가물가물 졸음이 왔다. 이대로 잠이 들면 안 되는데 하는 생각이 들었다. 그러다가 깜빡 잠이 들었다.

"여보, 여보, 정신 차리세요! 여보, 기철이 아빠, 눈 좀 떠봐요."

의식이 있는 건지 없는 건지 까무룩히 잠속에 빠진 것 같은데 아내가 내 몸을 흔들어 깨웠다.

"아이구, 이거 땀 좀 봐. 기숙아, 화장실 가서 수건에 물 좀 적셔 와라."

아내가 딸에게 심부름 시키는 소리가 들렸다. 그리고 딸아이의 대답 소리와 아들놈이 지어미에게 뭐라고 하는 소리가 들렸다.

"어이구, 내가 못살아. 그러게 내가 나가지 말고 며칠 더 쉬라고 했더니 고집 부리고 나가더니……"

아내의 징징거리는 소리가 귀에 들렸다. 나는 몸을 일으키려고 머리를 들었다. 그러다가 '아얏 소리를 지르고 다시 소파에 몸을 뉘였다.

"여보, 그대로 누워 있어요. 아이구, 이거 안 되겠다. 기숙아 119에 전화 좀 걸어 구급차 좀 빨리 보내달라고 그래라. 이러다가 니 아빠 무슨 일 나겠다."

아내가 다급하게 딸에게 말했다.

"그만둬. 괜찮아. 왜 아무 일도 아닌 걸 가지고 호들갑을 떨고 그래."

내가 간신히 몸을 일으키며 아내를 원망스런 눈초리로 쳐다보며 말했다. 내 말에 딸이 전화기 쪽으로 가려다가 멈추었다. 아내는 울상이 된 얼굴로 나를 어이없다는 표정으로 바라보았다. 아들놈 역시 내 발치에서 엉거주춤한 자세로 뭘 해야 할지 모르겠다는 어정쩡한 자세로 서 있었다.

"너희들 아빠 걱정 말고 네 방으로 들어가거라."

나는 엉거주춤 서서 내 눈치를 살피는 아이들에게 이르고 아내에게로 시선을 주었다.

"당신 정말 괜찮은 거예요? 병원 안가도 되겠어요?"

아내가 못미더운 눈으로 나에게 거듭 물었다. 나는 아내의 물음에 고개를 흔들었다.

아침에 나는 기어코 병원엘 들려야 했다. 확실하게 전날 무리한 것이 틀림없었다. 아직 내 몸은 오토바이를 타고 무거운 짐을 메고 다니기엔 무리였던 것이다.

"선생님, 선생님이 무슨 천하장사라고 아직 뼈도 다 굳지 않았는데 힘든 일을 하고 그러세요. 그렇게 의사 말 안 듣고 고집 부리시다가는 합병증으로 가는 수가 있어요.”

의사가 엑스레이 사진을 들여다보며 어처구니 없다는 듯 나에게 말했다.

“예, 죄송합니다.”

나는 애써 의사의 시선을 피하며 대답했다.

“주사 맞으시고 처방전 적어 드릴 테니 약 드시고 며칠 푹 쉬셔야 합니다. 다시 힘든 일 하시다가 도지면 그땐 더 힘들어집니다. 내 말 아셨죠?”

의사가 다짐을 하듯 나에게 말했다. 할 수 없이 나는 며칠을 쉬어야 했다. 그렇다고 집에서 쉬기도 뭐해 적토마에 가서 있다가도 오고 도서관에 가서 시간을 때우고 오기도 했다. 쉬는 기간을 이용하여 옛 동료들은 무엇을 하나 알아보기도 했으나, 그들은 여전히 의기소침한 상태로 다른 일자리를 찾아 일을 하거나 식당을 차려 근근이 생활하고 있었다. 아내는 이번 기회에 퀵 서비스 일을 그만두고 다른 일을 찾아보라고 나를 보기만 하면 입버릇처럼 말했다. 아내의 성화가 아니더라도 사실 이 일을 나 역시 오래할 생각은 없었다. 한시적인 일이라는 것을 누구보다 나 자신이 잘 알고 있었다. 그렇다고 해도 당장은 이 일을 그만두고 싶지가 않았다. 아니 그만둘 수가 없었다. 이 일도 나름대로의 매력이 있고 한 단계 업그레이드 시켜 사업의 영역을 확장시킬 수가 있었다. 현재의 추세라면 도로 사정은 점점 나빠질 것이고 물류 대란은 점점 가속화될 것이다. 그리고 보다 정확하고 신속하게 서류와 물건과 상품, 샘플을 받아 보기를 원하는 수요자는 점점 늘어날 것이다. 이것은 다시 말해 그만큼 사업성이 있다는 말도 되는 것이다.

보기에는 시시하고 사소한 일 같지만 퀵 서비스야말로 물류의 최말단의 역할을 충실히 하고 있다는 생각이 들며, 현대화가 가속화될수록 퀵 서비스의 수요 역시 더욱 창출될 것은 분명하다. 한마디로 사업성이 있는 일인 것만은 분명하다.

쉬는 김에 일주일을 내리 쉬었다. 하루가 천금같은데 일주일의 공백이란 아주 큰 공백이었다. 하루 벌어 하루 먹고 사는 사람들에게 일주일이란 기간은 수입 면에서도 그렇고 일의 연속성 면에서도 큰 손실이 아닐 수가 없었다. 그러나 몸이 먼저기에 쉬지 않을 수가 없었다.

사고가 나고 또 그 후유증으로 일주일을 쉬었더니 몸은 그런대로 회복이 되어 갔다. 그러나 대신에 아내의 잔소리는 늘어만 갔다. 다시 또 사고가 나면 그때는 당신과 끝장이라는 엄포 아닌 엄포까지 놓았다. 참으로 어처구니가 없었다. 생각해 보면 아내의 잔소리는 나를 걱정해서 하는 것이긴 했으나 정도가 점점 심해지니 문제다. 그러나 당분간 나는 아내의 잔소리를 한 귀로 듣고 한 귀로 흘러 듣기로 했다.

오랜만에 나의 애마 대림 혼다 125cc의 좌석에 앉았다. 둔중한 무게가 나의 몸을 받쳐 주었다. 오른손 손잡이에 있는 시동 초크를 살짝 누르고 가볍게 액셀러레이터를 잡아 당겼다. 그러자 부드럽게 시동이 걸렸다. 나는 액셀러레이터의 손잡이를 앞으로 당겼다 놓았다를 반복했다. 그럴 때마다 엔진 소리가 힘차고 우렁차게 났다. 그

소리가 나를 흥분시켰다. 나는 헬멧 끈을 힘껏 조이고 선글라스를 꺼내 썼다.그런 다음 기어를 넣고 서서히 출발을 했다.

나는 오늘도 나의 애마를 타고 도심 한복판의 도로 위를 질주할 것이다. 나의 질주를 이 도심에서는 어떤 차도 추월할 수 없다. 인생은 내가 그들에게 추월을 당했을지 모르지만, 그러나 내가 이 오토바이를 타고 달리는 한 도로 위에서는 그 누구의 추월도 용납하지 않는다. 그리고 나는 오늘도 내일도 먹잇감을 향해 초원 위를 사력을 다해 질주하는 한 마리의 치타처럼 나 또한 아스팔트 위를 질주할 것이다.

부용산

"여기 아가씨 부를 수 있습니까?"

친구가 카운터에 앉아 있는 청년에게 물었다.

"여, 부를 수 있습니다."

"그럼 세 명만 불러주세요."

"알겠습니다. 룸은 3호실을 쓰세요."

청년은 손가락으로 방향을 가리키며 곧이어 어디론가 전화기의 다이얼 버튼을 눌렀다.

"이봐요, 젊은 친구. 이왕이면 쭉쭉빵빵으로 불러줘요. 보니까 여기 느래방 상호도 빵빵 노래방이구만."

이곳 신도시 근교에서 낚시터를 운영하는 자치 형이 청년에게 주문했다.

"형님, 여긴 빵빵이 아니라 팡팡이유."

내가 자치 형의 말을 정정(訂正)하여 말했다.

"자슥, 빵빵이나 팡팡이나 거기서 거기지 뭘 그런 걸 따지냐? 허허허."

자치 형이 나를 돌아보며 그 큰 입을 벌리며 웃었다.

"자, 여기서 이러지들 말고 들어갑시다. 아저씨, 우리 방에 맥주 좀 갖다주세요."

친구가 맥주를 주문하고 앞장 서 방으로 들어갔다.

상호가 팡팡인 노래방은 말 그대로 이 방 저 방에서 노래가 팡팡 터지고 있었다.

우리 민족이 옛날부터 음주가무(飮酒歌舞)에 능하다더니, 그 말이 괜한 말이 아니라는 것을 증명이라도 하듯 죽기 살기로 노래들을 하고 있었다.

그 모습을 보니 왠지 쓸쓸한 생각이 들었다. 즐거우려고 부르는 노래 속에서 쓸쓸함을 느끼다니, 나는 나의 이 몹쓸 정서가 또한 쓸쓸했다.

우리 일행은 지정된 3호실로 들어갔다. 서너 평 공간의 중앙에 반주기의 화면이 설치되어 있었다. 화면에는 반라의 서양 여자들이 갖가지 포즈를 취하며 유혹의 눈길을 보내고 있었다. 미국의 펜트하우스 걸들이었다.

"야, 죽인다. 죽여! 저 년 몸매 봐라. 정말 끝내준다. 끝내줘!"

자치 형이 입을 쩍 벌리며 화면 속의 여자들을 보고 감탄사를 연발했다.

"아이구, 형님. 형님은 나이가 드셔도 여자만 보면 그렇게 좋수?"

친구가 자치 형의 그런 모습을 보고 핀잔 섞인 말을 했다.

"야, 야, 여자 좋아하는데 나이가 무슨 상관이야. 너두 참."

화면에서 시선을 떼지 않은 채 자치 형이 대답했다.

잠시 후 반주기에 시간이 입력되고 맥주가 들어왔다.

"즐거운 시간되세요."

청년이 맥주 캔과 새우깡을 테이블 위에 올려놓으며 말했다.

친구가 맥주 캔을 나와 자치 형에게 돌렸다.

"아, 잠깐. 그런데 아까 말한 여자들은 언제 와요? 빨리 좀 보내주세요."

그 새를 못 참고 자치 형이 문을 열고 나가려는 청년에게 재촉을 했다.

"금방 올 겁니다. 조금만 기다리세요."

"빨리 좀 보내주세요. 그래야 우리가 다음에 또 오니까요."

자치 형의 말에 청년은 아무 대꾸도 않고 고개를 까닥하고 나갔다.

"자, 우리 한잔 때리자. 니기미!"

자치 형이 나와 친구를 둘러보며 호기 있게 건배를 제의했다.

"예, 그러죠. 종수야, 오늘 너도 술 좀 마셔라."

친구가 내게 맥주 캔을 들어 보이며 말했다.

맥주를 마시고 돌아가며 노래를 서너 곡쯤 불렀을까. 노크 소리가 들리고 여자 셋이 들어왔다.

"안녕하세요?"

여자들은 안으로 들어서면서 쾌활하게 인사를 했다.

"아, 네. 반갑습니다."

자치 형이 재빠르게 자리에서 일어나며 인사를 받았다. 그러고는 넉살좋게 일일이 악수를 나누었다.

"자, 여기 앉으세요."

자치 형이 친구와 내 옆자리에 여자들을 앉히었다. 나와 친구는 자치 형이 하는 대로 가만히 있었다. 언제나 술좌석에서나 노는 자리에는 자치 형이 주도적으로 앞장서고는 하였다. 경상도 사나이인 자치 형은 그만큼 성격이 호탕하고 붙임성과 넉살이 좋아 어느 자리에서건 분위기를 주도했다.

내 옆자리에 앉은 여자는 피부가 까무잡잡하고 얼굴이 오종종하면서 이목구비가 뚜렷했다. 그러나 언뜻 보니 그늘이 보이는 여자였다.

"파트너가 정해졌으니 서로 자기소개들을 합시다. 이것도 인연이라면 인연이니까 말입니다. 그럼 먼저 여성분들부터 부탁합니다."

자치 형의 말에 여자들이 일어나서 자기소개를 하였다. 이런 자리에서 소개라고 해봤자 이름 정도 대는 것이었다. 물론 그 이름조차 가명일지도 모르지만. 여자들의 소개가 끝나자 자치 형이 자기소개를 하였다.

"나는 천하의 잡놈이며 한량이며 백수입니다. 이름은 이 자치라고 합니다."

자치 형의 소개하는 말을 듣고 두 여자가 배를 잡고 깔깔 웃었다. 그러나 내 옆의 여자는 다소곳이 앉아 엷은 미소만 지었다.

"왜 웃어요? 어, 이 사람들 엉뚱한 연상(聯想)들을 한 모양인데.

그렇죠?

"이름이 자치가 뭐예요? 잘못 발음하면 남자의 거시기가 되겠네."

한 여자가 계속 깔깔대며 우스워 죽겠다는 듯 말했다.

"뎍끼! 이 사람들. 지금 무슨 말들을 하고 있는 거야?"

낯이 두꺼운 자치 형도 여자의 말이 무안한지 정색을 하며 말머리를 돌렸다.

"자, 여기 두 사람은 내가 소개하겠습니다. 두 사람 다 내가 아끼는 후배들인데 에, 여기 이 사람으로 말할 것 같으면 우리나라에서도 유명한 벤처 회사의 대표를 맡고 있는 박성화 사장님이십니다."

하고 친구 박성화를 소개했다.

자치 형이 친구를 소개하자 성화가 눈살을 약간 찡그렸다. 성화는 술집에서 자기를 소개하는 것을 썩 달가워하지 않았다. 왜 아니 그렇겠는가. 그는 엄연히 공인이었고 수백 명의 직원을 거느린 한 회사의 CEO였다.

"어머, 어머, 그러세요? 그럼 아주 부자시겠네."

성화 옆에 앉은 여자가 웨이브를 넣어 찰랑거리는 머릿결을 흔들며 말했다.

"아, 가진 건 돈하고 머리밖에 없는 친구니까 잘 보이도록 해요. 에, 그리고 또 이분은 이곳 토박이이시고 농사를 지으며 그림을 그리는 화가로서 아티스트입니다. 인간성 하나 끝내주고 중요한 것은 이 친구가 현재 솔로라는 것입니다. 이것으로서 모든 소개를 마치겠습니다."

자치 형이 장황하게 너스레를 떨며 우리 일행의 소개를 끝마

쳤다.

소개가 끝나자 다 같이 맥주 캔을 들어 건배를 하였다. 그런데 조금 전에 소개할 때에 들은 이름이지만 내 파트너의 이름은 퍽이나 생소하고 특이하고 낯설었다.

'피 파금'

성이 피 씨에다 이름이 파금. 성도 그리 흔한 성도 아니었고 이름도 아주 낯선 이름이었다. 중국식의 냄새가 물씬 풍기는 이름이었다. 파금, 하니까 생각나는 이름이 하나 있었다. 중국 작가로서 '家'라는 소설을 쓴 파금이라는 작가였다.

그녀는 다른 두 여자와도 같은 일행이 아닌 듯했다. 이름에서나 풍기는 분위기나 말하는 어투나 억양으로 봐서 우리나라 사람이 아닌 건 분명했다. 여자가 처음 부른 노래는 '반갑습니다' 라는 노래였다. 이 노래는 한참 남과 북의 문화교류가 있었을 때, 북의 가수가 불러 남한에도 많이 알려진 노래였다.

요즘 중국 교포 여자들 중에는 노래방 도우미로 아르바이트를 한다는 사람이 더러 있다는데, 바로 내 파트너가 그런 부류의 여자인 것 같았다.

그날 우리 일행은 여자들과 두 시간이나 노래를 부르고 헤어졌다. 여자들이 돌아가자 자치 형이 기다렸다는 듯이 나에게 말했다.

"야, 종수야. 니 파트너 어떻드노? 여자 괜찮아 보이재? 기회 봐서 언제 한번 닦아라. 마, 숙맥처럼 굴지 말고 맘에 들면 과감하게 한번 자빠뜨리라 말이다."

자치 형이 사투리를 써가며 내게 말했다. 형은 기분이 나면 사투리를 쓰는 버릇이 있었다. 성화는 자치 형의 말에 가타부타 아무 말도 안 하고 웃기만 했다.

자치 형이 말하는 닦아라, 자빠뜨려라 하는 말의 의미는 섹스를 하라는 은어였다. 매사에 자치 형은 여자들은 익은 음식이라 먼저 먹는 사람이 임자라고 하면서 그저 자빠뜨려야 한다는 지론을 가지고 있었다.

나는 자치 형의 지론에 동의하지는 않지만 자치 형의 여자들에 대한 열정과 무한히 방출되는 식을 줄 모르는 에너지에 감탄할 때가 한두 번이 아니었다.

막바지 가을 추수와 전시회 준비로 나는 정신없이 바빴다.

농사라야 우리 식구 자급자족할 정도지만 농사일이라는 것은 해도 허도 표가 나지 않고 끝이 없었다. 물론 농사일은 늙으신 어머니가 도맡아 하다시피 하였다. 하지만 힘쓰는 일은 전적으로 내가 해야 했다.

콤바인을 사 벼를 수확하고 건조기에 벼를 말렸다. 이제 농협에 수매할 것은 하고 형제들에게 나눠줄 것과 우리 먹을 양곡만 갈무리하면 가을일은 다 끝난 것이다. 밭농사는 거둘 것뿐이고 심는 것은 마늘만 심으면 되었다.

나는 틈틈이 농사일을 하면서 전시회 일에 매달려야 했다. 전시회 날짜를 정하고 화랑을 섭외하고 도록(圖錄)을 만들고 이것저것 신경 쓸 일이 한두 가지가 아니었다.

돈도 되지 않는 그림을 그린다고 어머니는 가끔 성화를 하시지만 아들이 하는 일을 묵묵히 봐주신다. 어머니께 이루 말할 수 없이 송구스럽고 죄송스럽다. 그런 죄스런 일이 어디 이것뿐인가. 나이가 사십이 넘었는데도 혼자의 몸이니 노모에게 이래저래 불효를 저지르며 살고 있다.

오후에 인사동에 나가 화랑을 계약하고 집으로 돌아오는 지하철 안에서 휴대폰이 울렸다. 친구 박성화였다. 저녁에 만나 술이나 한 잔 하자는 것이었다. 나는 좋다고 말했다.

친구 성화와는 일주일에 한 번 꼴로 만났다. 성화는 내 고등학교 동창으로 지금까지 우정을 유지하며 만난다. 머리도 뛰어나고 사업 수완도 있어 친구가 경영하는 벤처 회사는 일 세대 주자로 대표되는 회사였다.

얼마 전에는 미국의 모 전자 회사와 휴대폰 단말기 천만 대 수출 계약도 성사되어 매스컴에 크게 보도된 적도 있었다.

집에 돌아와 저녁을 먹고 나갈 채비를 하였다. 이런 나를 부엌에서 설거지를 하시던 어머니가 보시고 한마디 하셨다.

"다 저녁에 어디를 나가려고 하냐? 또 친구 만나 술 마시려나 보구나. 몸 생각해서 조금만 마시거라."

어머니의 말씀에 나는 신발을 신다가

"알았어요. 일찍 들어올게요. 먼저 주무세요."

하고 밖으로 나왔다.

지하철을 타고 처용역에 내려 약속 장소인 카카스로 향했다.

만추(晩秋)는 신도시의 아파트 공원에도 여지없이 찾아와 있었다. 공원 여기저기 심기어져 있는 나무에 울긋불긋 단풍이 들어 만

산홍엽(滿山紅葉)이 무색하였다.

나는 가로 공원을 천천히 걸으며 하늘 높이 솟아 있는 아파트 건물을 올려다보았다. 현대 주거문화의 혁신을 이룩한 아파트의 효용 가치가 대단하다는 찬탄이 절로 나왔다.

우리나라처럼 땅은 좁고 인구는 많은 나라에서 그 많은 인구의 주거를 아파트가 아니면 무엇으로 수용하겠는가. 이제 아파트는 누가 뭐래도 우리 나라 최고의 주거 공간으로 자리매김을 하고 있다. 그러나 환경을 생각지 않고 지역 정서를 외면한 시골 한 가운데 덩그러니 지어져 있는 아파트는 너무나 흉물스러웠다. 같은 건축물이라도 어느 곳에 어떻게 지어졌느냐에 따라 효용과 미관적(美觀的)가치는 판이하게 다른 것 같았다.

카카스에 들어서서 친구가 왔나 찾아보았으나 친구는 보이지 않았다. 넓은 홀 안에는 가족 단위의 손님들이 자리를 차지하고 있었다. 가족과 연인들이 오기에 좋은 레스토랑처럼 인테리어도 편하게 되어 있고 메뉴 역시 다양했다.

서빙하는 사람들은 주로 어린 여학생들이었다. 아르바이트를 하는 것이리라. 그들의 상큼하고 예의 바른 서빙이 보기 좋았다.

성화는 이곳을 좋아하였다. 이곳에서 소시지 안주에 가볍게 생맥주 몇 잔을 하고 2차를 갔다. 친구와 만나 술을 마시면 보통 3차까지 갔다. 어떤 경우에는 4차까지 가는 수도 있었으나 그런 경우는 드물었다. 나나 친구나 결코 무리하게 술을 마시지는 않았다.

성화를 만나면 술을 마시는 즐거움도 즐거움이지만 서로 세상 돌아가는 이야기를 나누는 것이 좋았다. 친구의 해박한 경제 지식과 세계 경제의 흐름을 듣는 것도 나로서는 새롭고 큰 즐거움이었다. 그렇게 부담 없이 술을 마시고 담소를 나누다 보면 스트레스가 풀렸다.

나는 성화를 기다리는 동안 전시회 초대장에 들어갈 문안을 쓰려고 수첩을 꺼냈다. 그러나 막상 문안을 쓰려니 문득 이런 생각이 들었다. 다들 먹고 살기 어려운 때에 초대하는 사람들에게 부담을 주는 것이나 아닌가 하는 생각.

"종수야, 일찍 나왔구나."

어느새 들어왔는지 성화가 한쪽 손을 내게로 들어 보이며 내 쪽으로 걸어왔다.

"어, 성화 오는구나. 어서 와라."

나는 자리에서 일어나 친구에게 손을 내밀어 악수를 청했다.

"그래, 그동안 잘 지냈지?"

성화가 윗옷을 벗어 의자에 걸치며 물었다.

"나야 잘 지내지. 넌 여전히 바쁘지? 지난번 신문 보니까 너희 회사 큰일을 했더구나."

나는 얼마 전 성화네 회사가 신문에 보도된 것을 떠올리며 말했다.

"아, 그거. 우리 회사로서는 큰일이지. 그것 때문에 그렇잖아도 정신이 하나도 없다. 생산 라인도 늘려야 하고 이것저것 신경 쓸 일이 한두 가지가 아니야."

"그렇겠지. 아무튼 축하한다. 그 일은 사실 개인적으로는 너희 회사일이지만 우리 경제계에 미치는 파급 효과도 아주 클 것 같아."

"그렇긴 하지."

"그 일 이후로 너희 회사 주식값이 껑충 뛰었더라."

"하하하. 너도 우리 회사 주식 좀 사놓지 그랬냐?"

"야, 내가 무슨 주식을 알기나 하냐. 뺑끼장이가."

"그래, 니가 주식을 산다면 이상하지. 가만 있자. 그건 그렇고 우리 뭣 좀 시키자. 여봐요, 여기 주문 좀 받아요."

성화가 카운터를 향해 사람을 불렀다. 그러자 서빙하는 아가씨가 잽싸게 달려와 바닥에 몸이 닿을 정도로 몸을 낮추며 주문을 받았다. 친구는 주문표를 보고 주문을 하고 테이블에 놓여 있는 물을 마시며 목을 축였다.

"그래, 너 전시회 준비는 잘 돼 가니?"

"그거야 잘 되고 못 되고 가 어디 있어. 날짜 되면 하는 건데."

"그래도 어렵게 하는데 그림이 팔려야 하잖아."

"거야, 뭐…… 팔리면 좋고 안 팔려도 할 수 없지."

내가 자신 없는 목소리로 말했다.

"그래. 나도 그날 꼭 가도록 할게."

"그럼 와야지."

"이건 다른 얘긴데. 종수야, 너 혹시 파금 씨한테서 전화 안 왔었냐?"

갑자기 성화가 파금 씨를 화제로 꺼냈다. 팡팡 노래방에서 만난 이후로 파금이는 그간 두어 번 성화도 함께 노래방에서 만나 노래를 부른 적이 있었지 않은가.

"아니 그런데 그 아가씨가 왜 나한테 전화를 하겠냐?"

내가 의아한 표정을 지으며 물었다.

"아니, 그런게 아니라. 야, 종수야. 그 아가씨 괜찮더라. 중국 교포라도 배운 사람이라 그런지 매너도 좋고 예쁘고 그리고 아직 미혼이라더라."

성화가 의미심장한 웃음을 지으며 나를 바라보았다. 친구는 은연중에 파금이를 화제로 꺼내 내 의중을 떠보려는 것 같았다.

언젠가도 성화는 내게 파금이 어떠냐고 물어본 적이 있었다. 물론 그 전에도 성화는 중국에 가서 좋은 여자를 찾아 결혼하라는 말을 진담 반 농담 반으로 얘기한 적이 있었다.

"종수야, 오늘도 파금 씨 부르자. 그리고 자치 형도 부를까? 그 형님 본 지가 꽤 됐네."

"그래, 너 좋을 대로 해라."

맥주잔을 들어 한 모금 마시며 내가 말했다.

"난 파금 씨가 열심히 사는 모습이 좋더라. 중국에서 얼마나 어렵게 우리 나라에 왔겠냐? 그들의 목적은 오로지 돈 벌어서 자기 나라로 가는 것이잖아."

"그렇지. 돈 버는 거지. 그런데 그런 순진한 사람들이 이 자본주의 사회에 와서 때나 안 묻을지 모르겠다."

내가 성화의 잔에 내 잔을 부딪치며 말했다.

"때가 묻겠지. 사람이 돈맛을 알면 때가 묻게 마련이거든."

성화가 말했다.

가을밤이 깊어가고 있었다. 밖으로 나오니 옷깃에 스치는 바람이 제법 차가웠다. 하기사 입동이 지났으니 추울 만도 했다. 우리는 택시를 잡았다. 자치 형과는 '가던 길 멈추고'라는 다소 서정적인 상호의 카페에서 만나기로 하였다. 우리가 찾아가는 카페는 자치 형이 개척한 곳이었다.

얼마 후 우리 세 사람은 다시 모였다. 1차에서 술을 거나하게 마시고 우리는 2차로 자연스럽게 노래방을 찾았다.

신도시는 어디를 둘러봐도 화려한 네온사인의 향락업소가 무수히 많았다. 나이트클럽, 모텔, 카페, 단란 주점, 룸살롱, 화상방, 전화방, 안가 시술소, 퇴폐 이발관 들.

사람의 원초적인 본능이 발산되는 유흥 환락업소는 불황이 없었다. 아무리 경기가 좋네 안 좋네 하여도 이런 곳에는 항상 사람들이 차고 넘쳤다. 본능이 이성보다 강한 것인지, 사람은 이성적 행동보다는 본능적 행동에 더욱 시간과 돈과 열정을 쏟아 붓는 것 같았다.

오랜만에 만나는 자치 형은 여전히 변함없이 호기 있고 거침없이 행동했다. 파금 씨가 들어오자 자치 형은 두 팔을 벌려 그녀를 껴안으며

"어이고, 반갑네 반가워! 그동안 잘 있었어? 오늘 보니 더 예뻐졌네. 종수야, 오늘만 내가 파금 씨하고 파트너 할란다. 알았제?"

자치 형이 성화에게 한쪽 눈을 찡긋하며 내게 말했다.

"형님, 그걸 왜 나한테 말하세요. 형님이 알아서 하는 것이지."

내가 관심밖이라는 듯이 심드렁하게 대꾸했다.

다 함께 맥주를 마시고 노래들을 불렀다. 여자들과 함께 춤도 추었다. 한참 흥이 나고 분위기가 고조될 무렵이었다.

"자, 자, 잠깐 자리에 들어와 앉아 보세요."

성화가 자리에 들어가 앉으며 일행들에게 말했다.

"니 왜 그래? 한참 신나는데."

자치 형이 노래에 맞춰 신나게 몸을 흔들다가 성화의 말에 못마 땅한 표정을 지었다.

"형님, 잠깐 자리에 앉아 보세요. 내가 재미있는 제안을 하나 할 테니까요."

"뭔데? 그냥 노래 부르고 신나게 놀지."

마지못해 자리에 들어와 앉으며 자치 형이 조금은 불만이 섞인 목소리로 물었다.

"자, 지금부터 여자 분들만 반주 없이 노래를 부르는 겁니다. 그 래서 우리 셋이 들어보고 제일 잘 불렀다 싶은 사람에게 우리 세 사 람이 만원씩 팁을 주는 겁니다. 어떻습니까? 다들 동의하죠?"

성화가 주위를 둘러보며 동의를 구하였다. 그러자 두 여자가 박 수를 치며 좋아했다. 그러나 파금은 좋다 싫다 말이 없었다.

"야, 니 그거 정말 좋은 생각이다. 우리가 생음악을 들어봐야 여 자들 진짜 노래 실력을 알 수 있는 거 아니가?"

조금 전과는 달리 자치 형이 입이 찢어지게 웃으며 찬성했다.

곧이어 노래 공연이 시작되었다.

자치 형의 파트너인 여자는 임희숙의 '진정 난 몰랐네' 라는 노 래를 감정을 넣어 호소력 있는 목소리로 불렀다. 자신 있는 몸짓으 로 여자는 멋들어지게 노래를 불러 제꼈던 것이다. 두 번째 성화 파 트너는 김수희의 '남행열차' 라는 노래를 불렀다. 그야말로 가수 뺨 치는 솜씨였다.

마지막으로 내 파트너인 파금이 노래를 부를 순서였다. 파금은 노래를 부르지 않고 머뭇거렸다. 쑥스러운 모양이었다. 그러자 자치 형의 득달같은 재촉이 뒤따랐다. 한참을 망설거리다가 마지못해 파금은 자리에서 일어났다. 그녀는 잠시 무슨 노래를 부를까 궁리를 했다. 그러고는 결정을 했다는 듯이 숨을 고르고 노래를 부르기 시작했다.

노래가 흘러나오자 우리 모두의 시선은 파금에게로 집중되었다. 파금이 부르는 노래는 생전 처음 듣는 노래였다.

"형님, 저 노래 무슨 노래유? 곡조가 아주 슬프고 사람의 심금을 울리는데."

내가 자치 형의 옆구리를 살짝 찌르며 물었다.

"응, 글쎄 말이야. 나도 처음 듣는 노랜데. 중국에서 부르는 노래인가?"

자치 형도 고개를 갸웃하며 노래에 귀를 기울였다.

"아가씨들 혹시 저 노래 무슨 노랜 지 알아요?"

여자들은 알까 하여 내가 두 여자에게 물었다.

"저희들도 처음 듣는 노랜데요. 근데 노래가 참 촌스럽다."

한 여자가 시큰둥하게 말했다.

파금은 눈을 지그시 감고 감정을 조절하며 노래를 불렀다.

"쥑인다, 쥑여! 앵콜! 니기미!"

노래가 끝나고 파금이 우리를 향해 살짝 머리를 숙였다. 그러자 느닷없이 자치 형이 앵콜을 큰 소리로 외쳤다.

"지금 부른 노래 제목이 뭐예요?"

노래를 부르고 돌아와 내 옆자리에 앉는 파금에게 내가 음료수를 권하며 물었다.

"고맙습니다."

파금은 고맙다는 말은 하면서 정작 노래 제목은 말하지 않았다.

"노랫말도 좋고 곡조도 아주 구슬프고 좋습니다. 제목이 뭡니까?"

내가 재차 물었다.

"저…… 부용산(芙蓉山)이라는 노랩니다."

"부용산이요? 부용산이라면 산을 말하는 건가요? 그런 산이 실제 있는 산인가요?"

나는 궁금함을 못 이겨 다그쳐 물었다.

"저도 잘 모르는 산인데요. 전라도 어디엔가 있다는 산이래요."

파금이 나직하게 대답했다.

"그런데 파금 씬 어떻게 그런 노래를 알게 되었어요?"

이번에는 성화가 물었다.

"우리 할아버지가 가끔 부르시던 노래셨어요."

"할아버지가요?"

나는 파금의 가계(家係)가 궁금했다.

부용산이라는 노래를 부른 것도 그렇고, 부용산이라는 산이 전라도 지방에 있다는 것도 그랬다. 더군다나 노래의 가사와 곡조가 결코 예사로운 노래가 아니었다. 필시 이 노래에는 어떤 가슴 아픈 곡절이 숨겨져 있는 듯했다.

"앵콜! 파금 씨, 그 노래 한 번 더 들읍시다."

느닷없이 자치 형이 앵콜 송을 다시 한번 신청했다.

“그래요. 다시 한번 불러 봐요. 이번 노래의 팁은 파금 씨 거니까.”

성화가 거들고 나섰다. 그러나 다른 두 여자는 시큰둥한 표정을 지으며 음료수만 홀짝거렸다. 파금은 두 여자 보기가 미안한지 여자들의 눈치를 살피며 머뭇거렸다.

“아, 괜찮아요. 어서 한번만 더 불러 봐요.”

ㅈ치 형이 파금의 몸을 잡아 일으키며 재촉했다. 그러자 파금은 마지못해 반주기 앞으로 나갔다. 앞으로 나간 그녀는 눈을 지그시 감고 호흡을 골랐다.

솔밭 사이사이로

회오리 바람타고

간다는 말 한마디 없이

너는 가고 말았구나.

피어나지 못한 채

병든 장미는 시들어지고

부용산 봉우리에

하늘만 푸르러 푸르러

그날 친구는 파금에게 노래 부른 팁과 함께 삼만 원을 더 얹어 주었다.

다음 날, 나는 느지막이 일어났다.

어머니는 아침을 드시고 밭에 나가셨는지 집안은 조용하다 못해 절간처럼 고요했다. 밭에 나가셨자 요즘은 할 일도 없으시련만, 어머니는 자고새면 밭으로 나가셨다.

부엌에 나가 냄비를 열어보니 어머니가 끓여 놓으신 시래기 된 장국이 있었다. 나는 국 한 그릇을 퍼서 밥을 말아 후다닥 먹어 치우고 커피를 타서 내 방으로 들어왔다. 그러고는 어제 저녁 입고 나갔던 윗옷 주머니에서 수첩을 꺼내 파금이 부른 '부용산' 이라는 노래 가사를 들여다보았다.

솔밭 사이사이로
회오리 바람타고
간다는 말 한마디 없이
너는 가고 말았구나.

짧은 노랫말이지만 사람의 가슴을 후벼 파는 애상(哀傷)이 느껴졌다. 그러면서 다소곳이 눈을 내리감고 맑고 청아한 목소리로 노래를 부르던 파금의 모습도 떠올랐다.

나중에 안 일이지만 '부용산' 이라는 노래는 전라도 사람들에게서 입에서 입으로 전해져 불려졌던 노래였다고 한다. 그리고 누가 이 노래를 작사했고 작곡했는지 정확하게 아는 사람도 없다고 한다.

이 노래가 더욱 가슴 아프게 사람들에게 회자된 데에는 6·25 전 빨치산들이 불렀다는 데에 있었다. 그래서 일부에서는 '부용산' 이 빨치산의 노래라는 설도 있었으나 이는 사실이 아니고, 정확하게 말하면 빨치산이 즐겨 불렀던 노래라는 것이다.

어찌됐건 이 노래는 가사의 애절함과 슬픈 곡조로 말미암아 얼어 죽고 굶어 죽고 총 맞아 죽는 극한상황에서 살아야 했던 빨치산의 모습과 오버 랩 되어 가슴 한 켠이 서늘했다.

전시회 날짜가 다가오자 나는 액자 공장으로 도록을 만드는 인쇄소로 이곳저곳 바쁘게 뛰어다녔다. 그리고 아무리 최소한의 비용으로 전시회를 한다지만 기백만 원은 들어가기에 후원자를 찾아다니기도 하였다. 찾아가서 아쉬운 말하기가 죽기보다 싫었지만 어쩔 수가 없었다. 그래도 다행인 것은 친구 박성화가 자기 회사의 광고를 도록에 싣기로 하고 이백만 원을 후원하기로 하였다.

그림이 돈이 안 되고 예술을 하면은 밥 빌어먹기 딱 알맞다는 것을 내가 미대에 진학했을 때부터 알았지만, 전시회를 할 때마다 그 말을 새삼 더욱 뼈저리게 느끼게 된다. 그래도 나는 내가 선택한 이 일에 후회는 하지 않았다. 오히려 그럴수록 더욱 창작에의 열정이 솟구치면서 어떤 어려움도 극복하리라고 스스로 다짐했다. 그러나 현실은 현실이어서 현실의 벽을 넘기가 여간 어려운 일이 아니었다.

두엇보다 괴롭고 마음 아픈 것은 노모(老母) 보기가 면구스러웠다. 칠십이 넘어서까지 자식 뒷바라지에 농사일까지 하시는 노모를 생각하면 당장이라도 그림을 때려치우고 싶었다. 그러나 그 생각도 그때뿐, 이 운명적인 선택을 받아들이고 더 좋은 작품을 창작하기 위해 노력할 밖에 더 이상 선택의 여지가 없었다.

이런저런 생각을 하며 착잡한 심정으로 집으로 돌아오는데 휴대폰이 울렸다. 친구 박성화였다. 친구는 내 전시회 준비가 잘 되어

가느냐고 물었다. 나는 덕분에 잘 되어가고 있다고 대답했다. 이야기 끝에 성화는 오늘 저녁 '가던 길 멈추고' 에서 술이나 한잔하자고 했다.

나는 친구의 마음 씀씀이가 고맙고 한편으로 미안한 생각이 들었다. 성화는 누구보다 나의 형편을 이해했고 내 예술 활동을 격려했다. 그리고 만나서 술을 마시면 항상 술값과 함께 모든 경비 일체를 부담하였다.

성경에 기록된 말이던가. 아마 사도 바울이란 사람이 한 말 같은데 사랑의 빚 외에는 일체의 빚도 지지 말라고 했던 말. 그러나 나는 친구에게 너무나 많은 빚을 지고 있다.

집이 있는 마을은 신도시에서 조금 비껴나 있어 자연의 모습이 아직까지 그런대로 잘 보존되어 있었다. 그러나 마을을 조금 벗어나면 대단위 아파트 단지가 조성되어 있었다. 양 옆으로 아파트 단지가 둘러져 있어 마을은 고립된 섬처럼 보였다. 하지만 이곳도 언제 개발이라는 미명아래 무너지고 파헤쳐질 지 알 수가 없었다.

조그만 동산의 오솔길을 들어서니 낙엽이 떨어져 겹겹이 쌓여 있다. 걸을 때마다 낙엽 밟히는 소리가 바스락 바스락 들려왔다. 상큼한 낙엽 냄새가 은은하게 코끝에 와 닿았다.

"종수야, 나 며칠 전에 파금 씨를 만났다. 내가 일부러 만나려고 해서 만난 것은 아니고 노래방에 가서 파금 씨를 불렀어."

내가 좌석에 앉아 숨을 고를 새도 없이 성화가 말했다.

"그랬어?"

윗옷을 벗어 좌석에 걸치며 내가 무심하게 대꾸했다. 그러나 무심한 척 하기는 했지만 성화의 행동이 의외로 생각되었다.

"그런데 파금 씨가 네 안부를 묻더라. 그래서 잘 있다고 말해주고 너 전시회 한다는 얘기도 해주었어. 그랬더니 날짜와 장소를 묻더라."

"넌 뭘 그런 것까지 말해 주었냐?"

"너에게 관심이 아주 많은 것 같던데."

"넌 네 일도 골치 아플 것이 많을 텐데 그런 것까지 신경 쓰고 그러냐? 쓸데없는 얘기 그만하고 술이나 마시자."

나는 화제를 돌리고 싶어 잔을 들어 성화의 잔에 부딪치고 단숨에 들이켰다. 그러나 성화는 술을 마시지는 않고 입에 대는 시늉만 하였다.

"종수야, 그날 내가 파금 씨와 이야기를 잠깐 나누었다. 밖에 나가서 저녁을 사 먹이면서 그 동안 궁금했던 것들과 지금까지 어떻게 살아 왔는가를 물어 보았어."

"참 너두 할 일도 되게 없다. 그런데 따로 만나서 얘기하기가 쉽지 않았을 텐데."

내가 성화의 잔에 술을 따르며 말했다.

"쉽지 않았지. 처음엔 시간을 낼 수가 없다고 하더라. 왜 안 그렇겠어. 그 사람들은 시간이 곧 돈인데다가 자기를 관리하는 보도방 사람 대문에 개인 행동하기가 곤란하잖아. 그래서 내가 보도방 친구를 만나 양해를 구했지. 몇 푼 찔러주고 말이야. 그리고 파금 씨에게도 시간을 낸 만큼 따로 계산을 해주었고 말이야."

사업을 하는 친구라 모든 일처리가 용의주도하였다. 성화는 그런 면에서 한 치의 실수도 없었고 상대방에 대한 배려 역시 깊었다.

"파금 씬 여기 오기 전에 소학교 우리나라로 봐서는 초등학교겠지 교사였다고 하더라. 나이는 서른둘에 아직 미혼이고. 그리고 너 지난번에 파금 씨가 부른 부용산인가 뭔가 하는 노래 있었지? 할아버지한테서 배웠다는 노래 말이야. 알고 보니 파금 씨 할아버지가 전라도 벌교 출신 빨치산이었단다. 6·25 전에 빨치산 활동을 하다가 6·25가 터지자 월북을 했다는 거야. 그러나 정작 북한에서 정착을 못하고 중국으로 건너가 오늘에 이르렀다는 거야."

사연 많은 파금 씨 가족에 얽힌 이야기를 풀어내놓고 성화는 잔에 남아있던 술을 주욱 들이켰다. 목이 마른 모양이었다. 나 역시 내 잔에 남아있던 맥주를 마저 마셔버렸다.

짐작은 했지만 우리 현대사의 굴곡진 비극의 역사가 파금 씨 가족에게까지 길게 이어져 있을 줄은 몰랐다.

"할아버지도 보니까 인텔리 빨치산이었더라. 그 당시 연희 전문을 나왔으니까 말이야."

"하기사 그 당시 빨치산들 중에는 인텔리들이 많이 있었지. 암울한 사회 현실 속에서 사회주의 프롤레타리아 맑스 레닌 사상이 지식인들에게 어필되던 시대였으니까.

내가 성화의 말에 한마디 보탰다.

"그래서 하는 말인데. 종수야, 너 내말 이상하게 듣지 말고 잘 들어라. 너 파금 씨 어떻게 생각하니?"

나를 정면으로 응시하며 성화가 진지한 표정으로 물었다. 나는 성화가 무슨 말을 하려는지 짐작이 갔다.

"어떻게 생각하다니 뭘 말이야?"

나는 짐짓 딴청을 부렸다.

"너 정말 내가 하려는 말을 몰라서 그러냐?"

"뭐가 이 친구야."

나는 계속 어긋나게 말을 하고 딴청을 부렸다.

"너 그러지 말고 좀 솔직해 봐라. 너 내가 단도직입적으로 묻겠는데 파금 씨 결혼 상대자로 어떻게 생각하냐?"

친구가 진지한 자세로 나에게 물었다.

"결혼 상대자라니? 너 지금 무슨 말하는 거야?"

내가 정색을 하며 되물었다.

"이제 너도 늙으신 어머니를 생각해야 할 것 아니야. 언제까지 어머니가 네 뒷바라지를 하길 바라? 어머니도 그 연세 되셨으면 편히 앉아서 며느리가 해주시는 밥상을 받으실 때가 되셨잖아."

나는 성화의 말에 뭐라고 대꾸할 말이 없었다. 친구의 말은 나의 가장 아픈 구석을 찌르는 말이기도 했다.

"종수야, 내가 도와줄 테니까 이번 기회에 너 결혼해라. 파금 씨도 너하고 결혼하면 그것보다 더 좋은 일이 어디 있겠냐? 이왕 말이 나왔으니 망서릴 것 없이 너 내년 여름에 파금 씨 하고 중국에 갔다 와라. 가서 결혼 수속 밟고 아예 그곳에서 결혼식을 올리고 와. 그런 다음 여기 와서 또 간단하게 식을 올리면 되니까 말이야."

친구는 잠시 말을 쉬고 맥주를 마셨다. 아니 내 대답을 기다렸다. 나는 어떤 대답을 해야 할지 몰랐다. 언젠가 결혼은 해야 하겠지만 난 아직 결혼에 대해 구체적으로 생각해 보지를 않았다. 더군다나 파금 씨를 결혼 상대자로 생각을 해본 적은 더더군다나 없었다.

　준비했던 전시회 날이 다가왔다.
　나는 아침부터 서둘렀다. 우선 전화를 걸어 준비 상황을 점검하고 빠트린 것이 없는가를 확인했다.
　서둘러 아침을 먹고 집을 나섰다. 날씨는 화창하고 온화했다. 그야말로 전형적인 늦가을 날씨였다. 전시 오픈 시간이 오후 네 시니까 그 안에 모든 것을 준비해 두고 하객들을 맞이할 준비를 하면 되었다. 가끔 하는 그룹전이나 개인전 어느 것이나 긴장이 되긴 마찬가지였다.
　작가는 작품으로 말하고 자신의 존재 가치를 인정받지만 남에게 내 작품을 보인다는 것이 두려웠다. 그 만큼 긴장이 되었다. 그 외에도 전시 경비를 생각하게 되고 몇 점 이상은 팔아야 다음 작품 하는데 도움이 되고 하는 소소한 곳까지 신경이 쓰였다.
　이번 전시회는 내 개인 전시회로는 다섯 번째였다. 그 동안 전시회를 열 때마다 많은 사람들로부터 과분한 칭찬을 받았었다. 이번에도 몇몇 언론기관으로부터 인터뷰 요청이 있었고 신문 문화란에 내 개인전 기사가 실리기도 하였다.
　화랑에 도착하니 큐레이터 정혜진 씨가 작품 배열을 점검하고 있다가 나를 보고 반갑게 인사를 하였다.
　"김 선생님 어서 오세요. 어머나, 오늘 전시 오픈날이라 신경을 쓰셨나 봐요. 의상 코디가 아주 멋지시네요."
　"아, 뭘요."

내가 쑥스러워 말을 얼버무렸다.

오래전부터 알고 지내는 정혜진 씨는 언제 보아도 밝고 명랑했다. 천성인 것 같았다. 그녀는 큐레이터이면서 현역 화가이기도 했다.

"김 선생님, 조금 전에 문명일보 미술 담당 기자에게서 전화가 왔었어요. 선생님과 통화를 하고 싶대요. 어서 전화해 보세요."

그러면서 정혜진 씨는 쪽지를 건네주었다.

"아, 그래요. 고맙습니다."

나는 메모지를 받아 전화를 하였다. 바로 담당자와 전화가 연결되었다. 미술을 담당하는 기자는 여기자였다. 여기자는 나를 만나서 인터뷰를 하고 싶다고 했다. 나는 점심을 하면서 인터뷰를 하자고 하고 전화를 끊었다.

통화를 끝내고 정혜진 씨를 돌아보았다. 그녀는 전시장 안을 거닐며 삐뚤어지게 걸린 액자를 꼼꼼히 바로잡고 있었다.

"정혜진 씨, 점심 약속 없으면 이따가 같이 합시다."

그녀에게 다가가며 내가 말했다.

"그래도 되겠어요?"

그녀가 환하게 웃으며 나를 바라보았다.

"그럼요."

내가 기분 좋게 대답했다.

나는 다시 한 번 전시장을 돌며 작품들을 둘러보았다.

추상과 반추상이 혼합된 내 작품들이 나를 향해 무언(無言)의 시위를 하듯 조명 불빛 속에서 침묵하고 있었다. 나는 내 작품들에게 무슨 말을 해주어야 할 것 같았다. 그러나 무슨 말을 하여야 할까? 나는 한참 동안 작품들과 마주하고 서 있었다.

오픈 시간이 다가오자 화환이 하나 둘씩 들어오기 시작했다. 초대장에 화환과 화분은 정중히 사양 합니다 라는 문구를 넣었건만 화환과 화분은 여전히 들어왔다. 하기사 오픈식 때 화환과 화분이 없어도 허전하고 쓸쓸했다.

"축하한다, 종수야. 자슥아!"

자치 형이 들어서며 두 팔을 벌려 나를 껴안았다.

"형님, 와주셔서 고맙습니다."

자치 형의 품에서 벗어나며 내가 말했다.

"자슥아, 내가 안 오면 누가 오노. 무슨 일이 있어도 와 봐야지."

"그럼요. 형님 나 잠깐만……"

자치 형은 나와 더 얘기를 하고 싶어 하는 눈치였으나 다른 하객들을 맞이하기 위해 자리를 옮겨야 했다. 하객들은 하나 둘 삼삼오오 계속 들이닥쳤다. 하객들을 맞이하는 중에 자치 형을 힐끗 보니 형은 여기저기 다니며 사람들과 인사를 하고 여전히 웃고 떠들었다.

어머니도 동생 내외와 같이 오셨다. 어머니는 내게 다가와 내 옷깃을 바로 잡아주시며 나직하게 말씀하셨다.

"손님들이 많이 오셨구나."

뷔페식으로 간단한 음식이 차려지고 개막 테이프 커팅이 준비되었다. 그때 마침 친구 박성화가 비서를 대동하고 들어왔다. 비서의 손에는 노란 꽃이 소담하게 핀 서양란 화분이 들려 있었다.

"야, 축하한다! 축하해!"

성화가 내 손을 잡으며 얼굴 가득 미소를 지으며 축하의 말을 했다.

“어서 와라. 바쁠 텐데 왔구나.”

“야, 바쁜 일 모두 제끼고 와야지. 안 왔다간 두고두고 너한테 원망을 들을 텐데. 안 그러냐? 하하하!”

성화가 농담을 하며 유쾌하게 웃음을 터뜨렸다.

시간이 되어 개막식이 시작되었다. 잠시 후 식이 끝나고 테이프 커팅이 있었다.

“어머니, 어서 이 자리에 서세요.”

성화가 어머니를 가운데 자리에 모셨다.

곧이어 형식적인 의식이 다 끝났다. 하객들은 테이블에 차려진 음식들을 나눠들고 담소를 나누었다. 나는 하객들을 찾아다니며 인사를 했다. 하객들은 답례로 작품이 좋다고 하였다. 그러나 나는 그 말을 들을 때마다 몸둘 바를 모를 정도로 쑥스러웠다.

그때였다. 내가 한참 미술 평론을 하는 차태교 선생과 작품 이야기를 하고 있는데, 자치 형이 나에게 다가와 옆구리를 쿡쿡 찌르며 귓속말로 속삭였다.

“야, 종수야. 왔다 왔어.”

나는 자치 형이 무슨 말을 하는지 몰라 잠시 어리둥절하였다. 그러자 자치 형이 눈짓으로 출입구를 가리켰다. 나는 출입구 쪽으로 시선을 돌렸다. 그러자 거기에 언제 왔는지 파금이 꽃다발을 들고 서 있었다.

성화도 파금을 보았는지 그녀에게로 다가갔다. 나는 파금을 보자 당황스럽고 곤혹스러웠다.

"종수야, 오늘 행사 끝내고 우리 셋이 다시 뭉치자. 알았제?"

자치 형이 내 복잡한 속도 모르고 눈짓을 하며 속삭였다.

그런 동안 파금에게 갔던 성화가 내게로 왔다. 성화는 내 팔을 잡고 한쪽 구석으로 끌고 가면서 작은 소리로 말했다.

"종수야, 어떻게 파금 씨가 여길 찾아왔다. 난 파금 씨가 오리라고는 생각도 못해 봤는데. 정말 뜻밖이야. 너한테로 가자니까 막무가내로 안 오겠단다. 사람들 보기가 민망한가봐. 그리고 네 얼굴도 있고 말이야. 네가 가서 이쪽으로 데리고 와라. 그래도 너를 보고 왔는데 말이야."

"으응, 알았어."

내가 마지못해 대답하고 파금이 있는 곳으로 갔다. 내가 다가가자 파금은 얼굴을 붉히면서 안절부절을 못하였다.

"고맙습니다. 이렇게 와줘서."

내가 가까이 다가가 인사를 했다.

"축하드립니다."

파금이 인사를 하면서 들고 온 꽃다발을 내게 내밀었다.

"뭘 이런 걸 사가지고 와요. 그냥 와도 되는데. 자, 여기서 이러지 말고 안으로 가서 뭐 좀 들어요."

"괜찮습니다. 저한테 신경 쓰지 마시고 손님들이나 접대하세요."

파금이 주위의 눈치를 살피며 작은 소리로 말했다.

내가 파금과 이야기를 나누는 모습을 하객들이 관심 있는 눈으로 힐끗힐끗 훔쳐보았다. 그 중에서도 어머니와 여동생은 호기심 가득한 눈으로 바라보았다.

"여기서 지금 두 사람이 뭐해? 파금 씨 안으로 들어갑시다."

자치 형이 내가 있는 곳으로 오더니 파금의 손목을 덥석 잡고 하객들 속으로 들어갔다.

시끌벅적한 개막식이 끝났다. 하객들이 썰물처럼 빠져나갔다. 어머니와 형제들 여동생도 다 돌아갔다. 남은 사람들은 친구들과 동료 작가들뿐이었다. 2차를 가기 위해 남은 것이었다.

개인전이나 그룹전이나 개막식이 끝나면 밤늦도록 술이 떡이 되도록 마셨다. 중간에 파금이 가려는 것을 성화와 자치 형이 붙잡아 두는 것 같았다.

나는 파금이 가거나 말거나 신경 쓰지 않았다. 오늘밤은 모든 것을 잊고 마음껏 취하고 싶었다. 그 동안 전시회 관계로 긴장을 했던 탓인지 개막식을 무사히 치렀다는 안도감에 기분이 넉넉했다.

2차를 가고 3차를 갔다. 시간이 많이 지났고 밤이 깊어갔다. 밤이 깊을수록 술도 취해갔다. 성화와 자치 형이 내 몸을 부축해 택시를 태웠다. 택시를 탄 기억이 가물가물 났으나 그 다음에는 기억이 없었다.

시간이 얼마나 흘렀을까. 내가 목이 마르고 머리가 지끈거려 물을 마시려 일어나려 하였다. 그때 꿈결에서인 듯 파금의 목소리가 들려왔다.

"김 선생님, 물 여기 있어요."

말소리에 떠지지 않는 눈을 억지로 떠 소리 나는 쪽을 바라보았다. 흐릿한 시야에 들어오는 사람은 파금이었다. 그녀는 물을 들고 내 앞에 서 있었다. 여기가 어딘가. 나는 사방을 휘둘러보았다. 방이었다. 낯선 방.

"여기가 어디예요?"

내가 파금의 손에서 물을 받으며 물었다.

"……"

파금은 내 물음에 대답을 않았다. 그녀는 걱정스런 표정으로 나를 바라보고 있었다.

"친구하고 형님은 어디 갔어요?"

내가 물 잔을 내밀며 재차 물었다.

"친구 분하고 형님은 김 선생님을 여기다 모셔다 놓고 가셨어요."

파금이 건조한 목소리로 대답했다.

"그런데 파금 씬 왜 여기 남아있었어요? 가지 않구."

내가 무심하게 말했다. 그러자 파금의 얼굴에 언뜻 서운함이 비쳤다.

"두 분이 특별히 김 선생님을 보살펴 드리라고 저에게 부탁을 하셨어요."

"그랬군요."

비로소 어떻게 된 경위인지 알 수가 있었다. 성화와 자치 형은 내가 술이 취했다는 것을 빌미로 파금과 나를 묶어주려 했던 것이다.

시간을 보았다. 새벽 네 시가 지나고 있었다. 그럼 이때까지 파금은 잠 한숨 자지 않고 내 곁에 있었다는 말인가. 나는 파금에게 미안한 마음과 안쓰러움, 그리고 나도 알지 못하는 연민과 복잡한 감정 이런 것들이 뒤얽혀 머릿속이 복잡했다. 그러면서 개막식 때 꽃다발을 들고 안으로 들어오지도 못하고 입구 쪽에 엉거주춤 서 있던 파금의 모습이 떠올랐다.

나는 침대에서 천천히 일어나 파금의 손을 잡았다. 그러자 파금이 흠칫 놀라는 기색을 보였다.

"이리 와요."

나가 손을 잡아당겨 침대 쪽으로 끌었다. 파금은 내가 끄는 대로 순순히 다가왔다. 파금은 겉옷도 벗지 않고 있었다. 나는 파금의 겉옷을 벗겼다. 그리고 그 다음 옷도 그 다음 옷도. 나중에는 속옷만 남았다.

"저, 저……."

파금이 무슨 말을 할 듯 말 듯 입술을 달싹였다.

나는 그런 파금의 입술에 내 입술을 갖다 대었다.

어느새 먼동이 터 올랐다.

나는 침대에서 일어나 옷을 입었다. 파금은 곤하게 자고 있었다. 자는 그녀의 눈썹에 눈물이 묻어 있었다. 나는 메모지를 찾아 급하게 파금에게 몇 자 적었다. 그리고 다 쓴 메모지와 함께 어제 개막식 때 받은 부조금의 일부를 파금의 머리맡에 놓아두었다.

문을 나서기 전, 나는 잠시 파금의 자는 모습을 물끄러미 바라보았다. 그녀의 한국에서의 고단한 삶의 편린이 가녀린 어깨 위에 얹혀 있었다. 가슴이 아팠다. 그런 감상도 잠깐 나는 파금이 깰까 조심스레 문을 열고 밖으로 나왔다.

아직 이른 시각이라 거리에 사람들은 별로 눈에 띄지 않았다. 부지런한 두부 장사의 종소리가 골목에서 들려왔다. 사람이 산다는 것이 별것이 아니라는 생각이 문득 들었다.

돌의 침묵

환상기행 * 幻像紀行

"형씨, 형씨는 여자의 사랑을 믿습니까?"

내가 앉아 있는 테이블로 자리를 옮기며 사내가 물었다. 뜬금없는 사내의 질문과 내 쪽으로 자리를 옮긴 것에 대해 나는 못마땅하게 여기고 있는 터라 언짢은 표정으로 사내를 올려다보았다.

"죄송합니다. 초면에 질문 같지도 않은 질문을 해서. 실례가 되는 줄 알면서도 형씨에게서 편안한 느낌을 받아서 질문을 했습니다."

사내가 내 옆의 의자에 앉으며 말했다.

"괜찮으시다면 제 술 한 잔 받으시고 저와 이야기 좀 할 수 있습니까? 보니까 형씨도 혼자시고 저도 혼자이니 말입니다."

그러면서 사내는 나에게 술잔을 내밀었다.

나는 얼떨결에 사내가 내민 잔을 받아들고 술을 받았다.

"형씨, 형씨는 여자의 사랑을 믿습니까?"

사내는 처음과 같은 질문을 다시 반복하였다.

"글쎄요. 형씨가 말하는 여자의 사랑이 뭔지는 몰라도 그건 믿고 안 믿고의 차원이 아니라고 생각합니다만."

나는 사내의 물음에 애매하게 대답했다.

별 시답지 않은 물음도 물음이거니와 지금 지 나이나 내 나이가 몇인데 사랑 운운한단 말인가. 나는 가끔 이 술집에 들러 혼자 술 마시기를 즐겨했고, 많은 사람들이 이곳을 들렀지만 이제까지 이런 일은 없었다.

나는 누구의 간섭을 받지 않고 또 누구의 눈치도 보지 않고 혼자 호젓이 바의 한쪽 귀퉁이에 앉아 술 마시기를 좋아했다. 술을 마시며 어떤 한 생각을 골똘하게 하는 것이었는데, 그건 내 오랜 술버릇이었다. 그런데 오늘 뜻밖에도 방해 아닌 방해를 받은 것이다. 사내는 내가 들어오기 전에 혼자 앉아 술을 마시고 있었다.

내가 마지못해 사내가 따라준 잔을 비우고 사내에게 잔을 내밀었다.

"이거 죄송합니다. 혼자 조용히 술을 드시는데 제가 방해가 안 되었는지 모르겠습니다. 제 옆에 계시기에 이것도 인연이라 생각하여 한 잔 드렸습니다."

사내가 나에게서 잔을 받아들며 거듭 죄송하다는 말을 했다.

"괜찮습니다."

이왕 이렇게 된 거 나는 무심하게 말하고 사내에게 술을 따랐다.

"실례가 되지 않는다면 제가 오늘 술 한잔 대접해 드리면 어떻겠습니까? 괜찮겠습니까?"

사내는 짜증나게 말끝마다 실례나 죄송하다는 말을 버릇처럼 달았다. 그 말을 거듭 들으니 정말 나는 은근히 짜증이 나기 시작했다.

"괜찮으니까 그만 실례한다, 죄송하다는 말은 하지 마시고 편하게 술 한잔 하십시다."

"아, 그럴까요. 그러고 보니 통 성명도 안 했습니다. 저는 박두철이라 합니다. 모 연구소에 적을 두고 있습니다."

그러면서 박두철은 명함을 내밀었다. 명함을 보니 그는 국토해양부 소속 연구소의 공학박사였다.

나는 명함이 없어 이름만 밝혔다.

"그렇습니까? 저는 이 근이라고 합니다."

나는 짤막하게 내 소개를 하고 박두철을 바라보았다.

처음 보는 나에게 공학박사라는 신분에 어울리지 않게 사랑 타령하는 박두철이 새삼 낯설게 느껴졌다.

"사실 저는 여자의 사랑을 믿지 않는 편입니다."

박두철이 나를 빤히 바라보며 말했다.

"그래요? 왜 그렇게 부정적인 결론을 내리셨습니까? 요즘 세태가 아무리 가치관이 무너지고 사랑도 물질에 의해 좌우되는 것이 사실입니다만, 순수하고 진실한 사랑도 있는 법 아닙니까?"

"이형은 그렇게 생각하십니까? 저도 처음에는 이형처럼 생각했습니다. 제 나이가 사십이 넘었습니다. 그런데 저 아직 미혼입니다. 제가 왜 결혼을 못했는지 아십니까? 아니, 안 했는지 아십니까?"

박두철이 잔에 들어 있는 술을 쭉 들이마시며 비감어린 목소리로 물었다.

"글쎄요. 박 박사, 박 박사 좀 호칭이 그러니 박형이라고 합시다. 박형처럼 공학박사이고 정부 부처 연구소의 연구원 정도 되면 좋은 혼처도 얼마든지 있었을 텐데 왜 결혼을 하지 않으셨습니까?"

내가 박두철을 넌지시 건너다보며 물었다.

"조건을 보고 결혼하려 한 여자는 있었습니다. 그러나 결혼을 사랑이 아닌 조건을 보고 결혼하려 한다면 그건 아니라고 생각해 모두 마다했습니다."

"굳이 조건이 아니라 사랑으로 결혼하려 한 여자는 없었습니까? 그리고 여자 쪽에서만 사랑하란 법도 없지 않습니까? 박형이 사랑해서 결혼을 할 수도 있잖습니까?"

"공부를 한답시고 연애 한 번 제대로 못해 봤습니다. 만약에 제가 연애라도 했더라면 결혼을 쉽게 했을지도 모르지요. 그리고 여자란……"

박두철이 말을 끝맺지 못하고 물끄러미 술잔을 내려다보았다.

나는 그런 박두철이 시대에 뒤떨어진 여성관을 가졌거나, 아니면 여성 혐오증이나 여성으로부터 피해를 받았거나, 그도 아니면 너무 여자에 대하여 환상을 가지고 있는 것이 아닌가 하는 생각이 들었다. 그러지 않고서야 사지 육신 멀쩡하고 독일 베를린 공대에서 열역학 분야의 박사학위까지 받은 사람이 뭐가 부족해서 결혼을 못했단 말인가. 아예 결혼을 하지 않으려 했다면 몰라도 말이다.

"세상에 믿지 못할 것이 여자더군요……"

박두철이 혼잣말 하듯 읊조렸다.

"믿지 못할 것이 여자라고만 할 수 있습니까? 남자 역시 마찬가지지요. 그러나 믿어야 할 것 또한 사람이 아니겠습니까?"

내가 말했다. 그러나 이렇게 교과서적으로 말을 해도 나는 박두철이의 말에 일정 정도는 공감을 하였다. 사실 못 믿을 것이 여자이긴 했다.

그런 박두철이의 여성관과 비교하여 나 역시 그런 면에서 자유롭지 못했다. 그러고 보니 나나 박두철이나 동병상련 격으로 여자에 대한 환상이 지나치거나 아니면 여자로부터 상처를 많이 받은 모양이었다. 아니 상처라기보다는 여자에 대해 너무 몰랐다는 것이 옳을 것이었다.

그 후로도 술집에서 박두철을 서너 번 더 만났다. 박두철이는 주로 술집을 혼자 왔다. 나는 가끔 친구를 대동하고 가지만, 박두철이 누구를 대동하고 와서 술을 마신 것을 한번도 본 적이 없었다.

그런 얼마 후부터 술집에 박두철이의 왕래가 뚝 끊어졌다. 일주일에 한 두 번은 오던 박두철이 안보이자 궁금했다. 처음에는 하는 일이 바빠서 못 오겠거니 했는데, 한달이 지나 두 달이 다 가도록 박두철이는 모습을 보이지 않았다.

그런 그를 본 건 뜻밖에도 경주에 있는 한 왕릉에서였다. 천년 고도인 경주에는 신라 왕릉이 여기저기 산재해 있었다. 박두철이를 본 왕릉은 왕릉 중에서도 부부 무덤으로 알려진 황남대총이었다.

나는 그때 부모님을 뵈러 경주에 내려가 있었다. 우리 부모님은 경주어서 경주 빵을 만들어 사업을 하시고 계셨다. 경주 빵은 황남 빵이라고도 하며 천안의 호두과자처럼 팥고물을 가득 넣어 만든 빵으로서 경주의 특산물로 전국에 이름이 나있었다.

부모님이 하시는 이 빵 사업은 일제 때부터 해온 우리 집안의 가업이었다. 요즘도 이 빵을 사려고 관광객은 물론 경주 사람들까지도 줄을 설 정도로 사업은 잘 되고 있었다.

부모님은 이 참에 내가 내려온 것을 계기로 내가 이 사업을 이어받아 계속 해나가길 바라셨다. 두 분이 연로하셔서 이제 일을 그만두고 쉬실 나이도 되시긴 했지만, 사실 나는 그 가업을 이어받고 싶지는 않았다. 그렇지만 부모님을 이어 누가 가업을 잇긴 이어야 했다. 그런데다 내가 집안의 장남이기도 하여 부모님은 동생보다 내가 가업을 잇기를 바라셨다.

그에 더하여 내가 서울에서 결혼도 안하고 혼자 사는 것이 못마땅하기도 하였고, 이참에 마음잡고 고향에서 이 일을 하면서 결혼하기를 바라시는 눈치셨다.

나는 부모님을 뵈러 내려와서 서울로 올라가는 것을 차일피일 미루며 무위도식 하였다. 그러면서 경주 일대를 소일거리 삼아 돌아다녔다. 특히 왕릉이 밀집되어 있는 곳을 주로 다녔다. 그런데 그 기행의 맛이 아주 특별했다. 어릴 적 동네 또래들과 살다시피 놀았던 장소들이건만 지금 와서 보는 왕릉들은 나에게 색다른 감회를 일으켰다.

"박형, 어쩐 일로 경주에는 오셨소?"

뜻밖의 장소에서 박두철을 만나 나는 적이 당황했다. 그건 박두철이 역시 마찬가지였다.

"정말 이런 곳에서 이형을 만나다니 뜻밖입니다. 이형을 만나 반갑기도 하고 당황스럽기도 합니다. 이형이야 말로 여긴 어쩐 일이십니까?"

박두철이 내 손을 잡고 놓지 않으며 물었다.

"나야 이곳이 고향이기도 하고 부모님이 계시니 올 수 있지만, 박형은 정말 의외의 장소에서 만나니 기분이 묘합니다."

"허허, 그런가요. 이형의 말 속에는 공학도인 내가 왕릉에 있다는 것이 잘 연관이 되지 않아서 하시는 말 같습니다. 그러고 보면 사람의 선입견이라는 것이 어디를 가나 작용을 하나 봅니다."

"글쎄 그럴 수도 있겠지요. 자, 여기서 이러지 말고 어디 가서 차나 한잔하면서 이야기합시다. 그동안 궁금하기도 했고요."

"그럴까요."

나는 왕릉을 벗어나서 송림 가까이 운치 있게 들어서 있는 찻집을 찾아 들어갔다.

찻집은 주인의 성품을 드러내듯 국화와 억새를 꽃병에 꽂아놓아 가을의 운치를 한껏 더했다. 거기에다 잔잔하게 흐르는 대금산조 소리는 이곳에서 차를 마시는 사람들의 심사를 평온하게 하였다.

"이형의 고향이 이곳인 줄은 몰랐습니다."

박두철이 창밖의 송림을 바라보며 말했다.

"박형 여긴 어쩐 일로 오셨습니까?"

내가 거두절미하고 물었다.

박두철은 나의 질문에 선뜻 대답하지 않고 그대로 창밖만 바라보았다. 그 모습이 사십이 넘은 사내답지 않게 쓸쓸하게 보였다.

"연구소에 휴가를 내었습니다. 그것도 장장 1개월 동안 말입니다."

"아니, 무슨 일이 있습니까? 휴가를 그렇게 길게 내게."

내가 박두철을 바라보며 물었다. 분명 박두철에게 무슨 말 못할 사연이 있기는 있는 것 같았다. 단순히 쉬기 위해 1개월간의 긴 휴가를 내지는 않았을 것이기 때문이다.

"그렇습니다. 나에게 무슨 일이 있긴 있지요……"

박두철이 말을 끝맺지 못하고 다시 창밖을 바라보았다.

"무슨 일이 있다는 말이요?"

내가 박두철을 바라보며 물었다.

"허, 내가 오늘 이형을 만나서 처음으로 우리 가족사에 관한 내용을 털어놓는 것이 될 것 같습니다. 이것도 인연이라면 인연인지……"

박두철이 담배에 불을 붙여 한숨 쉬듯 길게 연기를 내뱉으며 말했다.

나는 괜히 조바심이 나고 목이 말랐다. 그래서 다탁 위에 놓인 물컵의 물을 훌쩍 마시고 박두철의 다음 말을 기다렸다.

"나에게는 여동생이 하나 있습니다. 여동생은 이 세상에 단 하나밖에 없는 나의 유일한 혈육이기도 하고 말입니다."

박두철이 말을 하다 말고 다탁 위에 놓인 물컵을 집어 들었다.

"우리는 불행하게도 어렸을 적에 부모님 모두를 여의었습니다. 그런 우리 남매의 삶이란 말을 안 해도 짐작하시겠지요? 그런 와중에도 저는 공부를 열심히 했습니다. 그리고 어렵게 독일로 유학을 갔습니다. 내 여동생은 이곳에서 나를 위해 돈을 벌어 나의 유학 생활비를 대줬습니다. 그렇게 오로지 나를 위해 헌신하던 동생이 내가 10년 만에 학위를 받아 한국에 돌아오고 난 지 얼마 있다 갑자기 자취를 감추고 말았습니다. 나는 놀라고 당황해서 어쩔 줄을 몰랐지요. 이유를 몰랐습니다. 왜 동생이 자취를 감추었는지 말입니다. 나는 동생을 찾아 헤매었습니다. 그러나 동생은 오리무중 도저히 찾을 수가 없었습니다. 그래서 이참에 아예 휴가를 내어 본격적으로 찾아보자 하고 경주까지 내려왔습니다. 경주에는 동생을 잘 아는 사람이 있다고 해서 찾아왔습니다만, 그 사람을 어렵게 만나 동생의 소재를 물었지만 그 사람 역시 동생을 찾는데 큰 도움이 되지 않았습니다."

박두철이 한숨을 쉬며 말했다.

나는 박두철이의 말을 듣고 나서 한 가지 의문이 생겼다. 왜 동생이 그렇게 바라던 오빠가 학위를 받아서 왔는데, 그와 때를 같이 해서 자취를 감추었는가 하는 의문 말이다. 그러나 나의 의문은 곧 동생에게 말 못할 사연이 있을 것이란 생각으로 이어졌다.

나는 박두철이의 숨겨진 사연을 듣고 자못 심란해졌다. 사람들에게는 누구에게나 나름대로의 사연이 있기 마련이다. 살아가면서 사연 없는 사람이 어디 있겠는가.

하지만 박두철이처럼 기구한 사연도 드물 것이다. 그런 의미에서 보면 박두철이는 보통 사람은 아니었다. 고아 출신인 데다가 동생이 자기를 위해 그 어려운 유학비를 대고 그 돈으로 공부를 해서 박사 학위까지 받았다 하면 박두철이의 의지도 대단했다. 그리고 그런 오빠를 뒷바라지한 동생 또한 요즘 보기 드문 사람이었다. 그런데 왜 동생은 오빠가 귀국하는 것과 동시에 자취를 감추었을까.

“그런데 여기 왕릉엔 웬일로……”

내가 박두철이의 눈치를 살피며 조심스럽게 물었다.

박두철이 동생을 찾는 일과 왕릉과는 무관하게 보여 물었으나 박두철은 그런 내 질문에 의외로 담담하게 대답했다.

“여기 가까운 곳에 숙소를 정했습니다. 왕릉은 심란한 마음도 달랠 겸 산책을 나왔습니다. 의외로 구릉이 완만한 왕릉과 왕릉에 덮인 잔디 그리고 주위의 경관이 저에게 동생의 일을 떠나서 평온함을 줍니다. 그래서 요 며칠 왕릉 산책을 하고 있었습니다.”

“왕릉 산책이라……”

내가 나지막하게 혼잣말하듯 입속말로 되뇌었다. 그러면서 나는 박두철이의 의중을 몰라 그를 지그시 바라보았다.

“이형, 이왕 왕릉 이야기가 나와서 하는 말인데요. 지금 저기 있는 황남대총 있지 않습니까?”

박두철이 창문 밖 황남대총 쪽을 가리키며 물었다.

“그런데요?”

“학자들은 무덤의 주인공을 21대 소지왕이라고 이야기 합니다. 그런데 그건 추측일 뿐 정확하지가 않답니다. 그리고 또 하나 재미난 사실은 그 당시에는 순장제도가 있어서 왕이 죽으면 살아생전 쓰던 물건들이나 귀중한 부장품을 같이 묻었습니다. 심지어는 사람까지 같이 묻었다는 것 아닙니까? 그게 바로 순장인데 소지왕 역시 그의 무덤에 순장을 하였답니다. 그리고 그 순장의 인물이 바로 왕이 사랑했던 벽화(碧花)라는 여자라는 거죠.”

박두철이 황남대총에 대해 자세하게 설명하였다. 나는 뜻밖에도 박두철이 신라 왕릉에 대해 해박한 지식이 있는 듯하여 다소 의외로 생각되었다.

"가니, 박형. 박형은 공학도인데 역사에 대해서도 관심이 많은 모양입니다. 황남대총에 대해서 그렇게 소상히 알고 있는 것을 보면 왕릉에 대해 따로 공부를 했습니까?"

너가 박두철을 바라보며 물었다.

"사실 저는 역사에 대해 관심이 많았습니다. 그렇다고 따로 역사를 공부하지는 않았지만 틈이 나면 역사 관계 책을 보았지요. 딱딱한 공학을 하다보면 머리와 생각까지도 경직될 것 같아서 말입니다."

"그래요? 그러면 역사보다는 문학 쪽이 오히려 정서적인 면에서는 더 낫지 않을까요?"

"문학도 좋지요. 그래서 시도 더러 읽고 소설도 일부러 읽습니다."

"곽형의 또 다른 일면을 보는 것 같습니다. 그나저나 저 역시 동생일이 궁금합니다. 오빠가 금의환향 한 마당에 왜 동생이 자취를 감추었을까요?"

내가 찻잔을 들어 차 한 모금을 마시며 박두철에게 물었다.

내 물음에 박두철은 대답을 하지 않고 창밖으로 눈길을 돌려 아득한 눈빛으로 왕릉 쪽을 바라보았다. 한참 동안 말없이 왕릉 쪽을 바라보던 박두철이 이윽고 나에게로 눈길을 돌리며 입을 열었다.

"저기 황남대총에 순장되었다고 하는 벽화라는 소녀 있잖습니까? 삼국사기 기록에 볼 것 같으면 이런 기록이 있습니다. 그때 신라의 왕은 소지왕이라고 하는데 하루는 소지왕이 날기군이라는 곳을 행차했답니다. 왕이 행차했으니 대접은 해야 하겠고 하다보니 벽화라는 소녀를 가마에 태워 비단 보자기로 가려 왕에게 바쳤답니다. 처음에 왕은 음식인 줄 알고 열어보았지만 음식이 아니라 어여쁜 소녀인지라 깜짝 놀라 받지를 않았습니다. 그러나 그때나 지금이나 사내가 어여쁜 여자를 보았으니 왕궁에 가서도 보고 싶은 생각이 들었습니다. 그래서 왕은 몰래 두세 차례나 찾아가서 소녀를 만났답니다. 그러나 그 짓도 한두 번이지 감질만 나고 해서 나중에는 왕궁으로 데려와 살면서 아들까지 낳았다는 기록이 있습니다."

"그래요? 거참 재미있는 기록이군요. 사실이든 사실이 아니든 말입니다."

"삼국사기에 그렇게 기록이 되었다면 진위 여부를 떠나 상당히 흥미로운 것은 사실입니다. 그리고 백제 무령왕릉을 발굴했을 때 나온 묘지석(墓誌石)을 보면 묘지석에 적혀 있는 내용과 삼국사기의 무령왕릉의 기록 내용이 거의 일치하는 것을 발견하였습니다. 그건 그만큼 삼국사기의 기록이 정확하다는 얘기니까 벽화라는 여자를 순장했다는 기록도 사실일 가능성이 높다고 봐야할 것입니다."

"그런데 박형, 이거 우리가 역사 이야기하자고 만난 것은 아닌데 역사 이야기를 하고 있습니다. 거기에다 우리 경주에 있는 신라 왕릉에 대해 말입니다."

내가 대화의 방향을 바꾸려고 박두철을 바라보았다.

"역사 이야기도 결국은 사람 살아가는 이야기 아닙니까? 수백 년 혹은 수천 년이 지난 과거의 일들이지만 말입니다. 그런데 아쉽게도 역사 기록이란 것이 왕조 중심의 역사기록이지 일반 백성들에 관한 기록이 아닙니다. 그래도 우리는 왕조 중심의 역사에서나마 그

시대상을 어렴풋하게나마 유추해 볼 수밖에 없습니다. 제가 왜 이렇게 주제넘게 역사에 대해 왕릉에 대하여 이야기 하는지 아십니까?"

여전히 박두철은 내 의도를 피하며 물었다.

"글쎄요? 왜 박형이 그런 이야기를 하는지 모르겠습니다. 내가 생각할 때 박형은 지금 동생을 찾는 일이 무엇보다 시급하고 또 동생을 찾기 위해 일부러 휴가도 냈을 뿐만 아니라 경주까지 내려왔잖습니까."

"그렇지요. 동생을 찾아야지요. 그런데 이형, 내가 경주에 며칠 묵으면서 왕릉을 이곳저곳 다녔거든요. 그런데 말입니다. 왕릉을 다니면서 참 묘한 생각이 듭디다."

박두철은 말을 마치고 또 다시 창밖으로 눈길을 돌렸다. 그의 그런 눈길은 아득하면서 무엇인가 안개가 낀 듯 흐릿한 눈길이었다. 이 사람이 정말 공학을 전공한 공학박사인가가 의심스러울 정도로 그의 분위기는 차분하고 고적했다.

"박형, 묘한 생각이 들다니 그게 무슨 말입니까?"

내가 박두철이에게 눈길을 모으며 물었다. 그의 다음 말이 궁금하였다. 나는 대화의 방향을 바꾸려는 의도를 접고 박두철이의 말을 귀담아 들었다. 그건 그의 왕릉 산책 이야기가 나에게도 묘한 여운을 주었기 때문이었다.

어렸을 적 동네 또래들과 왕릉을 놀이터 삼아 놀아온 나의 추억에도 왕릉은 놀이터 이상의 그 무엇이었다. 죽은 사람이 묻혀있다는 사실에도 왕릉이 무섭다거나 두려운 존재로 인식되어지지는 않았다. 그건 참 묘했다.

같은 무덤이라도 일반 무덤은 뭔가 을씨년스럽고 무섭고 두렵고 꺼려지는 면이 있는데 왕릉만은 그런 기분이 들지 않았다. 왕릉에 대한 나의 이런 정서와 박두철이 느끼는 왕릉에 대한 정서는 어떤 차이일까.

"한마디로 왕릉을 보고 있으면 편안하다는 생각이 듭니다. 그리고 이런 말을 하면 어떻게 생각하실지 모르겠는데 뭐랄까? 어머니의 품이랄까 포근한 느낌이 듭니다. 이형, 이형이 들으시기에 내 말이 좀 이상하죠?"

그러면서 박두철은 나를 올려다보았다. 그렇게 말하는 박두철의 표정은 의외로 담담하고 편안해 보였다. 이 사람이 정말 종적을 감춘 동생을 찾는 사람일까 할 정도로.

"박형이 보통 사람과 다른 정서를 가지고 있는 것은 분명하군요. 왕릉도 결국은 죽은 사람이 묻혀 있는 무덤에 불과한데, 무덤을 보고 편안하고 포근하다는 것을 느끼면 말입니다. 어떻게 보면 박형은 허무주의자나 염세주의자일지도 모르겠고 정신적으로 보면 우울증이 있는지도 모르겠습니다. 이거 실례되는 말 같지만 말입니다."

"아, 아닙니다. 이형이 그렇게 말하는 뜻을 제가 잘 압니다. 그러나 다른 것은 몰라도 염세주의자는 아닙니다. 내가 고아로 어렵게 자랐어도 삶을 비관하거나 염세적으로 세상을 바라보고 살지는 않았거든요."

박두철이 손사래까지 쳐가며 내 말에 대해 이의를 제기했다.

"그렇다면 다행입니다. 그래 박형은 언제까지 경주에 있을 작정입니까?"

"글쎄요. 곧 서울로 올라가 봐야지요."

"동생 찾는 일은……. 정 뭐하면 경찰의 도움을 받으시는 것이 어떨지……"

"처음부터 쉽게 동생을 찾으리라는 생각은 안 했습니다. 그렇기 때문에 경찰의 힘을 빌릴 생각도 안 했고요. 그렇게까지 해서 동생을 찾고 싶은 마음도 안 들고요. 아마 동생은 일부러 종적을 감추었을 것이고 그런 데에는 그럴만한 사정이 있을 겁니다. 지금으로서는 기다리는 수밖에 없을 것 같습니다. 경주는 며칠 더 있을 겁니다. 이왕 왕릉 순례를 하고 있으니 마저 다 들러 보고 가야겠습니다."

그날 나는 박두철과 그렇게 헤어졌다.

나는 서울에 올라가서 정리할 것을 정리해야 했다. 부모님의 간곡한 부탁도 부탁이지만 나 역시 더 이상 서울에 적을 두고 있을 이유가 없었다. 내가 다니던 광고 회사도 몸집을 줄이기 위해 구조조정이다 뭐다해서 인원을 줄이고 있었다.

나는 이번 기회에 잘 되었다 싶어 사표를 내었다. 다른 동료들은 명퇴 신청을 하고 앞으로 무슨 일을 할까 전전긍긍 했지마는, 나는 부모를 잘 만난 관계로 그럴 일은 없어 다행이라면 다행이었다.

그러나 솔직히 지금도 가업을 이어받아 빵을 만들고 싶지는 않았다. 그렇다고 별 다른 계획을 가지고 있느냐 하면 그건 또 아니었다. 지금 같아서는 외국이라도 가서 한 몇 달 있다가 왔으면 좋겠다는 생각이 들었다.

이왕 외국에 나가려면 유럽과 스칸디나비아 삼국으로 해서 유럽 전역을 돌아보고 싶었다. 나는 내친 김에 그렇게 하기로 하고 계획을 부모님께 말씀드렸다. 나의 말에 부모님은 쾌히 승낙을 하셨다. 거기에 덧붙여 부친은 이탈리아와 프랑스에 가서 그 나라의 빵산업 발전을 눈여겨 보고오라고 주문까지 하셨다.

나도 사실 부친의 말씀이 없었다 하더라도 그럴 생각이었다. 이왕 부모님이 하시는 경주 빵 사업을 더욱 내실 있게 하고 또한 경주에 국한하지 않고 전국으로 확산을 시킬 필요가 있다는 생각이 들었기 때문이었다. 그러려면 외국의 유명 제빵 기술과 유통에 대해서 참고하고 연구할 필요가 있었다.

박두철이를 만난 지 사흘이 지나서였다. 내가 점심을 먹고 오늘은 어디로 갈까 하고 생각하고 있는데 핸드폰 벨이 울렸다. 전화번호를 보니 박두철이었다. 그는 아직 경주에 있었다. 박두철은 자기가 지금 경주 현대 호텔에 있으니 만나자고 하였다.

나는 그러마고 말하고 약속 장소인 호텔로 차를 몰았다. 차를 몰며 가는 경주 일대는 어디를 둘러보아도 송림과 유적과 왕릉뿐이었다. 천년 고도다운 모습이 아닐 수가 없었다. 때는 여름이 막 지나고 가을에 접어들어 들판에는 벼들이 누렇게 여물어가고 있었다. 밭에 심기어진 수수밭에는 잠자리들이 무리지어 날아다녔는데 그 모습이 한없이 한가롭고 평화스러워 보였다. 도시의 풍경과 농촌 풍경 그리고 왕릉이 어우러진 경주는 어디를 둘러봐도 아름다웠다.

차창으로 들어오는 바람이 싱그러웠다. 하늘은 맑고 푸르고 흰 구름이 두둥실 떠 있어 전형적인 초가을 날씨였다. 저절로 휘파람이 입에서 나왔다. 나는 가볍게 휘파람을 불었다. 그러다가 차에 내장

된 스테레오에 CD 하나를 골라 밀어 넣었다. 이십 대 때 즐겨듣던 존 바에즈의 노래였다.

그녀의 허스키하면서도 감미로운 노래 소리가 흘러나왔다. 나는 조용히 그녀의 노래를 따라 불렀다. 그러다 보니 어느 새 호텔에 도착하였다.

박두철은 호텔 커피숍 창가에 자리 잡고 앉아 있었다. 내가 다가가자 탁두철이 엉거주춤 자리에서 일어나며 손을 내밀었다.

"이형, 이거 괜히 번거롭게 만나자고 한 건지나 아닌지 모르겠습니다."

박두철이 내 손을 가볍게 잡았다 놓으며 말했다.

"아니 별 말을 다 하는군요. 나도 사실 박형이 궁금했었어요. 경주를 떠나 서울로 돌아갔나 하고 말이에요. 그런데 아직까지 경주에 있었군요."

나는 박두철이를 만나자 반가웠다. 박두철이에게는 묘하게 사람을 끄는 힘이 있었다. 그를 보고 있으면 나 자신도 그와 동화되듯이 이상하게 편안했다.

"너, 그동안 여기저기 많이 돌아다녔습니다. 경주는 어디를 가도 문화유적지에 왕릉이 많아 볼 것이 참 많습디다. 허허……참 나도 한심하지요? 동생을 찾으러 왔다는 사람이 동생은 안 찾고 구경만 다니고 있으니 말입니다."

박두철이 허허로운 표정을 지으며 말했다.

"아, 뭐 꼭 그렇지는 않지요. 이왕 휴가를 내었고 경주까지 왔는데 구경을 하는 것도 괜찮지요."

내가 그럴 수도 있다는 듯이 말했다.

"그런데 이형, 내가 경주에 며칠 머무르면서 유적지와 왕릉을 찾아다니는 것이 동생과 무관하지 않다는 생각이 들어요."

"그게 무슨 말입니까?"

박두철의 뜬금없는 말에 내가 되물었다.

"제가 사천왕사터를 가보고 생각난 것이 월명스님이었습니다. 왜 고등학교 국어책에도 나오지 않습니까? 월명스님이 지었다는 제망매가(祭亡妹歌)라는 향가 말입니다. 죽은 여동생의 극락왕생을 위하여 지었다는 노래 말입니다. 그게 제망매가라는 것이었죠. 제가 한번 읊어보지요."

생사의 길은 여기 있으매

나는 간다는 말도 못다 이르고 가는가

어느 가을 이른 바람에

여기저기 떨어지는 잎처럼

한 가지에 나서

가는 곳을 모르는구나

아아 미타찰에서 너를 만나볼

나는

도를 닦으며 기다리련다

박두철이 눈을 지그시 감고 읊조리는 제망매가는 월명대사의 죽은 여동생을 생각하는 마음이 절절이 들어있는 절창(絶唱)이었다. 이 자리에서 향가를 읊조리는 박두철이의 심정과 월명대사의 심정이 무엇이 다를 것인가. 나는 조금도 다를 것이 없다고 생각하였다.

나는 박두철이와 헤어져 돌아오면서 박두철이가 조금 전에 한 말의 뜻을 어렴풋이 알 수가 있었다. 유적지와 왕릉을 찾아다니는 것이 자기 동생을 찾는 일과 무관하지 않다는 것을.

그 다음날부터 나는 비자를 내려고 여행사 몇 군데를 다녔다. 요새는 지방에 있는 여행사에서도 비자 대행을 해주기 때문에 일보기가 아주 수월했다. 경주에 있는 여행사 사장 중에는 후배도 있고 선배도 있었다. 지역이 좁다보니 어딜 가더라도 연고가 있었다. 이런 점들은 편리하기도 하지만 어떤 때는 불편하기도 했다.

그렇게 바쁘게 지내다보니 박두철이의 일을 깜박 잊고 지냈다. 떠날 날짜는 일주일 후였다. 나는 이것저것 소소하게 여행에 필요한 준비를 하였다. 근 보름 일정의 여행이라 이것저것 준비할 것이 꽤 되었다.

박두철이를 만난 지 이틀째 되던 날, 또다시 박두철이로부터 전화가 걸려왔다. 그는 아주 다급한 목소리로 나에게 빨리 나오라고 하였다. 어디에 있느냐고 하니까 선덕여왕 릉 앞에 있다는 것이었다.

나는 박두철이의 엉뚱하면서도 약간은 무례한 처사에 어찌할까 망설였다. 호텔도 아니고 커피숍도 아닌 왕릉 앞으로 나오라니. 나는 전화를 끊고 박두철이의 처사에 은근히 짜증이 나기 시작했다.

여기서 선덕여왕 릉까지는 차로 가도 30여 분은 족히 가야 했다. 경주시 보문동에 릉이 있으니까 7번 국도를 따라 가다가 사천왕사 터를 지나 동해남부선의 철길을 건너 토봉사로 간 다음, 신문왕 릉

주차장에 차를 세워놓고 산길로 올라가야 한다.

나는 박두철이 있는 곳으로 가기로 마음을 먹었다. 오늘 아니면 더 이상 박두철이를 만날 날도 사실 없었다. 나흘 후면 나는 한국을 떠나기 때문이었다. 차를 세우고 산길을 올랐다. 길 양 옆으로 소나무가 울창했다. 길을 재촉해 가니 저만치 나무사이로 여왕 릉이 보였다.

16년간 왕위에 올라 신라가 삼국을 통일하는 기초를 세운 여왕이 저기에 한줌 흙으로 묻혀 있다. 재위 중에 분황사와 첨성대를 세웠고 우리나라 최대의 황룡사 구층목탑을 세워 신라 불교의 금자탑을 이룬 여왕. 여러 가지 신묘한 예언을 한 여왕으로서 자기가 죽기 전 도리천에 묻어달라고 한 여왕.

도리천이란 불교에서 수리산을 말하는데 사천왕 위에 있는 부처님의 세계를 일컫는 것이다. 여왕이 말한 도리천은 지금의 경주에 있는 남산을 말하고 지금 그의 예언에 따라 여왕은 남산에 묻혀 있는 것이다.

박두철은 여왕 릉 앞에 앉아 소주잔을 기울이고 있었다. 여왕 릉에서 음복(飮福)이라도 하는 것일까. 가을 햇살이 송림 사이로 비추는 릉 옆 잔디에 앉아 처연하게 소주잔을 기울이는 사내. 나는 그 모습을 잠시 서서 지켜보다가 박두철이에게로 다가갔다.

"박형, 대낮부터 웬 술을 마시는 거요?"

내가 박두철이를 내려다보며 물었다. 그러자 박두철이 나를 올려다보며 알 듯 모를 듯한 미소를 지었다.

"이형, 이형도 여기 앉아 술 한잔하세요. 호젓한 여왕 릉 앞에서 술 한 잔 하니 참 기분이 그럴 듯합니다.”

그러면서 박두철은 자기 옆자리를 가리켰다.

“이런 일은 또 뜻밖입니다. 아무튼 박형에게 내가 여러 번 놀랍니다.”

“너 행동이 너무 파격적이라 그러는 겁니까, 주책이 없는 행동이라 생각해서 그러는 겁니까?”

박두철이 햇살에 눈을 찡그리며 물었다.

“원 무슨 말을. 그런 뜻이 아닙니다.”

내가 손을 저으며 박두철이의 말을 부인했다.

“좋습니다. 이형이 어떻게 생각하든 좋습니다. 사람은 자기 멋에 사는 것이니까요. 자, 이형 술이나 한 잔 하십시오. 음복주입니다. 내가 여기 선덕여왕 릉에 와서 그냥 갈 수는 없지 않습니까? 제가 지귀(志鬼)가 된 심정으로 릉에 술 한 잔 따르고 음복을 하고 있습니다.”

“지귀라니요?”

나는 박두철이 말한 지귀라는 이름이 생소하여 반문하였다.

“아, 이형. 지귀라는 이름이 생소하지요? 하기야 지귀라는 인물은 설화 속에 나오는 인물이라 당연히 생소하겠지요.”

“박형처럼 역사에 대해 해박하지 못해 잘 모르겠군요.”

“이형 왜 그러세요. 내가 역사에 해박하다니. 그건 아니구요. 그런 건 내가 아니라도 조금만 관심이 있으면 누구나 아는 사실입니다. 이왕 지귀에 대해 말이 나왔으니까 이야기하지요. 이 이야기는 설화기 때문에 사실여부를 따질 필요는 없이 그냥 재미있게 들으시면 됩니다.”

박두철이 눈을 가늘게 뜨며 소주잔을 들어 입에 털어 넣었다.

"신라 경주에 지귀라는 사람이 있었습니다. 그런데 이 사람이 지혜롭고 아름다운 여왕을 보고 짝사랑을 했답니다. 왜 안 그렇겠습니까? 옛날이나 지금이나 남자가 예쁜 여자를 보면 사랑하고 싶은 마음이 들지 않겠습니까? 나 역시 과분하고 주제넘지만 시공(時空)을 떠나 이 릉 앞에서 술 한 잔을 하면서 여왕을 그리워하는데, 지귀는 오죽 했겠습니까? 여왕을 짝사랑한 끝에 지귀는 그만 병이 들었답니다. 일명 상사병이지요. 이런 사실이 소문이 나고 이 소문을 여왕이 알게 되었습니다. 그래서 여왕은 이 사람을 한번 만나 주어야 하겠다고 생각을 했지요. 죽은 사람 소원도 들어준다는데 산사람 소원을 못 들어주겠습니까? 그래서 어진 여왕이 영묘사 가는 길에 행차 뒤를 따르게 했답니다. 지귀를 절에서 만나고자 한 것이죠. 그런데 참으로 안타깝게도 이 사람이 탑 아래서 여왕을 기다리다 그만 깜빡 잠이 들었지 뭡니까. 불공을 드리고 나오던 여왕은 지귀를 깨우지 않고 그의 가슴에다 팔찌를 빼어 살짝 올려놓고 궁궐로 돌아갔습니다. 잠이 깨어 여왕의 팔찌를 본 지귀는 혼비백산 마음에 불이 일어 탑을 돌다가 불귀신이 되었다는 이야기입니다. 이 설화는 1215년 고려 때 편찬된 '해동고승전'(海東高僧傳)과 1850년대에 권문해(權文海)란 사람이 기록한 '대동운부군옥'(大東韻府群玉)들에 기록되어 있습니다."

박두철이 지귀 설화가 기록되어 있는 문헌까지 소개해가며 길게 이야기하였다. 나는 박두철이 이처럼 자세하게 선덕여왕과 관련된 설화까지 이야기 하자 박두철이 다시 새롭게 보였다.

"참 박형은 별것을 다 알고 있습니다. 나는 선덕여왕이 지혜롭고 총명하다는 것은 알고 있었지만, 그런 짝사랑과 관련된 설화는 몰랐습니다. 하기야 옛날 사람들이나 현대인들이나 보는 눈은 있으니 아름다운 여자를 보면 신분을 떠나 사랑하고 싶은 것은 인지상정이겠지요."

내가 한마디 촌평을 하였다.

"그런 여인을 시공을 떠나 저 역시 사랑하고픈 생각이 드는 겁니다. 1400여 년이란 세월이 흘렀어도 말입니다. 그러나 무심한 세월은 여왕을 저 무덤 속에 한줌 흙으로 남겨 놓았습니다."

박두철이 말을 끝내며 쓸쓸한 눈길로 릉을 바라보았다. 그런 그의 모습은 나로서는 이해하기 힘든 초연함이 깃들여 있었다. 나는 그런 박두철이를 보며 내 앞에 놓인 종이컵에 들어있는 소주를 단숨에 마셔버렸다.

산그늘이 점점 짙어왔다. 곧이어 송림 그늘이 우리가 있는 곳까지 미쳐왔다. 팔에 선선한 바람이 닿자 소름이 돋았다.

"박형, 일어납시다. 시간이 많이 갔습니다. 우리 내려가서 한 잔 더 합시다."

내가 자리를 털고 일어났다. 나는 박두철이와 동승하여 경주 시내로 들어왔다. 저녁을 먹고 술집을 찾아 들어갔다. 박두철이는 소주 취향이었으나 나는 맥주였다. 이상하게 나는 소주가 몸에서 받지를 않았다. 그래서 주로 마시는 술이 맥주나 양주였다.

"삼겹살이나 곱창집을 가야 하는 거 아닌지 모르겠습니다."

"괜찮습니다. 술 마시는 사람이 이것저것 가립니까? 아무거나 마시면 되죠."

박두철이 얼굴 가득 웃음을 담고 대답했다.

"그렇게 합시다. 오늘이 박형하고는 경주에서는 마지막 밤이 되겠군요."

"그런데 이형, 여행은 언제 떠난다고 그랬지요?"

자리를 잡고 앉자 박두철이 물었다.

"사흘 남았습니다. 그런데 박형은 언제 서울로 올라갈 겁니까?"

"이형이 없는 경주는 쓸쓸할 것 같습니다. 곧 올라가야지요."

"다녀볼 데는 다 다녀 보았나요? 특히 왕릉 산책은……"

내가 반 농담 삼아 물었다.

"정말 경주는 참 아름답습니다. 천년 고도라는 이름에 걸맞게 이름값을 단단히 하는 도시더군요. 어디를 가나 유적지와 절과 왕릉이 산재해 있고, 날씨는 어쩌면 그렇게 화창한지 그야말로 환장할 지경이잖습니까? 내가 과연 종적을 감춘 동생을 찾으러 왔나할 정도로 본말이 전도되어 구경만 하고 있습니다그려."

"하하하, 그렇긴 하군요. 자, 그러면 우리 주문부터 하십시다. 박형은 술이 세니 이거부터 한 병 합시다."

내가 주문표에 적혀 있는 술 이름을 손가락으로 가리켰다. 박두철이 고개를 끄덕여 동의를 하였다.

"이형, 내가 경주에 와서 유적지와 왕릉을 다녀보고 생각한 것이 무엇인 줄 아십니까?"

주문을 받은 아가씨가 돌아가자 박두철이 소파에 등을 깊숙이 기대며 물었다.

"글쎄요. 난 가끔 박형의 생각지도 못했던 말과 행동에 놀랄 때가 한두 번이 아닙니다. 오해하지 마십시오. 나쁜 뜻으로 얘기한 것은 아니니까."

"오해는요. 압니다. 이형이 무슨 뜻으로 하는 말인지."

"일반적으로 종적을 감춘 동생을 찾는다면 그 사람은 그 일에 정신이 없거든요. 그런데 박형은 동생 찾는 일은 뒷전에 밀어두고 한가하게 유적지나 왕릉을 찾아다녔거든요. 그 일만 봐도 박형의 행동은 일반 사람들과는 다르지요."

내가 박두철을 정면으로 응시하며 말했다.

박두철은 내 말에 가타부타 대꾸를 하지 않고 담배를 피워 물었다. 잠시 침묵이 두 사람 사이를 흘렀다. 이윽고 박두철이 담배를 재떨이에 눌러 껐다.

"동생은 찾는다고 찾아질 아이가 아닙니다. 나는 일찍이 그걸 알았고, 동생은 자기가 나타날 때가 되면 스스로 내 앞에 나설 것입니다. 그런 확신이 들었습니다."

"그런데 한 가지 궁금한 것은 왜 동생이 박형이 학위를 받고 와서 좋은 곳에 취직을 하여 살만한 때 종적을 감추었느냐는 것입니다. 나는 그게 궁금합니다."

내 물음에 박두철은 술잔을 만지며 잠시 생각하는 듯하더니 대답했다.

"짐작이 가는 것이 전혀 없는 것은 아니나 지금으로서는 말할 단계가 아닙니다."

박두철이 뜻 모를 말을 나지막하게 했다. 그렇게 말하는 박두철의 표정은 곤혹스러워 보였다. 나는 왜 박두철이 그 말을 하면서 곤혹스런 표정을 짓는지 궁금했으나 더 이상 묻지를 않았다. 그 대신 나는 박두철이의 잔에 술을 따르며 호기롭게 말했다.

"박형, 동생 얘기는 그 정도로 하고 술이나 마십시다. 자, 우리 건배 합시다."

내가 잔을 들어올리며 말했다.

"이형 고맙습니다. 여기 있으면서 이형에게 많은 신세를 졌습니다."

"신세는 무슨 신세. 그런 말 하지 말고 오늘 밤 술이나 마십시다."

잔을 부딪친 우리는 단숨에 술을 비웠다. 잔을 내려놓고 내가 다시 박두철이를 바라보며 말했다.

"박형, 그동안 경주에 있으면서 느낀 소회를 말해봐요. 난 박형이 하는 말을 듣고 있으면 놀라는 것이 한두 가지가 아니오. 특히 역사에 관해서 말이오."

"쑥스럽게 왜 그러십니까? 역사지식이랄 것도 없는 것을 가지고…… 그러나 이거 한 가지는 말할 수 있습니다."

박두철이 말을 하다가 잠시 멈추었다. 그는 잔을 들어 입에 대었다가 도로 내려놓았다.

"동생을 찾지도 못했고 이제까지 내 여자를 만나지 못했지만 말입니다. 여기 경주에 와서 나는 동생을 더 생각하게 되었습니다. 소지왕이 사랑하는 여자 벽화를 죽은 후에라도 곁에 두게 하려고 순장을 하였고, 월명대사가 죽은 동생을 위해 제망매가를 지어 동생을 추모하였듯이 동생은 어디에 있든 내 마음속에 있다는 것입니다. 그리고 내가 마음속으로 흠모하는 이상적인 여인 선덕여왕도 여기 경주에 있습니다. 나는 그 사람을 1400여 년이란 시공을 떠나 만날 수 있었고 여기에서 만났습니다."

술을 마셔서일까. 박두철은 몽롱한 눈빛으로 듣기에 너무 환상적이고 몽환적인 이야기를 하였다. 그러나 그건 좋았다. 사람은 누구나 조금씩은 환상을 가지고 사는 것이다. 그러나 저런 사람이 각박한 사회에서 얼마나 더 상처를 받을 것이며, 환상과 현실의 괴리 속에서 괴로워할 것인가.

술을 꽤나 마셨다. 박두철은 계속 양주를 마셨고 나는 중간에 맥주로 바꿔 마셨다. 시간도 많이 지나 있었다.

나는 아가씨를 불러 술값을 계산하였다. 박두철은 소파에 비스듬히 기대고 눈을 감고 있었다. 그도 어지간히 취했다. 박두철은 낮부터 소주를 마시지 않았던가.

"박형, 이제 그만 갑시다. 내가 박형 묵는 호텔까지 바래다주고 우리 집으로 가겠소."

내가 박두철이의 어깨를 잡고 흔들며 말했다.

"어이구, 시간이 벌써 이렇게 됐나? 이형, 난 여기서 택시타고 갈 테니까 신경 쓰지 말고 가세요. 난 좀 더 있다 갈 테니까."

"아니 그러지 말고 나하고 같이 나갑시다. 대리운전을 해서 가면 되니까."

나는 박두철이를 채근했다. 그러자 마지못해 박두철이 자리에서 일어났다. 우리는 밖으로 나왔다. 초가을 바람이 선듯하게 몸에 느껴졌다. 계절의 변화는 한 줌 바람결에서 실감하게 했다. 엊그제만 해도 더위로 사람들이 힘들어했는데 이제 아침저녁으로 선선함을 느끼게 되었다.

"아, 가을이 온 것 같습니다. 밤하늘의 별도 참으로 밝습니다, 이형."

박두철이 밤하늘을 쳐다보며 감상에 젖은 목소리로 말했다.

그때 대리운전 기사가 우리를 발견하고 우리 쪽으로 다가왔다. 나는 자동차 키를 그에게 내밀고 차에 올랐다. 박두철이도 뒷자리에 탔다. 곧이어 차는 어둠 속을 달리기 시작했다

"이형, 여행 잘 다녀오십시오."

박두철이 나에게 말했다.

"박형도 잘 계십시오. 다녀와서 또 보게 되면 보십시다."

내가 작별 인사 겸해서 응답했다.

박두철이를 호텔 앞에 내려주었다. 차는 우리 집 쪽으로 방향을 잡았다. 가면서 뒤를 돌아보니 박두철이는 그 자리에 서서 내 차를 바라보고 있었다.

나는 차창 밖으로 손을 내밀어 흔들었다. 어두워서 내가 흔드는 손이 보일지 안 보일지는 몰랐다. 그러거나 말거나 나는 손을 흔들며 입속으로 중얼거렸다.

'그래, 박형은 동생을 마음속에 담아두고 이상형으로 생각하는 여인을 왕릉에서 만났으니 그런대로 이곳에 온 소득이 있었소.'

차는 헤드라이트 불빛을 대각선으로 비추며 달리고 있었다.

돌의 침묵

"자네 이제 고향으로 내려가면 무엇을 할 텐가?"

김 교수는 무연한 표정으로 나를 돌아보며 물었다. 그의 도수(度數) 높은 안경 속의 눈은 떠나보내는 제자에 대한 안쓰러움 때문에 안개가 서려 있었다.

"특별한 계획은 없습니다……."

나는 말끝을 채 맺지 못했다. 그도 그럴 것이 앞으로 무엇을 해야겠다는 계획이 나에게 없었다기―보다는 세울 처지가 못 되었다. 김 교수는 내가 말하는 동안 뒷짐을 쥔 채 창밖을 응시하고 있었다.

소파에 앉아서도 보이는 은행나무의 노란 이파리들이 가을의 정취를 생각케 하기보다는 내겐 더욱 가을의 스산함으로 다가왔다.

한참 동안 묵묵히 창밖을 응시하고 있던 김 교수는 천천히 등을 돌려 책상 위에 놓인 담배갑을 집어들었다. 책상 위에는 담배 외에도 여러 권의 원서와 논문집, 원고지, 메모지, 필기구 들이 어지럽게 널려 있었다.

"박 군, 자네 지금 나의 심정이 어떠한지 아나?"

담배에 불을 붙여 연기 한 모금을 길게 빨아 내뱉으며 김 교수가 입을 열었다.

"자네들이 학업을 다 마치지 못하고 학교를 떠나는 것을 보면 말일세. 으음…… 뭐랄까? 현실에 대한 비애…… 그래, 그 표현이 맞겠군. 현실에 대한 비애를 느낀단 말일세."

김 교수는 내게 말하는 것인지 독백을 하는 것인지 모르게 나지막하게 중얼거렸다. 나는 탁자 위에 놓인 성냥갑의 성냥을 하나하나 착실하게 부러뜨리고 있었다.

"자네가 그리된 데에는 지도교수라는 나에게도 전혀 책임이 없다고는 할 수 없겠지."

"……"

"박 군, 미안하네. 내 나름대로 자네의 제적만은 막아 보려고 애썼는데 말일세."

김 교수는 나의 제적이 자신의 무능 탓이라고 여기는지 내가 민망할 정도로 의기소침해 있었다. 소심한 성격의 소유자인 김 교수의 그러한 면은 고맙다기 보다는 나를 무척이나 곤혹스럽게 했다.

나는 연구실의 중세적(中世的) 분위기에 가슴이 미어지는 우수와 답답함을 느껴 더 이상 앉아 있을 수가 없었다. 나는 엉거주춤 의자에서 일어났다.

"교수님, 그만 가보겠습니다."

나의 말에 김 교수는 벌써 가느냐는 표정을 지었다. 그러나 곧 알았다는 듯이 두어 번 머리를 끄덕거리더니 내게로 다가와 손을 내밀었다.

"잘 가게. 그리고…… 으음, 박 군. 내 이제 떠나는 자네에게 당부라면 당분데 한 마디 할까 하네. 하기사 내 말이 자네에게 무슨 위로가 될까마는……"

목례를 드리고 연구실을 나서려던 나는 김 교수의 뒷말 때문에 다시 멈출 수밖에 없었다.

"자네 이카로스의 날개라는 신화를 알고 있나?"

"……"

김 교수는 뜬금없이 내게 이카로스의 날개라는 신화를 알고 있느냐고 물었다. 나는 김 교수의 질문의 의도를 알 수가 없어 멍하니 서 있었다.

"옛날 그리스에 이카로스라는 사람이 있었다네. 이 사람이 어느 날 갑자기 해에 오르고 싶은 욕망이 생긴 거야. 그래서 해에 오르려고 밀랍으로 날개를 만들었어. 그러나 자네도 생각해 보게. 그것이 될 법이나 한 생각인가. 그렇지만 그는 밀랍으로 만든 날개를 달고 창공을 날기는 했지. 하지만 밀랍 날개는 해에 닿기도 전에 녹아서 떨어지고 말았지."

"……"

"그때나 지금이나 인간이 해에 도달하려고 하는 짓은 얼마나 어리석은 일인가? 인간은 이카로스의 날개를 달고는 절대 해에 도달할 수가 없지. 이 얘기는 비록 신화이긴 하지만 우리에게 시사하는 바가 크다네."

　김 교수가 얘기를 끝내고 나를 돌아보았다. 나는 김 교수의 눈길을 느끼면서도 아무 대꾸도 하지 않았다. 그러자 김 교수가 다시 입을 열었다.

　"다시 말하면 헛된 정열과 욕망의 결과가 어떤 결과를 낳는지를 이 신화는 우리에게 보여주는 것일세. 박 군, 헛된 정열과 욕망은 자신을 파괴시키는 것은 물론이고, 자신과 관계된 모든 것들까지 파괴시키는 걸세."

　"……"

　"박 군, 자네가 비록 제적을 당해 캠퍼스를 떠나지만 결코 이카로스의 날개를 달려고 하는 무모한 젊은이가 아니길 나는 바라네. 그리고 말일세. 역사의 수레바퀴는 비록 경우에 따라서는 삐그덕거리기는 할지언정, 궤도를 벗어나거나 멈추지는 않는다고 나는 믿고 있네. 그게 역사고 또한 순리 아니겠나. 자네 고향으로 내려간다고 했지? 그래 고향으로 내려가거든 순박한 자네 고향 사람들과 부대끼며 살아 보게나. 그렇게 살다보면 이제까지 자네가 학교에서 한 행위와 그 행위에 대한 객관적 평가를 내리게 될 것일세. 사실 분노와 증오 속에서는 객관적 평가를 내리기가 어렵거든. 난 이제 와서 자네와 자네의 학우들이 한 행위에 대해 함부로 평가하지 않겠네. 그 평가는 앞으로 역사가 하겠지. 자네들은 현 상항에 대한 나의 이 침묵 아닌 침묵에 대해 책임회피라느니 이기주의의 발로라느니 하네마는."

　"……"

"난 자네가 올바른 이성과 정의감에 따라 현 상황을 바라보고 양심에 따라 행동했다고 믿고 싶네. 물론 젊은이들 나름의 어설픈 치기와 도그마에 빠져 있는 것도 있지만 말일세."

"……"

"허허……이거 떠나는 자네에게 너무 말이 많았구먼. 원래 교수라는 직업이 입 가지고 사는 직업 아닌가. 그러니 이해하게나. 자, 그럼 잘 가게. 몸조심하고. 아, 자네한테 마지막으로 한 마디 더 덧붙일 것이 있네. 자네 다른 맘먹지 말고 오래 참고 기다리게. 아직까지 현실은 그렇게 자네들의 행동에 대해 끝까지 냉혹하지만은 않으니까 말일세."

장황하리 만치 긴 말을 마친 김 교수는 나의 손을 꼭 잡았다. 그의 이러한 모습은 그야말로 적지(敵地)에 특공대를 떠나보내는 상관의 비장함 그것과 같았다. 나는 김 교수가 말한 이카로스의 날개를 되뇌이며 나야말로 비장한 마음으로 연구실을 나왔다.

어둡고 칙칙한 고전적(古典的) 분위기의 연구실에서 밝은 바깥으로 나오자 비로소 숨통이 트이는 것 같았다. 무심하게 찬란한 가을 햇살로 인해 나는 눈이 부셨다.

나는 슴벅슴벅한 눈을 한동안 부비다가 담배 한 개비를 입에 물었다. 어디를 둘러보아도 교정은 만추의 가을 햇살 속에서 물고기의 팔딱거림처럼 생기가 넘쳐흘렀다. 제적을 당한 나는 어디로 가야할지 몰라 잠시 망서렸다. 어제까지 자유롭게 드나들던 이 넓은 캠퍼스에 내 한 몸 갈 수 없는 처소가 없어졌다는 사실이 나를 심한 상실감에 빠지게 했다.

　　웅장한 건물에 둘러싸이고 수많은 학생들 속에 묻힌 나는 갑자기 미아가 된 듯한 착각이 들었다. 비록 최루가스와 각종 구호가 적힌 현수막이 나부끼는 살풍경한 분위기의 교정일지라도 활기찬 행동과 의욕이 넘치는 학생들은 살아서 꿈틀거리는데, 나는 무엇이란 말인가.

　　나 자신이 갑자기 왜소해지고 낯선 이방인처럼 느껴졌다.

　　나는 천천히 교문이 있는 문리대 방향으로 발걸음을 옮겼다. 교정을 활보하는 여학생들의 발랄하고 세련된 옷차림이 몹시 관능적이고 선정적으로 보여졌다. 그녀들의 살찐 엉덩이와 곧고 미끈한 다리에 자꾸 눈길이 갔다. 그러면서 아랫도리가 묵직해왔다. 이런 상황에서도 원초적인 생식기의 꿈틀거림이 부끄럽다기보다는 살아 있음을 말해주는 것 같아 쓴웃음이 나왔다.

　　대학도 한 사회라고 한다면 대학 구성원의 한 사람으로서 자격을 상실했다는 사실 하나만으로라도 사람의 기분이 얼마나 비참해지는 것인지, 나는 이튿날 눈을 뜨고서야 뼈저리게 느낄 수가 있었다.

　　위로주랍시고 엊저녁 늦게까지 학과 친구들과 마신 술로 인해 머리가 빠개질 듯이 아팠다. 폭음을 한 탓에 뱃속도 매스껍고 쓰렸다. 하지만 의식은 한겨울의 얼음장처럼 투명했다.

　　주인집 부엌에선 아주머니가 설거지를 하는지 그릇 부딪치는 소리가 간간히 들려왔다. 다른 때 같으면 나 역시 이 시간이면 일어나 등교 준비를 서두르련만, 이제는 그럴 필요가 없었으므로 나는 마냥 누워 있었다. 그러나 누워는 있었지만 잠은 오지 않았다. 나는 이리 뒤척 저리 뒤척 몸을 뒤척거리며 상념에 빠졌다.

한동안 그러다가 나는 머리맡에 놓여 있는 책 한 권을 집어 들었다. 손에 잡힌 책은 키에르케고르의 '죽음에 이르는 병' 이라는 책이었다. 나는 누운 채로 책장을 한 장 한 장 넘겨보았다. 이 책에는 '죽음에 이르는 병' 이외에도 또 다른 저작인 '공포와 전율', '철학적 단편', '반복' 들이 함께 수록되어 있었다.

나는 한때 키에르케고르의 철학과 사상에 심취하여 이 철학자의 저서를 닥치는 대로 탐독했던 때가 있었다. 내가 이 철학자의 저서를 탐독했던 까닭은 인간의 절망과 허무를 리얼하게 파헤친 이 저자의 심오한 철학과 사상에 매료되었기 때문이었다. 그리고 또 다른 까닭 중의 하나는 시대가 안겨다준 절망 속에서 내 나름대로 파멸의 공포를 달래라는 마음에서이기도 했다.

이 점은 나뿐만 아니라 내 또래의 젊은이들이 흔히 겪는 내적 고뇌를 극복하는 데에 있어서도 키에르케고르의 저서는 큰 영향을 미쳤을 것이다.

나는 한동안 무심히 책을 뒤적거리다가 책을 머리맡에 내려놓았다. 책을 볼 마음도 없었거니와 책을 볼 여유도 없었다. 시계를 보니 시간은 어느새 열 시가 다 되어가고 있었다. 이제 그만 일어나야 되겠다고 생각했다. 그러나 정작 일어난다고 해도 할 일이 없었다.

이 사실이 또한 나를 잠시나마 절망에 빠지게 했다. 예상했던 제적이었지만 막상 제적을 당하고 보니 의외로 그로 인한 후유증이 컸다. 그와 더불어 앞으로 살아갈 길도 막막했다.

나이 들어 공부한답시고 어렵사리 대학에 들어갔으면 국으로 공부나 하다가 졸업해서 직장을 갖고 평범하게 살 것이지, 쥐뿔 났다고 시위를 주도하다가 제적을 당하다니 참으로 내 처지가 허망하고 한심했다.

내가 제적당한 사실을 고향의 부모님이 안다면 얼마나 통탄해 할 것인가. 교수에게는 고향으로 내려간다고 했지만 무슨 낯짝으로 고향으로 내려간단 말인가. 죽으면 죽었지 그럴 수는 없는 일이었다.

가족들은 나의 제적 사실을 모르고 있다. 이 일이 있기 전에도 내가 간간히 시국 사건에 연루되어 경찰서에 드나든 건 알지만, 설마 제적까지 당하리라는 것은 생각지도 못하였을 것이다. 나의 제적 사실을 부모님께서 아신다면 늙으신 부모는 하늘이 무너지는 슬픔으로 식음을 전폐하고 자리에 드러누울 것이다. 어쨌든 알 때 알더라도 제적 사실을 알려서는 안 되었다. 그리고 나는 이제 죽으나 사나 이곳에서 버티어야 한다. 그동안 뼛골 빠지게 농사지어 보내주던 학비와 생활비도 받지 말고 나 스스로 살아가야 한다.

나는 자리를 박차고 일어났다. 그런 생각을 하자 한가하게 자리에 마냥 누워있을 수가 없었다. 이부자리를 개서 윗목에 밀어놓고 밖으로 나왔다. 날씨는 잔뜩 흐려있었다. 기온도 많이 내려가서 런닝셔츠 바람으로 나온 나는 추위로 인해 나도 모르게 몸이 움츠려졌다.

담장 옆 대추나무 가지에 걸린 비닐조각이 바람에 을씨년스럽게 휘날렸다. 대강 얼굴을 씻고 들어온 나는 외출 준비를 서둘렀다.

딱히 어디 갈만한 데는 없었으나 당장 일자리부터 찾아야 했다. 그러기 위해서는 먼저 아는 사람을 찾아가 일자리를 부탁해 보는 것이 손쉬울 것 같았다.

나는 사업을 하는 고교 선배를 찾아가기로 했다. 이 선배는 고교 동문회에서 나를 보고 어려운 일이 있으면 언제라도 찾아오라고 한 선배였다. 하지만 막상 찾아가려니 마음이 썩 내키지가 않았다. 다른 일도 아니고 일자리 문제로 생전 찾지 않던 선배를 찾아간다는 것이 낯간지럽기도 했다. 하지만 지금 나의 처지는 그런 것을 따질 계제가 아니었다.

을지로 3가에서 버스를 내린 나는 사무실이 있는 퇴계로 쪽으로 발걸음을 옮겼다. 선배의 사무실은 퇴계로에 위치한 국정빌딩 안에 있었다. 소규모의 중개무역을 하는 선배는 수출경기에 힘입어 제법 사업 규모를 키워가고 있는 터였다. 그래서 마음만 먹으면 나 하나 일할 자리는 얼마든지 마련해 줄 수 있을 것이라는 믿음으로 찾아가려는 것이었다.

수십 층이나 되는 거대한 빌딩 앞에 서자 빌딩의 위용이 나를 압도하였다. 나는 머리를 들어 하늘 높이 치솟은 빌딩을 한동안 올려다보았다. 바벨탑이 따로 없었다. 인간의 욕망이 하늘을 찌를 듯이 빌딩이란 형태로 솟아 있었다. 이윽고 나는 회전문을 열고 빌딩 안으로 들어갔다. 로비 중앙에는 정복을 입은 경비원들이 오가는 사람들을 유심히 살피고 있었다.

경비원의 눈길을 의식하자 도둑이 제 발 저리듯이 나는 괜히 뒤가 켕기고 어깨가 절로 움츠려 들었다. 그러나 나는 애써 그런 기미를 감추고 태연히 엘리베이터 승강구 앞에 가서 섰다. 잠시후, 짤랑 소리를 내면서 엘리베이터가 멈추고 문이 열렸다. 그리고 사람들이 내리고 사람들이 탔다.

12층에서 내린 나는 선배의 사무실을 찾아 그 앞에서 한참을 망설이다 노크를 하고 문을 열었다. 그러자 문에서 가장 가까이 앉아 있던 여직원이 나를 쳐다보더니 찾아온 용건을 물었다.

"무슨 일로 오셨나요?"

"예…… 저 여기 선배님 아니 사장님 좀 뵈러 왔습니다."

"사장님이요?"

"예, 그렇습니다. 사장님 자리에 계십니까?"

"무슨 일로 사장님을 뵈러 오셨나요?"

여직원은 꼬치꼬치 무슨 일로 사장을 만나러 왔느냐고 물었다. 나는 여직원의 태도에 은근히 부아가 치밀어 올랐다.

"사장님이 제 선배님 되십니다."

나는 조금 퉁명스럽게 대답했다. 그러자 여직원은 태도가 달라지며 어색한 미소를 지으며

"아, 그러세요. 그럼 여기서 잠깐만 기다리세요."
하고 안으로 총총히 사라졌다.

사무실 안에는 여직원 말고도 대 여섯 명의 직원들이 더 있었다. 그러나 그들은 나같은 사람에게는 관심도 두지 않고 뭘 그렇게 열심히 하는지 책상에 머리를 처박고 일에만 몰두하고 있었다. 책상 여기저기와 진열장 안에는 갖가지 상품 샘플들이 가득 쌓여 있었다.

잠시 후, 안으로 들어갔던 여직원이 나타났다. 나는 여직원의 책

상 위에 펼쳐져 있는 여성지를 훔쳐보고 있다가 여직원이 나오자 얼른 눈길을 돌렸다.

"이쪽으로 오세요."

"고맙습니다."

나는 여직원의 뒤를 따라 선배가 있는 사장실로 들어갔다. 사장실은 사무실 일부를 막아쓰고 있었다. 사장실은 구색을 갖추느라 집무용 고급 티크 책상과 소파, 회의용 탁자와 각종 집기 들이 깔끔하게 배치되어 있었다. 내가 들어가자 소파에 느긋하게 앉아 있던 선배가 몸을 반쯤 일으키며 나를 맞이했다.

"아이구, 자네가 웬일인가?"

나를 본 선배가 반색을 하며 나를 맞이했다.

"선배님, 안녕하셨습니까? 진즉 찾아뵈려고 했는데 그러지 못했습니다."

"허허, 서로 바쁘다 보면 그럴 수도 있지. 이봐, 거기 그렇게 서 있지 말고 이리 와서 앉게. 미스 송, 여기 차 좀 가져와."

나를 안내하고 문 앞에 다소곳이 서 있는 여직원에게 선배가 차를 주문했다.

"선배님, 사업은 잘되십니까?"

"사업이 잘 되냐구? 말도 말게. 요즘처럼 사업하기 힘들어선 아무것도 못하겠네."

선배가 두 손을 내저으며 과장된 몸짓을 하였다. 나는 선배의 반응에 적이 실망을 했다. 여기 오기 전에 가졌던 일자리에 대한 일말의 기대감이 일시에 무너지는 듯했다.

"자네, 공부는 잘하고 있겠지?"

"……"

"자네는 누가 뭐래도 우리 모교의 자랑이야. 그러니 열심히 공부해야 하네. 그리고 요새 학생들 데모를 심하게 하던데, 자넨 그런 자리에 절대 끼지 않도록 하게. 괜히 젊은 객기로 그런데 끼어들었다간 신세 조지네. 학생들은 그저 공부에 힘써야지 데모는 무슨 얼어 죽을 데몬가. 부모들이 뼈 빠지게 일해서 등록금 대주는 것도 모르고 말이야."

"……"

나는 선배의 말을 건성으로 듣고 있었다. 일자리에 대한 기대가 무너진 건 둘째 치고 선배에 대한 실망이 나를 한없이 슬프게 했다. 나는 더이상 선배의 사무실에 머물러 있을 필요가 없었다. 선배는 내가 어떤 절박한 심정으로 자기를 찾아왔는지도 헤아리지 못하고 사회가 어떻고 사는 것이 어떻고 떠들어댔다. 그러나 내게는 그런 말들이 모두 공허하게만 들렸다. 나는 여직원이 타온 커피를 몇 모금 홀짝거리다가 자리에서 일어났다.

빌딩에서 밖으로 나온 나는 잠시 어디로 가야할지 망설였다. 한참을 망설인 끝에 나는 종로 쪽으로 방향을 잡고 터벅터벅 걷기 시작했다.

걸어가면서 보니 도로 곳곳마다 무슨 놈의 공사를 그리 하는지 보행이 여간 불편하지가 않았다. 그런데도 불평 한마디 없이 참고 기다리는 시민들의 자제력과 인내심에 숙연히 고개가 숙여졌다. 어쨌든 도시의 발전은 파괴와 건설이 병행되어야만 하는 것인지, 어디를 가나 부수고 헐고 짓고 세우고 난리였다.

인간의 역사를 보면 아이러니 하게도 파괴와 건설의 이중적 구조를 지닌 채, 지금까지 내려온 것을 보면 역사 자체가 모순의 이중적 구조가 아닌가한다.

종로는 확실히 을지로, 퇴계로와는 달리 젊은 사람들로 붐볐다. 시계를 보니 점심때가 훨씬 지나 있었다. 나는 아침 겸 점심을 먹기 위해 분식집으로 들어갔다. 생각 같아서는 김치찌개라도 먹고 싶었으나 돈을 아껴야 했다. 칼국수를 시켜 대충 허기를 때운 나는 가판점으로 가서 석간신문을 샀다. 뭐 꼭이 볼만한 기사가 있어서 사는 것이 아니라, 도하 각 일간신문에 게재된 구인광고란을 보기 위해서였다.

나는 신문을 뭉쳐들고 신촌행 버스를 탔다. 내가 다니던 학교 옆에 있는 E대 앞으로 가기 위해서였다. E대 앞은 젊음과 유행의 거리답게 언제나 화려하고 생기가 넘쳐흘렀다. 도로 양편에는 여대생들의 취향과 기호와 호기심을 유발하는 각종 악세사리와 옷가지, 가방 따위 별별 물건들을 파는 가판점이 가득 열리고 있었다.

고전음악을 전문으로 틀어주는 '백음'은 여전했다. 나는 일부러 구석진 자리를 찾아가 앉았다. 꽤나 많이 걸었기 때문인지 푹신한 의자에 앉자 피로가 엄습했다. 나는 손가락으로 눈두덩을 가볍게 누르고 의자 등받이에 길게 등을 기대었다. 그런 자세로 한참을 있었다. 한 삼분 동안을 그렇게 있다가 나는 사가지고 온 신문을 펼쳐 구인란을 살펴보기 시작했다. 광고란을 보는 나는 기대감으로 마음이 설레이기까지 했다.

전면광고부터 일단광고까지 광고라는 광고는 하나도 빼놓지 않고 훑어보았다. 그러면서 그중 괜찮겠다 싶은 곳은 수첩에다 메모를 했다. 클래식 선율이 실내에 울려 퍼지는 곳에서 구차하고 궁상맞게 구인 광고란이나 뒤지고 있는 나의 처지가 한심해 보였다. 그러나 별수 없었다. 살아야 한다는 당위성 앞에서 품위와 기품과 체면이 뭐 그리 중요하단 말인가.

이튿날 나는 아침을 일찍 해먹고 나갈 채비를 서둘렀다. 모처럼 정장을 꺼내 입었다. 단벌양복인 이 옷은 나의 대학 입학 기념으로 누님이 사주신 것이다. 거울 앞에서 매보지 않던 넥타이를 매느라 한참 진땀을 뺐다. 십여 분 넘게 넥타이를 주무르다가 대강 모양새가 갖춰지자 자취방을 나왔다.

양복 주머니에는 세 통의 이력서가 각기 다른 봉투에 넣어져 있었다. 나는 이 세 통의 이력서를 가지고 내 젊은 한 부분의 방황을 끝맺으려 하는 것이다. 첫 번째로 이력서를 제출한 곳은 성실하고 패기 있는 젊은 인재를 찾는다는 세기교역이었다. 전화로 위치를 물어 찾아간 세기교역은 마장동 시외버스 터미널 옆 4층 건물이었다.

현관에 들어가 안내판을 보았다. 안내판에는 건물에 입주해 있는 각 업체의 홋수와 상호가 아크릴로 조잡하게 붙여져 있었다. 세기교역은 305호실이었다. 건물 내부는 사람 다닐 통로만 제외하고 칸칸이 사무실이었다. 말이 사무실이지 숫제 이건 레그혼을 기르는 닭장이나 진배없었다.

햇빛 한 점 들어오지 않는 실내에 그나마 켜져 있는 형광등 불빛이라도 밝아야 하련만, 먼지가 쌓인 형광등의 불빛은 오히려 실내

분위기를 더욱 을씨년스럽게 했다. 업체의 상호도 아주 다양했다. 영광 프로덕션. 탐나교역. B.S 인터내셔널. 신나 비디오. 경성용역. 주신실업……

왼쪽 오른쪽 통로를 따라가다가 드디어 내가 찾는 305호실에 당도했다. 출입문에 '㈜세기교역'이라는 명패가 붙어 있었다. 그리고 손잡이 옆에는 큼지막하게 '잡상인 출입금지'라는 글귀를 써서 테이프로 꼼꼼히 붙여 놓았다.

나는 문 앞에서 넥타이를 매만지며 망설거렸다. 선뜻 문을 열고 들어갈 용기가 나지 않았다. 한참을 그러다가 노크를 하고 문을 열었다. 안으로 들어선 나는 누구에게랄 것도 없이 허리를 꾸벅 숙였다. 사무실에는 몇몇 사내들이 책상을 사이에 두고 앉아 있었다.

어떤 사내는 카드 작성을 하고 있었고, 어떤 사내는 스포츠 신문을 뒤적거렸고, 어떤 사내는 엊저녁에 마신 술의 후유증 탓인지 반수면 상태에 빠져 있었다. 그들은 하나같이 정장을 착용하였는데 어쩐지 몸에 맞지 않은 옷을 걸친 것처럼 어색해 보였다. 그들은 내가 사무실에 들어서도 어떻게 왔느냐는 말 한마디 묻지 않았다. 단지 한번 힐끗 쳐다보고는 그만이었다.

내가 조금은 머쓱한 기분이 들어 앞에 앉아 있는 사내에게 말을 붙이려고 주춤주춤 그에게 다가섰다. 그때였다. 여직원과 머리를 맞대고 장부 대조를 하고 있던 사내가 손짓을 하며 나를 불렀다.

"여보시오. 이리 오시오."

나는 나를 부른 사내 앞으로 다가가 꾸벅 인사를 했다.

"거기 잠깐 앉으시오."

사내는 내 인사는 거들떠보지도 않고 쉰 목소리로 명령하듯 말했다. 그러고도 두 사람은 한참이나 장부를 보고 이야기를 나누었다. 내용인즉슨 나간 수량과 물건 값이 차이가 난다는 것이었다. 나는 근 10여 분을 그렇게 앉아 있었다. 이윽고 이야기가 다 끝났는지 여직원이 장부를 들고 제자리로 돌아가자 그제서야 사내가 나를 돌아보고 말했다.

"이력서 좀 봅시다."

사내는 기다리게 해서 미안하다는 말 한마디 없이 내게 말했다. 나는 기분이 언짢았으나 내색을 하지 않고 안주머니에서 이력서를 꺼내 사내에게 내밀었다. 사내는 내가 건네준 이력서를 천천히 훑어보기 시작했다.

"대학을 다니다 말았군……"

"……"

"대학도 꽤 좋은 대학을 다녔는데 왜 다니다 말았소?"

"예, 저……"

"혹시 데모하다 짤린 것 아니오?"

"아, 아닙니다."

"좋소. 뭐 나름대로 사정이 있어서 그만 두었을 테고…… 으음, 다 좋은데 당신 같은 사람이 우리 회사에 들어와서 일을 할 수 있을지 모르겠네……"

사내가 애매모호하게 알 듯 모를 듯한 말을 하며 나를 바라보았다. 사내의 그런 표정은 너같이 소위 일류 대학물을 먹어본 자가 여기에서 일을 할 수 있겠느냐는 다분히 냉소적인 뜻이 담겨 있었다.

사내는 그밖에도 몇몇 시시껄렁한 질문 아닌 질문들을 하였다. 나는 그때마다 사내의 질문에 적당히 대답했다.

형식적이고 하나마나한 질문을 마친 사내가 내게 조그만 종이 쪽지를 내밀었다. 소위 접수증이라는 것이었다. 나는 사내가 준 접수증을 들고 사무실을 나왔다. 계단을 내려오면서 접수증을 펴보니 73번이라는 번호와 함께 조그만 글씨로 '내일 오전 10시까지 필기구 지참하여 나올 것' 이라고 기재되어 있었다. 그것을 보자 피식 웃음이 나왔다. 내가 보건데 세기교역은 광고만 그럴 듯하게 낸 한갓 잡상인 집단에 불과했다.

내가 그렇게 생각하는 근거는 사무실의 분위기와 사내들의 꼬라지들을 보면 대강 짐작할 수가 있었다. 내가 비록 사회생활은 일천했지만 군대 경험과 보고 들은 것이 있어 알 만한 것은 다 알았다. 이런 잡상인 집단일수록 영세성과 하는 일을 숨기기 위해 모집 광고는 그럴듯하게 내는 법이다. 일이란 것도 나중에 알고 보면 거의가 외판 일이었다.

척하면 삼천리라고 나는 사무실에 들어서자마자 대번 그 사실을 알 수 있었다. 그걸 증명이라도 하듯 사무실 한쪽 벽에 건강의료기라고 적힌 상자들이 잔뜩 쌓여 있었다. 나는 알고 있다. 신문에 나는 많은 수의 사원모집 광고가 허위광고와 과장광고라는 것을.

이런 경험을 나는 재학 중에도 경험한 바가 있었다. 당시 나는 방학을 이용하여 학비라도 벌어볼 심산으로 일자리를 찾았던 것이다. 그때도 광고를 보고 찾아 갔었는데 광고는 그럴 듯했지만 속빈 강정에 하나같이 외판이나 영업하는 일뿐이었다. 이런 일들은 월급은 당연히 없고 물건을 팔면 판 물건 값에서 몇 프로의 수당만 있을 뿐이었다.

　내 주머니에는 두 통의 이력서가 안주머니에 남아 있었다. 그러나 더 이상 이력서를 내고 싶지 않았다. 이 사회는 준비가 안 되고 조건을 갖추지 않으면 번듯한 직장에 이력서를 넬 수 있는 방법이 근원적으로 차단이 된 사회였다.

　나는 조금은 우울한 기분으로 버스를 타고 E대 앞으로 갔다. 내 대학 생활의 대부분을 이부근에서 보낸 곳이라 이곳에 오면 뭔가 편안한 느낌이 들었다. 그러나 이곳도 너무나 상업화가 된 곳이라 수중에 돈이 없으면 갈 곳이 없었다. 만만한 것이 홍어 뭐라고 나는 커피 한 잔 값으로 시간을 죽이기가 더할 나위 없이 좋은 '백음' 을 찾아들었다.

　고전음악을 하루 종일 틀어주는 이 다방은 바로 앞의 E대 학생들과 Y대 학생들이 주로 와서 차를 마시며 음악을 듣는 곳이었다. 주인은 40대 중반의 몸집이 약간 뚱뚱한 사람이었다. 이 사람은 표정의 변화가 거의 없었고 단골손님이라고 해도 과언이 아닌 나를 봐도 아는 체도 하지 않았고 오면 오나보다 가면 가나보다 하는 스타일이었다. 다만 묵묵히 작은 칠판에 들려줄 곡명을 적고나서 소파에 앉아 음악에 빠져들 뿐이었다.

　내가 문을 열고 들어가니 라흐마니노프의 피아노 선율이 나지막히 흐르고 있었다. 나는 창가 쪽 후미진 곳으로 가서 자리를 잡고 앉았다. 이 자리는 내가 오면 늘상 가서 앉는 자리였다. 마침 그 자리는 비어 있었다. 나는 소파 등받이에 기대고 눈을 감았다. 나른한 피

곤함이 몰려왔다. 커피향과 담배연기가 뒤섞인 실내는 약간은 몽환
적이어서 지쳐있는 나에게 피곤함을 몰고왔다. 눈을 감고 있자니 잠
이 쏟아지기 시작했다. 그렇다고 잠을 잘 수는 없었다. 나는 앞에 놓
인 물을 마시며 잠을 쫓았다. 한참을 그러다가 수첩을 꺼내 들었다.
그리고 생각의 단편들을 끄적거리기 시작했다. 평상시에도 나는 가
끔 이곳에 들러 음악을 들으며 생각의 단편들을 수첩에 적고는 했었
다. 그렇게 해서 적은 글들이 꽤 많아 수첩이 여러 권이 되었다. 어떤
목적을 두고 소재를 정해 적은 글들이 아니기 때문에 잡문 수준의
글들이었지만, 나는 수첩에 틈틈이 글을 썼다.

내가 한참 고개를 박고 수첩에 깨알 같이 작은 글씨를 정신없이
쓰고 있는데 누가 내 앞에 와서 나를 조심스럽게 불렀다.

"저…… 저, 실례지만 말씀 좀……"

나는 말소리에 고개를 들었다. 그러자 내 앞에 웬 아가씨가 쭈뼛
거리며 나를 바라보며 얼굴을 붉히며 서 있었다.

"무슨 일이신지……"

내가 수첩을 덮고 고개를 들어 아가씨를 쳐다보며 물었다.

"저…… 실례가 되는 줄 알지만…… 잠시 저와 이야기 좀 나누실
수 있겠습니까?"

그러면서 아가씨는 내 맞은편에 살며시 앉았다.

"예…… 예, 그러시지요."

나는 낯선 여자가 말을 거는 것이나 당돌하게 내 앞에 앉는 것이
당황스러웠으나 침착하게 아가씨에게 승낙의 말을 하였다.

"저는 E대에 다니는 박란희라고 합니다. 제가 그쪽 분에게 이렇

게 찾아와서 제 소개를 하는 것이 그쪽 분께서는 어떻게 생각하실지 모르겠습니다. 그쪽 분은 몰라도 저는 그쪽 분을 얼마 전서부터 눈여겨보고 있었어요."

"그래요? 저를 왜 눈여겨 보셨는지요?"

나는 아가씨의 말에 묘한 인상을 느껴 물었다. 그러자 아가씨가 내 물음에 바로 대답하지 못하고 잠시 망설였다.

"저도 가끔 이 다방에 와서 차도 마시고 음악을 듣거든요. 친구들과 같이 오기도 하고 간혹 저 혼자 오기도 하고요. 그런데 그쪽은 항상 혼자 오시더군요. 그리고 좌석도 그 좌석만 앉으시고…… 한 가지 인상 깊은 건 뭘 그렇게 수첩에다 쓰신다는 거예요. 혹시 작가는 아니신지요?"

아가씨가 조금 전보다는 훨씬 얼굴이 밝아져서 씽긋 웃기까지 하면서 내게 물었다.

"제가 작가로 보입니까?"

내가 고소를 머금으며 아가씨에게 물었다.

"학생 같기도 하고…… 뭘 그렇게 열심히 쓰시는 걸 보면 작가 같기도 해서요."

아가씨가 수줍게 손으로 입을 가리고 웃으며 말했다. 그렇게 해서 란희를 알게 되었는데, 란희는 E대 철학과 3학년에 재학 중이었다. 란희의 고향은 대구였고 현재 학교는 하숙집에서 다닌다고 하였다. 나중에 안 사실이지만 란희의 아버지는 대구에서 큰 섬유공장을 하고 있었다. 당시만 해도 대구, 구미 쪽은 섬유공장이 꽤나 번성하여 섬유공장을 한다는 것은 경제력이 있다는 것이었다.

우연찮게 아니 인생은 우연의 연속이지마는 란희와의 만남을 통해 나의 삭막한 생활은 한결 윤기가 더해지기 시작했다. 란희는 내 처지를 알고부터는 나를 도우려고 애를 썼다. 그렇다고 학생의 신분으로서 크게 도울 것은 없지마는 작은 부분까지 마음을 써줘 나에게는 큰 힘이 되었다.

란희의 도움으로 과외 아르바이트도 소개를 받았다. 바로 하숙집 주인 아들의 과외였다. 나는 내가 공부를 한다는 마음으로 성심성의껏 아이를 지도하였다. 그리고 그 가시적인 성과가 시험에서 나타났다. 그러자 과외 주인은 나에게 자취를 하지 말고 자기 집으로 들어오라고 하였다. 하숙비는 받지 않겠다고 하였다. 그렇다고 공짜는 아니고 과외비로 대치는 하였지만 나로서는 큰 도움이었다. 그런데다 과외 할 아이까지 소개해 주었다.

일요일에는 란희와 함께 교외로 데이트도 나갔다. 우리가 주로 가는 곳은 송추나 일산 백마역 부근의 주점이었다. 백마역 부근에 있는 주점은 젊은이들에게 많이 알려져 주말이면 남녀 데이트족들이 몰리면서 데이트 명소로 떠오른 지역이었다. 주점이 한두 개 생기다보니 여기저기 우후죽순처럼 비슷비슷한 주점들이 생기고 모텔들이 들어서기 시작하였다.

란희와의 첫 키스도 바로 일산 백마역 부근이었다. 그날도 우리는 느지막한 밤까지 주점에 자리를 잡고앉아 이런저런 이야기를 나누었다. 그러다보니 어느새 노을이 지고 어두워지기 시작했다. 주위의 논에는 갓 심은 모들이 푸르게 자라고 있었다.

나와 란희는 백마역에서 기차를 타지 않고 철길을 걸어 대곡역까지 걷기로 하였다. 백마역에서 대곡역까지는 한 30여 분 거리에 있었다. 평행선으로 쭉 뻗은 기찻길을 우리는 손을 잡고 걸었다. 5월의 싱그러운 냄새들이 논에서 들에서 풍겨왔다. 기찻길 옆에 찔레도 자생하였는데 꽃이 피어 밤바람과 함께 찔레꽃 향기가 풍겨왔다.

나는 걸음을 멈추고 찔레꽃 향기를 맡았다. 그러자 란희 역시 나를 따라 향기를 맡았다.

"아, 정말 향기가 좋아요. 난 찔레꽃 향기가 이렇게 좋은 줄 몰랐어요."

란희가 밤하늘을 향해 얼굴을 들고 팔을 벌려 감탄의 말을 했다. 나는 그러는 란희를 뒤에서 가벼이 껴안았다. 그러자 란희가 마주 돌아섰다. 나는 그 틈을 이용해 란희의 얼굴을 부여잡고 키스를 하였다. 란희는 기다렸다는 듯이 나의 입술을 받았다. 란희와의 키스는 말할 수 없이 향기롭고 감미로웠다.

그러나 그런 란희와의 관계도 그리 오래가지 못하였다. 어느 날 내가 과외를 마치고 내 방으로 가서 잠시 쉬고 있으려니 하숙집 주인아줌마가 나를 불렀다.

"이봐요, 학생. 나 좀 봐."

"예, 무슨 일이세요?"

나는 벌떡 자리에서 일어나 아줌마에게 물었다.

"응, 다른 게 아니고 요 밑에 잠깐 내려가 봐. 누가 학생을 찾아왔어."

"저를 찾아요? 날 찾는 사람이 누구지?"

나는 언덕길을 빠르게 내려갔다. 곧이어 가파른 언덕을 다 내려가 큰길가로 들어섰다. 그러자 인도에 서 있던 사람이 나를 보고 다가왔다. 양복을 입고 중절모를 쓴 신사였다.

"자네가 이혁기인가?"

신사가 중절모를 벗어 머리를 쓸어 올리며 물었다.

"예, 제가 이혁기입니다. 실례지만 어떻게 되시는지요?"

나는 선입견에 내가 운동 전력도 있고 해서 형사가 찾아오지나 않았나 긴장이 되었다. 신사는 나의 물음에 즉시 대답을 하지 않고 나의 위아래를 훑어보았다.

"자네, 우리 란희 알지? 내가 란희의 애비 되는 사람일세."

비로소 신사가 자기의 신분을 밝혔다.

"아, 그러십니까? 안녕하십니까? 여기서 이러지 마시고 집으로 가시죠."

란희의 아버지라는 말에 나는 당황스러웠다. 그러면서 길에서 이러면 안 될 것 같아 집으로 가자고 말하였다.

"아니, 아닐세. 내 간단히 자네에게 용건만 말하고 갈 테니 그리 알게."

신사가 단호하게 말했다.

"무슨 말씀이신지……"

내가 손을 앞으로 모으고 저자세로 신사를 바라보았다.

"자네가 우리 란희를 좋아하는 모양인데, 미안하지만 더 이상 란희를 만나지 말게. 우리 란희는 아직 학생 신분이고, 학교를 졸업하면 바로 독일로 유학을 보낼 생각일세. 내 말 무슨 뜻인지 알겠지?"

통보하듯이 말하고, 그날로 란희의 아버지는 란희의 하숙집을 다른 곳으로 옮겨버렸다. 그리고 그걸로 모든 것이 끝이었다. 그 후 란희는 나에게 어떤 연락도 하지 않았다. 나는 그런 란희의 무정함에 마음이 아팠다. 그러나 그 일도 시간이 지나니 잊혀졌다.

나는 근 일 년여 동안을 하숙집 아들 그리고 주인아줌마가 소개한 아이들 과외를 하다가 학원으로 진출하였다. 학원에서도 아이들을 열심히 가르쳤다. 그랬더니 학원에서도 소문이나 더 큰 학원으로 진출을 하였다. 당연히 수입도 늘었다.

얼마 후에는 군부독재 정권이 물러나고 문민정부가 들어섰다. 나는 학교에 복학을 하였다. 란희의 소식도 들었다. 하숙집 주인아줌마를 통해 소식을 알게 된 것이다. 그녀는 학교를 졸업하고 독일의 하이델베르크 대학으로 유학을 갔다고 한다. 란희는 나에게도 말했었다. 독일에 가면 하이델베르크 대학으로 갈 것이라고. 내가 왜 그 대학이냐고 물으면 그녀는 웃으며 대답했다.

그 대학이 유서 깊고 헤겔 철학을 심도 있게 공부할 수 있을 것 같다고 하였다. 그녀의 말대로 란희는 그 대학으로 유학을 갔고 그곳에서 본격적으로 철학을 공부하리라. 그리고 학위를 받으면 귀국해서 대학 강단에 설 것이다. 란희를 생각하면 지금도 그리움과 함께 서운한 마음이 든다. 왜 나에게 한마디도 않고 떠났는지 말이다. 본의 아니게 아버지의 강권으로 떠났다고 하지만, 마음만 먹으면 얼마든지 연락이 될 것이고 만날 수도 있었을 것이다.

아무튼 란희는 나의 첫사랑이고 나에게는 고마운 존재였다. 그녀와의 사랑이 결실을 맺지 못하여 아쉽기는 하다. 그러나 이루어진 사랑도 아름답지만, 가슴속에 묻어두는 사랑도 아름다울 수가 있다.

그건 언제든지 추억할 수 있기 때문이다.

사막에 나무를 심는 마음으로 나는 쓴다

기후변화로 인하여 지구촌 곳곳이 몸살을 앓고 있다. 비가 오는 곳은 너무 많은 비가 내려 엄청난 피해를 입고, 반대인 곳은 먹을 물도 없어 고통을 받고 있다.

이처럼 지구촌 곳곳이 기후변화로 인한 자연재앙으로 고통을 받고 있는 이 현실을, 우리는 내 일이 아니라고 수수방관 할 수 있겠는가. 우리나라도 그 영향을 직접 받는 나라에서 예외는 아니다. 봄과 여름 들어 근 두 달여간을 비가 내리지 않아 산천초목, 농작물이 말라죽고 사람들이 마시는 물 부족 사태까지 겪은 일이 있지 않은가.

이처럼 자연재앙은 국지적인 현상이 아니라 전 지구적인 현상이 되어버렸다. 그런데 이런 결과를 초래한 원인이 인간이라는데 문제의 심각성이 있다. 다시 말해 자업자득인 것이다.

그동안 개발과 발전이라는 명분으로 얼마나 무분별하게 숲을

파괴하고 농경지를 메워 도로를 놓고 아파트를 짓고 공장을 지었는
가. 또한 편하다는 이유로 석유 한 방울 나지 않는 나라에 자동차를
소유한 사람들은 얼마나 많은지.

　이런 것들이 기후변화의 직접적인 원인들인 것이다. 따라서 나
무 한 그루 심는 일, 자동차를 덜 타는 일 등 작은 일이지만 이런 실천
적인 행동들이 기후변화를 줄이고 지구 환경을 살리는 일일 터이다.

　이제 본론으로 들어가자. 가볍고 감각적인 전자매체에 넋을 빼
앗긴 현대인들에게 문학이란 무엇인가? 나는 이 질문을 하면서 한
사람의 작가로서 고민이 많다. 이제 책은 더군다나 문학은 한갓 고
전적인 유물로 전락하고 말았다. 고대부터 현대까지 면면이 이어져
온 그야말로 인간 정신의 정수요, 인류문화 발전의 큰 기둥이었던
책이 천덕꾸러기 신세로 전락(?)된 것이다. 우리 인류의 정신세계를
지배하고 영향을 주었을 뿐만 아니라 인간 사회의 지표로서 책의 역
할은 무궁무진하였다.

　그러나 전자매체가 등장하고 발전함에 따라 사람들은 책을 멀
리하고 감각적이고 가시적이고 흥미를 유발하는 전자매체에 빠져
책을 멀리하기 시작했다. 그리하여 정신은 부박하고 정서는 황량하
고 쾌락주의와 배금주의 사상에 빠져 희망도 없이 살아가고 있다.

　이런 시대에 과연 힘들여 쓰는 소설이 무슨 의미가 있다고 작품
집을 내는가. 이런 의구심과 자괴감이 들면서도 책을 내는 나의 심
정은 사막에 나무 한 그루를 심는 심정이다. 내가 심은 나무가 비 한
방울 내리지 않는 사막의 뜨거운 태양 아래서 뿌리를 내리고 자랄

수 있을지는 모르겠다. 그러나 비록 나무가 뿌리를 내리지 못하고
말라 죽을지라도 이런 역할을 하는 일이 작가의 역할이요, 작가의
소명이라고 감히 나는 말한다.

이제 작품은 내 손에서 떠났다. 평가는 독자의 몫이다. 겸허한
마음으로 나는 평가를 기다리고 다음 작품을 또 구상할 것이다.

끝으로 이 작품집이 나오기까지 애써주신 어문학사의 대표님과
직원들에게 마음 깊은 고마움을 전한다.

2012년 12월
한뫼골 서재에서, 김종일

돌의 침묵

초판 1쇄 발행일 2013년 1월 15일

지은이 김종일
펴낸이 박영희
편집 이은혜·유태선·정지선·김미령
인쇄·제본 태광인쇄
펴낸곳 도서출판 어문학사
　　　　서울특별시 도봉구 쌍문동 523-21 나너울 카운티 1층
　　　　대표전화: 02-998-0094 / 편집부1: 02-998-2267, 편집부2: 02-998-2269
　　　　홈페이지: www.amhbook.com
　　　　트위터: @with_amhbook
　　　　블로그: 네이버 http://blog.naver.com/amhbook
　　　　　　　다음 http://blog.daum.net/amhbook
　　　　e-mail: am@amhbook.com
　　　　등록: 2004년 4월 6일 제7-276호

ISBN 978-89-6184-288-4 03810
정가 12,000원

이 도서의 국립중앙도서관 출판시도서목록(CIP)은 e-CIP홈페이지(http://www.nl.go.kr/ecip)와
국가자료공동목록시스템(http://www.nl.go.kr/kolisnet)에서 이용하실 수 있습니다.
(CIP제어번호: CIP2012006007)

※잘못 만들어진 책은 교환해 드립니다.